MA CHÉRIE

DU MÊME AUTEUR
CHEZ POCKET

LAURENCE PEYRIN

MA CHÉRIE

CALMANN LÉVY

ISBN : 978-2-266-29565-9
Dépôt légal : mars 2020

À Aretha

Prologue

Déjà, sur l'acte de naissance, Papa avait eu la main lourde : Gloria Mercy Hope Merriman. « Gloire Pitié Espoir » Merriman. Trois prénoms modifiés en hâte du plan initial après que la sage-femme, tenant par un pied le nouveau-né sous la lampe à néon, eut affiché une moue dubitative et diagnostiqué un ictère foudroyant.

Chooga Pines était un village dont les maisons de bois gris semblaient s'agenouiller au bord de la mangrove de Floride, cette forêt amphibie qui vous isolait des progrès du monde. En avril 1933, entre les murs humides de son dispensaire, on soignait mal la jaunisse – et ce bébé-ci ressemblait déjà à une momie égyptienne. Alors, va pour Gloria Mercy Hope, des fois que.

Le bon Dieu avait visiblement été sensible à une aussi criante dévotion. Et la malheureuse, qui à l'origine aurait dû discrètement s'appeler Mary Jane Louise, avait survécu – avec comme seul espoir pour échapper aux railleries administratives d'aller se terrer dans une église baptiste le restant de ses jours. Au lieu de ça, ses parents l'avaient ramenée à la maison, une bâtisse en pin blond qui jouxtait la scierie où travaillait son père.

Comme la plupart des gens en Amérique, Gloria Mercy Hope aurait pu voir escamotée sa malheureuse oraison patronymique par un diminutif moins chargé. Ici, les William devenaient Bill, les Robert Bob ou les Millicent Millie.

Mais la petite avait joué de malchance.

À six ans, elle souffrait d'un léger strabisme qu'on corrigeait en collant un pansement sur le verre gauche d'une paire de lunettes, et les autres gamines à l'école la surnommaient Sœur Bigleuse.

L'institutrice, qui la regardait comme une émanation de cuvette de baptême, ne semblait rien entendre des misères qu'on lui faisait.

Gloria Mercy Hope conservait une santé fragile, malgré le divin coup de pouce du départ. Le médecin qui la suivit pour toutes les maladies infantiles, auxquelles elle n'échappa pas, n'écrivait jamais ses prénoms dans le bon ordre. « Rooh, je n'arriverai donc pas à réciter cette prière correctement », se reprenait-il, ravi de sa bonne blague.

Sœur Bigleuse était taiseuse, maigre comme un clou, elle n'intéressait personne. Sauf Benjamin, le fils du patron de la scierie.

Avec Ben, elle faisait les quatre cents coups, dépliait ses genoux osseux pour grimper aux racines-échasses des palétuviers rouges, en revenait les jambes couvertes de griffures.

Tous les deux, ils attrapaient des écrevisses bleues dans les fossés des prairies marneuses de l'est de Saint Johns River, et Sœur Bigleuse riait aux éclats en tenant les crustacés du bout de ses doigts maigres – quand les écrevisses bleues sont jeunes, leurs pinces ne sont pas très développées et les gamins ne risquaient pas grand-chose, mais, ce faisant, ils se sentaient courageux.

Et accroupie sous sa jupe, Gloria Mercy Hope Merriman laissait voir sa culotte sans le faire exprès, ce qui lui valait d'être traînée à la maison par sa mère fulminante.

Les griffures, la culotte, les mollets boueux, les accrocs aux jupes et tout le reste, la gamine s'était pris des roustes toute son enfance. Mais elle n'était pas malheureuse, non, d'ailleurs qu'aurait-elle pu connaître du malheur ou de l'inverse, retranchée derrière la mangrove ? Après elle, échaudés, ses parents n'avaient pas eu d'autre enfant, c'était trop de souci, trop cher. Du coup, elle avait une chambre rien qu'à elle, sa mère lui préparait des tartes aux pêches quand elle en réclamait, et c'était bon, même si elle la forçait à finir la croûte. « Mange donc, maigrichonne. »

Tout allait bien, en somme, en dehors des paires de baffes. Papa Merriman avait des principes, il fallait que sa fille soit bien élevée – même si on sentait que certains soirs, lorsqu'il était là dans son fauteuil à rouler son tabac et qu'il posait les yeux sur elle, il se demandait ce qu'il allait bien pouvoir en faire.

Au fond, ce gosse, ce Benjamin, ce n'était pas une si mauvaise idée. C'était quand même le fils du patron. Mais il ne fallait pas qu'elle lui en montre trop, qu'elle fasse son garçon manqué, dit-il un jour à sa femme, alors que leur fille s'appliquait à faire ses devoirs sans les écouter.

Et puis : « Oh, tu as de la terre sous les ongles ! Quelle souillon tu fais ! File te laver, Gloria Mercy Hope Merriman ! »

À seize ans, tout changea. En à peine six mois, la gamine chétive et transparente prit quinze centimètres et douze kilos. Des fesses, des seins.

Elle avait juste eu du retard à l'allumage, entendit-elle bougonner Papa un matin en passant devant la chambre entrouverte. Benjamin, lui, n'avait eu le temps de rien voir, il faisait ses classes à Gainesville. « Être femme de militaire, ça me plairait, à ta place », ajouta sa mère au repas du soir, l'œil en biais.

Ni l'un ni l'autre n'osait plus lever la main sur elle, la regardant comme un de ces flamants roses qu'on apercevait au loin dans la mangrove. Par miracle, l'adolescente moquée par ses camarades avait rétabli les niveaux, et l'on avait vu s'émulsionner en Sœur Bigleuse un détonant mélange de ce qu'il y avait de mieux à prendre chez ses deux parents.

De son père, Jack Merriman, solide bûcheron venu d'Arkansas, elle avait hérité la haute stature, une bouche charnue, des dents blanches et bien rangées. De sa mère, aux lointaines origines amérindiennes – Rose Merriman était l'une des descendantes des rares guerriers du peuple séminole qui avaient refusé de quitter les terres de leurs ancêtres, dans les Everglades, au milieu du siècle précédent –, elle tenait ses pommettes hautes, ses cheveux d'un brun soyeux.

Quant aux seins, ronds et satinés, elle ne les devait qu'à elle-même et à cette huile de coco dont elle les enduisait généreusement avant de se coucher.

D'un coup, son bienheureux patronyme ne faisait plus rire personne. Le petit agent immobilier qui l'engagea comme secrétaire à Tampa semblait même y voir une combine érotique – les stars faisaient ainsi, elles prenaient des pseudonymes, n'est-ce pas, et le type un peu falot n'en revenait pas d'en avoir une juste à lui, qui tapait très mal à la machine mais attirait la clientèle.

Un jour, cela ne manqua pas, un des photographes qui hantaient les plages de la baie la repéra alors qu'elle s'étirait sur sa natte en raphia.

La jeune secrétaire portait une toute petite chose qu'on avait baptisée du nom de cet atoll des îles Marshall où avait eu lieu une explosion nucléaire en 1946 : un Bikini. Le sien était rouge. Le photographe était séduisant, il s'appelait Jackson, sans qu'elle sache si c'était son nom ou son prénom, c'était net, ça s'imposait comme un manifeste.

Pour ses dix-huit ans, Jackson la bascula à l'arrière de sa Corvette et lui promit un avenir de paillettes. Elle en voulut bien.

Dans ses bras bronzés, elle passa de sainte à femme. Et devant son objectif, de brune à blonde, apprenant à se déhancher légèrement et à sourire par-dessus son épaule.

Un an plus tard, dans une coulée de soie bleue sur un maillot de bain au plissé antique, Gloria Mercy Hope devint Miss Floride 1952. Plus au nord derrière la mangrove, à Chooga Pines, Papa Merriman ne sut comment prendre la bourrade que lui flanqua son patron en lui tendant le *Miami Herald* que l'épicier recevait deux fois par semaine, par paquets de trois ou quatre jours. Rose Merriman, elle, porta la main à sa gorge et s'abattit sur sa chaise. Leur fille, secrétaire respectable et travailleuse, ne leur avait donné que peu de nouvelles – et, curieusement, pas celle-ci.

À Miami, Gloria Jackson devint mannequin vedette. Elle avait épousé son mentor, en guise de remerciement. Cornaquée par son mari, elle posa en playmate du mois pour *Playboy* avec une paire d'oreilles de lapin et pas grand-chose d'autre, les points stratégiques savamment cachés par un fouillis de fourrure blanche. Jackson avait beaucoup insisté là-dessus, il ne fallait pas trop en dévoiler, il avait de grands projets pour elle. Le cinéma.

Ce que Jackson n'avait pas prévu, lorsqu'il présenta Gloria à Gerry Grayson, au cours d'un cocktail à Coconut Grove en 1953, c'est que sa femme le quitterait.

Gerry Grayson, dit G.G., était le plus riche agent immobilier de Miami. Il avait un regard foudroyant, des tempes argentées, des épaules larges. Une symphonie masculine. G.G. avait aussi une épouse fragile et quatre enfants solides – le principe des vases communicants.

Frappée par la foudre, Gloria fit sa valise sous les yeux d'un Jackson désabusé et emménagea dans une maison de Coral Gables, que son amant mit à sa disposition.

G.G., lui, resta chez lui – épouse fragile, quatre enfants, etc. Mais, c'était promis, il divorcerait.

Gloria Mercy Hope avait fait bien du chemin, de la mangrove de Chooga Pines aux stucs de Miracle Mile, l'artère centrale du plus beau quartier de Miami.

D'ailleurs, elle n'avait pas entendu son nom de baptême depuis bien longtemps.

Tous, de Jackson à G.G., des photographes de plage à Hugh Hefner, le patron de *Playboy*, de son coiffeur jusqu'à ses nouvelles amies *socialites*, tous l'appelaient Ma Chérie.

I

Gloria

(Gloire)

1

Miami, avril 1963

« Oh, Sharon, c'est une folie ! »

Gloria planta sa cigarette extrafine au coin de sa bouche et déplia le tissu blanc empesé, tendant devant elle une robe trapèze en nid-d'abeilles.

« Mon Dieu que c'est court… Je ne sais pas si je peux encore me le permettre, minauda-t-elle.

— Ne t'inquiète pas, Ma Chérie, tu portes tes trente ans comme un sac à main, avec une sorte de… négligence élégante, répliqua Sharon, une jolie rousse anglaise piquetée de grains de beauté. C'est du Courrèges. Il faudra la mettre avec les go-go boots assorties, et… » Elle eut un signe de la main vers la troisième femme autour de la table : « Vas-y, Janice.

— … Ta-dam », s'égaya Janice, plongeant sous la table dans une vague de cheveux châtains, ses énormes lunettes à la Jackie Kennedy sur le nez. Elle en retira une grande boîte couleur crème que Gloria avait fait mine de ne pas voir. Les fameuses go-go boots, leur tige qui grimpait en haut du mollet galbé de fin cuir blanc, souligné par une bride terriblement moderne, voilà qui la libérerait des talons sur lesquels elle se perchait du matin au soir – même ses mules de sortie de bain culminaient à huit centimètres au-dessus du sol où baguenaudait le commun des mortels.

Cela avait dû coûter une fortune, estima-t-elle pendant les effusions d'usage. Au bord de la piscine du *Biltmore Hotel*, à Coral Gables, l'argent n'était jamais un problème, mais une jauge. Au prix d'une robe Courrèges offerte pour un anniversaire ou d'une bouteille de champagne millésimé servie lors d'un brunch, on évaluait la considération que vous portaient les autres. Proportionnelle à leur crainte de se voir rayés de votre Liste.

Tout, au sein de cette ville privée qui mettait les riches à l'abri des pauvres, dans une recherche de l'entre-soi et d'une autonomie jalouse face à la politique plébéienne de la métropole, tout était affaire de Liste. À Coral Gables, le pouvoir se mesurait aux « services » que l'on pouvait vous rendre – les recommandations, les renvois d'ascenseur, les choses comme ça.

Il y avait ici des gens influents, sortes d'alchimistes capables de vous transformer le stuc en marbre de Carrare, dont les Listes figuraient les points cardinaux de la communauté. Gerry Grayson – G.G. comme un double Graal – était l'un d'entre eux. Il serait celui qui vous trouverait la maison de vos rêves sur Miracle Mile, celui qui vous procurerait les meilleurs décorateurs d'intérieur, vous fournirait les meilleurs marchés pour creuser votre piscine et bâtir votre *pool house*.

G.G. amenait même du beau monde à votre pendaison de crémaillère, et alors les Listes se multipliaient, et tout recommençait, et tout allait pour le mieux dans le meilleur des mondes.

Alors Gloria, le troisième G officieux, était influente par procuration. Ce qui lui valait une belle paire de go-go boots.

Au moins, se dit-elle en levant son verre avec ses amies, ces deux-là semblaient sincères. Au pire, elles faisaient joli dans le cadre – une blonde, une rousse, une brune sur fond de cascades et de pierres de corail de la piscine vénitienne de l'hôtel le plus mythique de Floride.

Dans l'eau azur que l'on changeait tous les jours s'étaient ébattues des stars comme Esther Williams, la sirène d'Hollywood, ou Johnny Weissmuller, le premier Tarzan de l'écran.

En 1963, alors qu'on entrait dans une ère de modernité, ces réminiscences de l'âge d'or avaient le parfum suranné des bouquets de roses incarnates que l'on disposait sur les tables rondes, à l'abri sous les voûtes de la terrasse rococo.

On disait que les deux tours historiques du *Biltmore* étaient hantées. Déjeuner ici était la démonstration d'un pouvoir décontracté sur les fantômes.

« Pour demain soir, nous avons commandé chez Sardi, annonça Sharon. Du crabe, des langoustes, des choses comme cela. Jeremy voulait faire un barbecue, vous imaginez ? Depuis que nous sommes arrivés ici, mon mari se prend pour un vrai Américain !

— Un barbecue, s'esclaffa Janice. Mon Dieu, cela aurait été tellement drôle !

— Je lui ai dit : "Jeremy, nous ne sommes pas au Texas."

— Oh, imagines-tu Zsa Zsa Gabor ou l'épouse de monsieur le maire manger des côtes de porc avec les doigts ?

— Je suis persuadée que madame la maire ne sait même pas tenir une saucisse entre deux doigts, gloussa Sharon avec son accent britannique. Zsa Zsa Gabor, en revanche… elle en est à son quatrième mariage, elle doit être experte en la matière. »

Les rires coupables flottèrent au-dessus des salades exotiques.

« Oh, doux Jésus, s'éventa Sharon, l'organisation de ce cocktail m'épuise.

— Je suis heureuse de ne jamais avoir à préparer ce genre de sauterie, intervint Gloria.

— Tu devrais, tiens ! s'emballa Janice. Juste pour voir le nombre d'hypocrites qui viendraient ramper à tes pieds.

— On n'organise pas de cocktail sans maître de maison, ça ne se fait pas, objecta Sharon.

— Peut-être chez toi en Angleterre, mais tout le monde sait que vous êtes terriblement rétrogrades. (Janice baissa la voix.) Et je suis sûre que G.G. jouerait très bien les princes consorts, un pas en arrière comme le mari de la reine Élisabeth.

— Oh, encore un peu plus loin, caché derrière les rideaux », grimaça joliment Ma Chérie.

Au fond, elle n'aimait pas trop ces badinages.

« Du champagne, mesdames ? » intervint un serveur en livrée grenat, une main dans le dos, le buste incliné en un angle parfait. Mon Dieu qu'il était jeune, se dit Gloria. Ou était-ce elle qui était devenue vieille ? Comme ça, d'un coup, aujourd'hui ?

Trente ans, Seigneur. Où étaient-ils passés ?

« Je ne sais pas, il fait si chaud », soupira-t-elle en tirant sur son foulard. Ses boucles blondes dégringolèrent sur ses épaules parfaitement bronzées. G.G.

n'avait jamais voulu qu'elle les coupe, se fichant bien de la mode qui faisait de jolies têtes de faons aux femmes. Au lit, il s'en faisait une écharpe, se délectant de leur soie frémissante sur sa gorge. Puis, souvent, il les enroulait autour de son poignet, tirant dessus, pas trop fort, mais suffisamment pour parvenir à ses fins.

La rousse et la brunette protestèrent – « Eh bien justement, il faut se rafraîchir, doux Jésus ! » – et le joli serveur s'en fut chercher une nouvelle bouteille de Veuve Clicquot à deux cents dollars, longeant au fil de l'eau les alcôves où étaient nichées des reproductions de statues antiques.

Sharon se pencha, après avoir éclusé le fond de son verre.

« Et on n'a pas tous les jours trente ans, Ma Chérie. » Puis, baissant le ton : « Au fait, que t'a-t-il offert, ton prince ?

— Rien encore. Ce soir. »

Gloria sourit machinalement. Une drôle de situation que la sienne, mais il semblait qu'elle convenait à tous les autres. Si pour elle, le divorce de G.G. était un serpent de mer, il semblait que pour les *happy few* de Coral Gables il ne fût plus un sujet.

Huppés, d'accord, mais pas bégueules. Toujours cette histoire de Liste.

Tandis que les deux précieuses se figuraient à voix basse l'arrivée olympienne de Gerry Grayson chez sa maîtresse officielle, son cadeau à la main, l'une misant sur n'importe quoi en diamant, l'autre sur tout le reste en émeraude, rubis ou autre divin caillou, Gloria affichait une mine divertie – se disant que tout ce qu'elle aurait voulu, elle, c'est qu'il mette simplement un genou à terre et ouvre une fichue petite boîte.

D'accord, compte tenu de la vie délicieuse qu'elle menait, ce ne serait pas si grave si G.G. restait debout et se contentait d'une rivière de diamants.

Mais peut-être ce soir trouverait-il une raison bien concrète pour accélérer les choses, songea-t-elle, brusquement écœurée par sa cigarette.

Une fois la seconde bouteille de Veuve Clicquot descendue, lorsque les trois amies se levèrent en tanguant sur leurs talons, la blancheur de la statue à laquelle elle avait tourné le dos durant le déjeuner frappa Gloria. Elle cilla, les tempes soudain douloureuses. Rendue phosphorescente par la réverbération de l'eau, c'était une femme penchée sur un enfant, dans une volute de stuc, la main ciselée sur la joue rebondie du chérubin – la seule de ce genre dans ce temple baroque d'aphrodites saisies dans toutes les postures de leur beauté triomphante.

Rendue en quatrième vitesse à son nom de naissance, Gloria Mercy Hope y vit l'épiphanie de ses trente ans, une lumière que le bon Dieu dispensait dans le plâtre pour lui montrer le chemin. Rien n'arrivait par hasard, semblait lui dire cette mère à l'enfant. Sois tranquille.

Tout de même, comment réagirait G.G. à ce cadeau inattendu qu'elle lui offrirait ce soir après avoir déballé les siens ? Ma Chérie hoqueta, ses nausées matinales se rappelant à elle.

Elle s'inquiéta quelques minutes, souriant toujours à ses copines pompettes – puis la caresse du sac Courrèges contre son mollet finit par la tranquilliser, comme un doudou aurait calmé un bébé, et elle rentra chez elle attendre G.G., ses go-go boots à la main.

2

C'était une maison d'un style méditerranéen décomplexé dans cette enclave d'Amérique où l'on s'autorisait toutes les architectures – mauresque, hispanique, vénitienne. À quatre miles d'ici, l'aéroport de Miami déchargeait ses riches voyageurs qui revenaient d'Europe avec des caprices immobiliers de carte postale.

Il y avait des tuiles de terre cuite, du fer forgé, une cour intérieure, des tourelles émergeant des figuiers banians et de cornouillers de Floride, dont les fleurs roses se transformaient l'hiver en petits fruits que venaient picorer des oiseaux colorés. À Coral Gables, ville-jardin, la nature était canalisée. Il fallait que ce soit beau en toutes saisons.

Une hacienda, légèrement en retrait de Miracle Mile, à quelques pas des restaurants gastronomiques où, donc, plus personne ne glosait sur la liaison antédiluvienne du tout-puissant Gerry Grayson, dit G.G., avec l'ex-playmate, Miss Floride 1952 – Gloria, le troisième G dont on avait oublié le nom de famille originel.

Presque dix ans qu'il l'avait installée là, en attendant de divorcer, l'année prochaine – puis l'année d'après, plutôt. Lily Grayson, l'épouse en chef, passait son temps en maison de repos. Elle se disait anémique, chlorotique, asthénique, on la savait alcoolique et maniaco-dépressive. Quand elle était vraiment agacée, Gloria se disait que Lily Grayson finirait par se foutre en l'air en avalant des cachets, comme Marilyn Monroe l'année dernière. Puis ça lui passait.

G.G. devait s'occuper des enfants, ils n'étaient pas encore tout à fait adultes, un divorce serait difficile pour eux par-dessus le marché, « tu comprends Ma Chérie ? ». Oui, Gloria comprenait tout ce que lui disait G.G. Elle l'aimait tant, il y avait cette fusion entre eux, et puis s'il ne l'épousait pas G.G. lui donnait tout le reste.

Tout ce dont elle avait besoin.

Au début, Gloria avait continué à poser pour des magazines. Des photos de mode pour *Harper's Bazaar* et *Look* puis des séances en guêpière chic pour *Playboy* – Hugh Hefner avait eu beau insister, il n'avait jamais obtenu qu'elle dévoile un téton, alors il avait dû se lasser puisqu'elle avait fini par ne plus en entendre parler. Des filles plus enthousiastes s'étaient allongées à sa place en page centrale.

Ensuite il y avait eu des shootings en maillot de bain, pour promouvoir la Floride, un reportage dans les plantations d'Orlando, charmant prétexte à ce qu'elle tournoie entre les orangers en minishort et chemisier noué à la taille. Mais sa zone de brillance se resserrait.

Quand on lui avait proposé un contrat publicitaire pour une sauce barbecue, Gloria avait décidé d'arrêter. Elle avait alors vingt-six ans, continuait à se huiler consciencieusement les seins tous les soirs, elle était superbe, mais il semblait qu'elle fût déjà trop vieille pour l'objectif des Richard Avedon, Erwin Blumenfeld ou Irving Penn, tous ces artistes qui transcendaient la photo de mode.

De toute façon, elle n'avait pas besoin de poser pour qu'une bande de primates se rince l'œil, avait tranché G.G. Elle l'avait lui, qui lui payait tout ce qu'elle voulait – y compris cette maison sur Miracle Mile, la bien nommée.

Parfois, Gloria se disait qu'elle valait trois mille dollars par mois et qu'il n'y avait peut-être pas de quoi être fière.

Puis elle se rappelait la scierie de Chooga Pines, ses genoux cagneux, le pansement sur ses lunettes, ses chevilles crottées dans la mangrove, et Sœur Bigleuse ne se trouvait pas si mal, pas si pute.

Ce n'était qu'un juste retour des choses.

« Regarde de plus près, Ma Chérie. »

G.G. lui reprit le bracelet qu'elle tenait entre ses doigts, un O parfaitement rond s'échappant de sa bouche cerise comme une bulle d'extase. Sharon avait raison, c'étaient des diamants. Et pas qu'un peu.

« Ici », fit G.G., lui mettant le bijou sous le nez. Gloria fronça les sourcils pour mieux y voir : l'attache en or blanc était gravée. Elle plissa les yeux sur les lettres fines et déchiffra : *À mon troisième G pour toujours*.

« Oh, Gerry », fondit-elle. Il la cueillit dans ses bras, l'air content. Franchement, c'était mieux qu'un mariage. Ils étaient installés dans le patio sur un nuage de coussins immaculés, la petite table en rotin débordait de mets fins, et G.G. avait veillé à faire livrer des monceaux de roses et d'orchidées avant d'arriver. Les fleurs roses et blanches formaient une haie qui aurait pu préfigurer un autel, quelque part un roitelet ou un roselin trillait – c'était parfait.

Gloria releva les yeux, comme un chaton reconnaissant, il lui caressa la tête, planta un baiser sur son nez. « Attends, Ma Chérie, je vais te l'attacher. »

Gloria resta sans bouger, le bras tendu, à l'observer tandis qu'il se débattait avec le fermoir. En dix ans, elle ne l'avait pas vu vieillir, il était même encore plus beau, plus fin que lorsqu'elle l'avait rencontré. Ce cocktail à Coconut Grove, où elle était arrivée au bras de Jackson, son mari, et d'où elle était repartie amoureuse d'un autre.

Le regard de G.G. sur elle, la première fois, brillant, indéfinissable.

« Tu te souviens ? murmura-t-elle, respirant le parfum de brillantine de ses cheveux.

— Tu dis ? »

Ce soir-là, il l'avait guidée dans les jardins de la villa Vizcaya, dont on fêtait l'ouverture au public, tandis qu'à l'intérieur Jackson immortalisait la haute société floridienne en faisant claquer son Nikon.

« Cette villa a été bâtie en 1916, lui avait-il expliqué. C'est un peu tôt pour en faire un musée, me direz-vous. Mais c'est son architecture qui la rend si spéciale. C'était le souhait délirant d'un riche homme d'affaires, James Deering, de faire construire sa résidence d'hiver dans le plus pur style de la Renaissance italienne. » Gloria ne savait pas ce qu'était la Renaissance italienne, elle buvait ses paroles. Passionné, Gerry Grayson lui parlait de marbre d'Europe, de pierres calcaires, tendant son bras vers la bâtisse blanche.

À un moment, parce qu'elle ne distinguait pas le détail d'une fenêtre, dans la nuit qui semblait les envelopper tous les deux et rien qu'eux, il avait pris sa main dans la sienne pour la pointer plus haut, à la lueur dansante des torches en bambou. « Vous voyez ? » avait-il demandé. Ce qu'elle voyait bien, c'est qu'elle était presque malade, que son ventre la faisait souffrir.

Elle n'avait jamais été amoureuse avant, alors elle ne savait pas.

« Gerry, j'aimerais retourner à la villa Vizcaya, dit-elle lorsqu'il eut fermé son bracelet.

— Nous y sommes allés il y a quoi, un mois ? Pour ce truc de bienfaisance horriblement emmerdant. Cette chaleur, tous ces constipés, un cauchemar.

— Justement, j'aimerais qu'on y aille tous les deux. »

C'était une jolie façon de repousser l'annonce qu'elle avait à lui faire. Deux ou trois fois dans la conversation, elle avait essayé de commencer – « Gerry, il faut que… », « Chéri, tu vas… », « Je suis… » – mais le reste ne sortait pas. Ce n'était pourtant pas une phrase compliquée – « Chéri, je suis enceinte » –, mais elle lui faisait l'effet d'une bascule. Alors, le prétexte de la villa Vizcaya la rassurait, elle qui s'était fait du souci toute la journée. Elle avait un répit. De toute façon, d'après ses calculs elle n'était enceinte que de deux mois, ça pouvait attendre un peu.

G.G. haussa les sourcils devant son air tracassé. « Bon. La villa Vizcaya, si tu y tiens, Ma Chérie. »

G.G. adorait lui offrir des bijoux, mais curieusement il n'avait pas le sens du symbole. C'est pour cela que Gloria avait été surprise par cette gravure sur son bracelet – bien plus que par les diamants, somme toute prévisibles.

À mon troisième G pour toujours.

Une merveille, d'ailleurs, se dit-elle en contemplant son poignet, pensive. Un entrelacs de brides d'or blanc pavées de pierres, comme des doigts mêlés.

« G.G., tu te souviens au moins que… » Elle secoua la tête. « Enfin, c'est là-bas que tout a commencé. Il y a eu la soirée au *Biltmore*, deux semaines après, mais c'est à la villa Vizcaya que tout a commencé. »

Gerry tira sur son nœud de cravate en s'enfonçant dans les coussins. La nuit chaude prenait une consistance sirupeuse.

« Je t'avoue que j'ai un meilleur souvenir du *Biltmore*, parce que c'est là-bas que j'ai pu t'emmener dans une chambre alors que la fête battait son plein autour de la piscine », dit-il d'un air coquin.

Oh lala, cette robe en soie verte soulevée en hâte contre la porte, se remémora Gloria, tu parles d'une première nuit d'amour… Mais c'était si excitant, si torride, ce qu'elle n'avait jamais ressenti avant, avec Jackson – puisqu'il n'y avait eu personne d'autre.

Jouant les prudes, elle leva les yeux au ciel, G.G. posa sur elle un œil patient.

« À la villa Vizcaya, Ma Chérie, tu portais une robe blanche, dans une espèce de tissu à plusieurs couches…

— En mousseline. C'était de la mousseline de soie.

— … Avec de fines bretelles qui ressemblaient d'ailleurs au putain de bracelet que je viens de t'offrir.

— Ce n'était que du strass, rit-elle.

— Et quand nous nous sommes arrêtés pour regarder le foutu bateau en pierre que ce dingue de Deering a fait immerger dans la baie, j'ai embrassé ton poignet. » Il sourit. « Satisfaite ? »

Égayée, Gloria hocha la tête, s'amusant de son air narquois. Arrête de toujours douter de moi, semblait-il lui dire – ou alors, il était simplement content de lui.

Oui, le bateau en pierre de la villa Vizcaya, qui semblait flotter à quelques mètres des jardins à la française, et qu'ils avaient admiré, appuyés sous l'une des arcades vénitiennes du belvédère qui mordait sur l'eau. À l'heure bleue, le soleil couchant nappait le ciel d'orange, et Gloria Jackson n'avait alors jamais rien vu de plus beau.

Et ces lèvres sur sa main, sur son poignet, qui la gagnaient petit à petit, Gerry s'en souvenait donc.

C'était peut-être le moment de…

« Chéri, il faut que…

— Quoi ?

— Non, rien. »

À la villa Vizcaya. Ce sera mieux à la villa Vizcaya.

Il attrapa un toast au caviar qu'elle avait commandé au meilleur traiteur de Miracle Mile – avec du homard, de la tarte au citron vert des Keys et du champagne français, tout ça avec l'argent de G.G.

Elle caressa du regard les cheveux argentés, les yeux azur, le teint bronzé et se souvint de l'unique réflexion que lui avait faite Jackson, lorsqu'elle avait avoué sa tromperie et demandé le divorce : « J'en étais sûr. » Il n'avait même pas eu l'air triste ou fâché, ni cherché à la retenir, comme s'il savait depuis le jour où il l'avait repérée sur sa natte en raphia à la plage de Tampa qu'il n'avait vocation qu'à la découvrir et à en profiter un peu, avant qu'un alligator ne passe.

Et puis Jackson en aurait d'autres, comme elle. Les belles filles, c'était son métier, s'était rassurée Gloria lorsqu'il avait refermé la porte de leur appartement de Downtown Miami sur un dernier « Bye bye, Ma Chérie » presque souriant.

« Que vas-tu porter à la soirée de demain avec ce magnifique bracelet ? demanda G.G. en se léchant les doigts.

— Rien, minauda-t-elle. Il se suffit à lui-même.

— Eh bien, le président de l'Association des propriétaires va apprécier.

— J'espère bien, rit-elle. Au prix qu'il lui a coûté. »

G.G. lui lança un clin d'œil et pointa son doigt vers ses pieds – elle étrennait sa robe trapèze et ses go-go boots. « En revanche, grimaça-t-il, évite ces chaussures. Elles sont affreuses, Ma Chérie. »

3

En matière de beauté et de bien-être, Nicolette faisait autorité auprès du gynécée de la Cité Radieuse. C'était une femme petite et brune, à l'ascendance vaguement séminole, au verbe court et au geste énergique, qui parfois mettait Gloria mal à l'aise : Nicolette lui rappelait sa mère, et le sentiment de culpabilité qui allait avec. Mais en se laissant aller à ses mains elle y trouvait son compte.

Nicolette était le Shiva des précieuses, de Coral Gables à Coconut Grove. Elle vous massait, vous coiffait, vous maquillait, tirant des miracles d'une mine chiffonnée par le tabac et bouffie par les excès de champagne.

« Mais vous, c'est du velours, Ma Chérie, disait-elle en passant une serviette chaude sur le visage de Gloria. Besoin que d'une heure quand trois pour vos copines. »

Ma Chérie avait une hygiène de vie olympique, entretenant son capital comme un cheval de course. Un verre de jus de citron dans de l'eau tiède au réveil, une heure de natation chaque jour, un régime sans trop de gras ni trop de sucre, des tonnes de carottes pour le teint. Presque pas d'alcool, des cigarettes seulement entre copines – à cet égard, elle faisait figure de martyre auprès des Sharon et Janice qui mangeaient liquide lors de leurs déjeuners et écrasaient leurs mégots dans des assiettes à peine chipotées. Mais, comme elles, Gloria sacrifiait au lavement du côlon hebdomadaire, très en vogue, pour s'éclaircir le teint et perdre quelques grammes.

Et les Trois Grâces se partageaient Nicolette pour le fignolage, les jours de cocktails. Il s'agissait tout de même d'un gros travail de représentation. Un métier à part entière.

Gloria vit le visage mat et ridé se pencher sur elle, scrutant le blanc de ses yeux pour y déceler une trace de fatigue, de stress, ou de cuite de la veille. Elle se demandait toujours pourquoi cette fée de l'esthétique n'appliquait pas ses talents sur elle-même, et laissait ainsi grisonner ses cheveux tirés en queue-de-cheval, les rides s'installer, sans artifice aucun. Et puis lui venait l'idée, encore vague, de la sérénité et du lâcher-prise.

Nicolette établit son diagnostic dans un grognement, lui collant sans ménagement un sachet de glaçons sur chaque œil, étalant un masque gluant sur son visage.

« Qu'est-ce que c'est que cette odeur ? grimaça Gloria.

— Vous ne voulez pas savoir. »

Puis la fée lui massa les bras, descendit sur son plexus solaire par de rapides points de pression, pinçant ses hanches, tapotant ses cuisses. Le cerveau engourdi sous un bloc de glace, Ma Chérie exhalait des plaintes et de petits rires.

Drôle d'impression d'être un corps sans tête.

« Vos cheveux, on les coupe un peu ? tenta Nicolette une fois qu'elle fut de nouveau assise, euphorique.

— Non. On fait juste les racines.

— Ils arrivent à la taille, presque.

— On verra la prochaine fois.

— Vous dites toujours ça. Alors on fera un chignon antique avec des tresses sur les bords.

— Je ne veux pas de tresses. Juste un chignon boule, sobre.

— Comme vous voulez. »

Nicolette haussa les épaules, appliquant au pinceau le mélange décolorant sur les racines de ses cheveux. « Pas de cheveux blancs ? demanda Ma Chérie, comme à chaque fois.

— No-on. Vous avez trente ans, pas cinquante. »

Mon Dieu. Gloria avait du mal à se projeter dans cet avenir-là. Comment serait-elle, à cinquante ans ? Mûre ou seulement vulgaire ?

Nicolette chassa cette idée noire en faisant claquer les bretelles d'un nouveau soutien-gorge sur ses épaules. C'était un La Perla, fait sur mesure en Italie. Un souffle de dentelle noire sur un balconnet offrant chair et peau nacrée, comme un autel. G.G. allait adorer.

« Ça va », apprécia Nicolette, en connaisseuse. Sauf que ses seins lui faisaient mal, et qu'elle ne pourrait pas le porter encore longtemps. Mon Dieu, et si la grossesse les faisait dégringoler ? *Eh bien, tu en auras bien profité*, décida-t-elle. Il était temps de passer à autre chose, non ?

Dans son esprit, la mutation s'opérait déjà, depuis trois semaines qu'elle avait compris – plus de règles, des nausées. Pourtant, c'était la première fois. En dix ans, il n'y avait jamais eu d'accident. À l'aube de ses trente ans, elle ne pouvait s'empêcher de penser sinon à une intervention divine, du moins à un acte manqué. Peut-être son subconscient avait-il présidé à cette erreur de calendrier, transposant le douzième jour de son cycle au vingt-deuxième, celui où l'on ne craint plus rien.

Elle hésita à en parler à Nicolette. Elle aurait eu besoin qu'on la rassure, qu'on s'enthousiasme, qu'on ne laisse plus de place au doute. Mais Nicolette n'était décidément pas sa mère, regretta-t-elle presque, en voyant la fée remballer vigoureusement son matériel.

« Vous rincez dans quarante-cinq minutes, je n'ai pas le temps d'attendre pour vous. Il faut que j'aille chez Mme Wilcox. » Et Sharon ne supportait pas les retards, surtout les jours où c'était elle qui recevait.

Gloria hocha la tête.

« Je reviens à cinq heures pour le chignon boule. Le maquillage ?

— Je le ferai moi. J'aime bien.

— Je sais. »

Son visage était un terrain de jeu. Elle aimait y faire glisser les pinceaux, y étaler les fards, tapoter les couleurs, voir les joues s'ombrer, les lèvres s'ourler, les yeux devenir bijoux dans un écrin fumé. D'un trait de crayon elle changeait tout entière, devenait ange ou louve.

Ce soir, elle serait un astre de pureté, sourit-elle en caressant la robe blanche étoilée pendue à son cintre.

Parfois, Ma Chérie s'ennuyait.

Alors un jour comme celui-ci, avec la promesse du soir, était un jour utile. Un dîner, un gala, et dans son exaltation lui venait l'impression de plus en plus prégnante de ne plus être vraiment vivante que dans ces préparatifs toujours renouvelés, et les moments de splendeur qui s'ensuivraient. Elle vivait cela comme un challenge, s'imaginait que c'était peu ou prou la même chose pour Rocky Marciano quand il préparait un match de boxe.

À ceci près, lui disait une petite voix, que Rocky Marciano avait le lendemain la satisfaction d'avoir remporté quelque chose.

Et la petite voix se faisait de plus en plus forte quand Ma Chérie, sous son grand chapeau de paille, trempait un pied dans la piscine en forme de demi-lune, saisie par le silence parfumé de son quartier résidentiel, les yeux plantés sur un horizon d'azalées et pas bien plus loin.

Mais maintenant, se dit-elle en passant une main mal assurée sur son ventre, les lendemains seraient différents.

Si G.G. ne piquait pas une crise.

Ils avaient parlé une ou deux fois d'enfants, il avait dit « on verra », alors c'est qu'il n'était pas absolument contre.

Ma Chérie appuya un peu ses doigts, à droite, à gauche, où était-il, ce tout petit bébé ? Était-elle vraiment capable de faire ça, de donner la vie ? Juste en restant là, au bord de la piscine ?

On sonna, elle se leva, serrant son peignoir en soie, regardant le ciel d'un bleu si bleu qu'il semblait ne pas y avoir d'espace, ni d'étoiles, ni de lune au-dessus, et que la nuit ne tomberait jamais.

Un avion passa au loin, pas plus gros qu'un moustique. Voilà encore une chose qu'elle ne faisait pas, voyager. Elle n'avait jamais quitté la Floride de sa vie. Elle rêvait de Paris, d'Italie, ou même plus près, de New York. Elle savait qu'elle irait un jour, alors la simple idée lui suffisait pour le moment.

Ma Chérie vivait dans une vie où il lui suffisait de demander, mais elle savait que ce qui était concret, cher et lourd était plus facile à obtenir qu'un désir à combler.

« Vous avez mangé votre banane ? s'enquit Nicolette qui revenait comme un commando, sa mallette à la main.

— Euh, non.

— Il faut. Pas d'alcool l'estomac vide. Allez. »

C'était la dernière étape, le coup de polissoir avant la représentation. Gloria se regarda dans le miroir en train de manger sa banane tandis que Nicolette montait un chignon boule à la manière d'une pâtissière, et fut prise d'une série de soupirs irrépressibles.

« Qu'est-ce qui vous arrive ?

— Ça me rappelle quand je jouais à la poupée.

— Oui et maintenant la poupée, c'est vous.

— À trente ans.

— La femme de monsieur le maire en a le double et je lui fais les ongles tous les jeudis… Dites, qu'est-ce qui vous prend ? C'est votre anniversaire qui vous travaille ? »

Gloria hésita encore à se confier, haussa une épaule. « Probablement, dit-elle. Je ne sais pas… Parfois, je me dis… Quel cinéma que tout cela. Vous ne trouvez pas, Nicolette ?

— Dites, c'est mon travail, Ma Chérie. Mais c'est bien ce que c'est. Du cinéma. (Elle tira sur une mèche, ôtant une épingle de sa bouche.) D'ailleurs, c'est ce que vous auriez dû faire. Vous êtes bien plus belle que

Jayne Mansfield ou Lana Turner, si vous voulez mon avis. Ces femmes-là sont artificielles.

— C'était prévu, il y a longtemps », souffla Gloria.

Était-elle mélancolique de cette époque où Jackson voulait lui ouvrir tout un monde ? Alors que si on y réfléchissait bien, Gerry Grayson, lui, l'avait refermé autour d'elle. Non ?

« Vous auriez bien fait, continuait Nicolette. Vous, vous êtes une beauté naturelle. Comme Grace Kelly. En plus… (Elle eut un geste explicite de la main, qui englobait probablement des termes comme "sexy" ou "affriolante" qu'elle n'aurait osé prononcer.) Bref, vous savez que Marlene Dietrich s'est fait arracher des dents pour creuser ses joues ? Et que Rita Hayworth se fait épiler le front pour remonter la racine de ses cheveux ?

— Non », s'amusa Ma Chérie.

Nicolette était exceptionnellement bavarde, aujourd'hui. Et cela évitait à Gloria de trop penser. Elle se faisait fort de ne pas remonter le temps, jusqu'à ses vingt ans, l'écharpe de Miss Floride, les oreilles de lapin de *Playboy* et les contrats en or, Hollywood à l'horizon.

Elle avait sacrifié tout cela pour un seul homme.

Mais non, non, elle ne regrettait rien.

Et puis tout allait changer.

Nicolette termina par un coup de laque, et Ma Chérie alla brosser ses belles dents blanches, passer une couche de Rimmel, une autre de rouge à lèvres, et puis un nuage de poudre de riz.

Et ensuite, pour finir, c'était la robe, comme une cérémonie.

« Voilà, fit Nicolette, satisfaite. La reine du bal. »

4

Coral Gables avait été fondée dans les années vingt par George Edgar Merrick – un agent immobilier passionné d'urbanisme qui hérita un jour d'un terrain de trois mille hectares à l'orée de Miami. Au fil des années, le domaine fut planté de jardins exotiques, de maisons luxueuses, de terrains de golf et d'hôtels – Merrick avait imaginé la piscine vénitienne du *Biltmore*.

Gerry « G.G. » Grayson se rêvait en George E. Merrick, le saint patron des agents immobiliers. À quarante-cinq ans, il y était presque parvenu, brassant hectares et dollars, empilant les mètres carrés dans ses livres de comptes et lingots d'or dans un coffre de la Wells Fargo.

Seule lui manquait la créativité. Il savait vendre, mais n'était pas fichu de dessiner une fenêtre. G.G. tentait de combattre ce complexe et d'assouvir ce désir fou de laisser une trace en se faisant réélire président de l'Association des propriétaires chaque année.

Le statut légal particulier de Coral Gables, administrée par l'Association, faisait de lui un dirigeant bien plus puissant que le maire décoratif de ce qu'on appelait la Cité Radieuse. Alors G.G. était en campagne trois cent soixante-cinq jours par an, adoubé par ses affidés reconnaissants.

C'était au tour de Jeremy Wilcox de faire l'article. Ce banquier londonien immigré devait à G.G. le splendide palais vénitien où la communauté cousue d'or se pressait ce soir. On admirait la piscine étirée en canal, la reconstitution considérablement rétrécie du pont du Rialto qui l'enjambait. Sharon, l'épouse de Jeremy, virevoltait entre les arches, robe Pucci à fleurs pop au-dessus du genou et coupe de champagne à la main, promettant d'une voix flûtée de faire venir une gondole d'Italie.

La maison avait été chère – « très chère, Ma Chérie » –, avait avoué Sharon à Gloria, tant de monde la voulait qu'il avait fallu enchérir, mais grâce aux conseils de G.G., ils l'avaient eue, « doux Jésus ».

« Oh. Mon. Dieu, cala la maîtresse de maison, portant la main à sa gorge. Janice, regarde, j'avais raison ! » Et elle attrapa le poignet de Gloria, réprimant des exclamations pour ne pas attirer la foule, ce qui se traduisait par de petits bruits de gorge semblables aux cris lointains des pélicans blancs dans la baie. « Des diamants, doux Jésus ! Il est magnifique, Ma Chérie ! »

Gloria se rengorgea, laissant le loisir à l'une – épouse de banquier – et à l'autre – femme d'avocat – d'admirer le bracelet hors de prix de l'illégitime du président de la ville. « Il y a quelque chose de gravé », les acheva-t-elle. Ce n'était pas facile de décrypter un trait si fin sous la lumière finissante du soleil couchant, aussi elle les aida, chuchotant : *À mon troisième G pour toujours*.

Voilà qui terminerait de l'asseoir sur le trône.

Lorsque, un martini à la main, Jeremy Wilcox avait fait l'éloge – suffisamment décontracté pour paraître improvisé – de Gerry « G.G. » Grayson devant une assemblée conquise et légèrement ivre, Gloria avait joint ses mains sous son menton. Elle était si fière, mon Dieu, à chaque fois elle frissonnait.

Comme d'habitude, elle avait pris soin de se tenir à l'écart, mais sa robe blanche au décolleté constellé d'étoiles lui donnait l'impression d'attirer sur elle toute la lumière du ciel.

C'était un fourreau de satin très simple, l'encolure bateau dévoilait à peine ses épaules et les étoiles brodées d'argent étaient toutes petites, mais son bracelet semblait peser dix kilos et être radioactif. Il envoyait des signaux au monde – *c'est moi, sa femme, pas l'autre à la Mayo Clinic, à cinq cents kilomètres d'ici*. En plus, c'est Lily Grayson elle-même qui avait demandé à être hospitalisée si loin, aucun établissement de Miami ne trouvant grâce à ses yeux. Il fallait être chic, jusque dans ses névroses.

G.G. était très attirant dans son smoking cintré, mais il ne dormirait pas avec elle cette nuit comme il l'avait fait la veille, pour son anniversaire. Cela restait exceptionnel. Gloria noya ses regrets dans les exclamations étouffées de ses deux amies qui s'abîmaient les yeux sur la gravure voguant sur un flot de diamants.

Jeremy Wilcox vint la saluer, au bord de la révérence. C'était toujours amusant, cette façon qu'avaient les gens de lui faire des courbettes sans trop le montrer. L'exercice devait être formidablement difficile – calculer la bonne distance, la retenue suffisante, l'enrobage des compliments.

Au début, G.G. veillait à lui adjoindre un cavalier, à chaque fois qu'ils sortaient. Il la voulait près de lui, et Gloria le soupçonnait d'en tirer une gloire un peu vicieuse. « C'est son côté monarchique, lui avait expliqué Sharon, l'Anglaise, qui s'y connaissait. Comme le roi, il a sa reine et sa favorite, mais devine laquelle gouverne ? »

Les cavaliers de la favorite avaient fait long feu. Les deux premiers, jeunes employés de la société Grayson Real Estate, étaient tombés amoureux d'elle, comme de bien entendu. À regret, G.G. lui avait accolé un beau garçon certifié homosexuel – Gerry Grayson n'aimait pas trop tout ce qui le faisait sortir de sa zone de confort, autant matérielle qu'ethnique ou spirituelle, mais nécessité faisait loi. « Mais enfin, arrête, s'était rebiffée Gloria. On va croire que je couche avec toute la Floride ! »

Exit les cavaliers en carton. De toute façon, et sans qu'on sache qui avait vendu la mèche, plus personne ne se demandait pourquoi Gloria dont-on-avait-oublié-le-nom n'était jamais accompagnée dans les cocktails.

Sauf quelques innocents, comme cet homme d'une curieuse élégance, aux cheveux blonds coupés court, qui fendait le groupe pépiant, une coupe de champagne à la main.

« Madame Wilcox, madame Delaney, dit-il en inclinant la tête d'une façon un peu abrupte. Me feriez-vous l'honneur de me présenter votre amie ? »

Pompette, Janice pouffa, une boucle de cheveux châtains lui retombant sur la joue. Sharon lui jeta un œil et s'éclaircit la gorge : « Gloria, je te présente le colonel Harrelson.

— Enchantée, colonel, fit Gloria, cachant son ennui sous un sourire de pucelle.

— Colonel Harrelson, voici Gloria…

— Jackson, la secourut Gloria.

— Gloria Jackson », se ratatina Sharon, un doigt manucuré au coin de la bouche. Elle était au bord du fou rire. Bafouillant un prétexte, elle s'éclipsa dans un flash de cheveux roux, flanquée d'une Janice à la tête baissée.

Gloria soupira intérieurement. Elle préférait affronter ce genre de situation seule plutôt que jouer la comédie devant des initiées. Cela n'arrivait pas souvent, il suffisait qu'un étranger au sérail soit là en villégiature. Mais lorsque c'était le cas, elle savait qu'il lui faudrait jouer le jeu du célibat, accepter le verre, la conversation, voire la promenade sous les cornouillers, en mesurant constamment les distances.

Un militaire, se dit-elle en le remerciant pour la coupe de champagne qu'il lui tendait. Elle voyait maintenant les galons, la barrette colorée sur la poche.

« M. Jackson ne m'en voudra pas, j'espère, dit-il en s'inclinant une nouvelle fois. S'il est là. »

Mon Dieu, se dit-elle. Même les militaires tout ankylosés de règles et de commandements savaient jouer cette comédie.

« Il n'y a pas de M. Jackson ici », sourit-elle, sibylline. *Quel cirque*.

Il s'inclina de nouveau, avec un léger sourire, cette fois. « Si nous quittions ce pont du Rialto surchargé, pour aller faire quelques pas ? » suggéra-t-il.

C'était une bonne idée, admit-elle. Il y avait bien trop de monde ici, elle avait besoin d'air. Où était G.G. ? Elle le chercha du regard alors qu'ils longeaient les arches descendantes. Les groupes de fêtards lui bouchaient la vue, elle attrapa au vol des bribes de conversations, saisissants abrégés de la société dans laquelle elle batifolait.

« … Une piscine à débordement… » décrivait Maura Mulligan, l'épouse du chirurgien de ces dames, à grand renfort de gestes au point d'en expédier son champagne sur l'épaule du colonel. « … Chez Goldman Sachs pour les fusions-acquisitions… » conseillait Rob Bailey, un banquier transfuge de New York accueilli comme le Messie par la petite communauté. « … On peut remercier Castro, c'est ce que dit toujours Jeremy, n'est-ce pas Jeremy ? piaillait Sharon. Depuis son arrivée au pouvoir, les Cubains affluent, et ils font un personnel bon marché, n'est-ce pas Jeremy ? » Gloria lui pinça le bras au passage pour se venger de la situation dans laquelle elle l'avait mise. Sharon poussa un cri strident et sa petite cour s'esclaffa.

Le jardin n'était pas très grand, ils en eurent vite fait le tour, restant à portée de vue du simili-Rialto. Mais lorsqu'ils furent revenus au point de départ au pied des arches, il fallut recommencer, le colonel semblant trouver la conversation passionnante, alors qu'elle n'avait aucune profondeur – juste une surface sur laquelle Gloria glissait. C'était presque artistique.

« Vivez-vous à Coral Gables ? avait-il demandé.

— Oui, c'est très agréable.

— Certes, l'océan, les palmiers, le soleil toute l'année.

— Il y a beaucoup de pluie au printemps, et l'été est assez étouffant. »

Quelques pas plus loin : « Oh, quel est cet arbre ? Ses fleurs sont fantastiques.

— C'est un cornouiller. En automne ses feuilles prennent une teinte parme, c'est très joli. Et les fleurs se transforment en petits fruits rouges, mais ils sont toxiques pour l'homme. Seuls les oiseaux peuvent les manger. »

À chaque passage, Gloria tentait d'apercevoir G.G., qui d'un groupe à l'autre butinait des scrutins déjà acquis. Elle aurait voulu qu'il l'interpelle – « Viens, Ma Chérie, que je te présente… » – mais bien sûr c'était impossible. Comme d'autres rêvent d'être embrassées sur un quai de gare, Ma Chérie fantasmait sur la main de G.G. prenant sa taille et l'intronisant auprès du maire, du sénateur ou même du président Kennedy, cela dépendait de son moral du moment.

Au lieu de ça, elle devait se livrer à des considérations météorologiques avec un militaire qu'elle connaissait depuis cinq minutes.

Une fois le sujet botanique épuisé, il fallut bien resserrer légèrement le champ de la conversation – jusqu'à ce qu'il ne devienne plus qu'un lopin d'indiscrétion, auquel cas Gloria prétexterait une migraine.

« Et que faites-vous, à Coral Gables ?

— Eh bien, je vis. On s'amuse beaucoup ici, nous sommes entre amis. »

La migraine menaçait. Elle avait – peut-être – évacué le sujet de son rôle social, mais il n'allait pas tarder à lui faire le coup du mari. Elle aurait pu se dire veuve, mais comme elle avait peur que ça porte malheur à G.G., elle préférait rester vieille fille. Alors qu'ils n'en étaient qu'à la moitié de leur cinquième tour du jardin, Gloria rembobina la conversation et trouva de quoi renvoyer la balle :

« Vous n'êtes pas d'ici, n'est-ce pas ? »

Évidemment que non. À Coral Gables, tout le monde se connaissait. Et sur les terrains de golf il n'y avait pas l'ombre d'un camp militaire. D'expérience, elle savait que les hommes adoraient parler d'eux, voilà qui devrait boucler le dernier tour. *Ensuite, la migraine*.

« Non, je suis de passage chez le maire, dit-il. C'est un vieil ami. Il me consulte pour des questions de sécurité que vous n'avez pas envie de connaître. L'arrivée de tous ces Cubains n'est pas sans conséquences. » Il sembla prendre de la hauteur : « Je dirige l'académie militaire de Gainesville. »

Gloria ralentit son pas. *Gainesville ?* Pourquoi ce nom résonnait-il ?

Benjamin.

Voilà pourquoi.

Plantée dans l'allée pavée d'un jardin italien au beau milieu de la Cité Radieuse de Floride, Gloria Mercy Hope Merriman eut des réminiscences de mangrove – les racines-échasses des palétuviers rouges, les pinces des écrevisses bleues, ses genoux couronnés, et l'odeur du bois coupé qui flottait par-dessus tout ça. « On ne montre pas sa culotte, vilaine fille ! » Les paires de baffes.

« Je connaissais un garçon qui a fait ses classes à Gainesville, dit-elle. Benjamin… (Elle fouilla dans sa mémoire.) Freeman. Benjamin Freeman. »

Maintenant, elle revoyait les coulures des lettres à la peinture noire délavée par les pluies d'été torrentielles, sur le fronton de la scierie : Freeman & fils, comme si le gamin qui pataugeait dans la boue avec elle avait son destin tout tracé. Lui aussi en avait choisi un autre.

« Je n'ai plus de nouvelles », ajouta-t-elle, un peu absente, oubliant de préciser qu'elle n'en avait jamais demandé. Le colonel secoua la tête : « Ça ne me dit rien. (Il sembla hésiter.) La Corée nous a pris beaucoup de jeunes hommes courageux. »

Gloria eut un frisson. La guerre de Corée. Comment avait-elle pu oublier Ben au point que la possibilité de sa mort ne l'ait même pas effleurée ? Elle avait vu les journaux, pourtant. Mais le conflit était si loin de Miracle Mile, sur une autre planète.

Elle n'avait plus avec ses parents que des relations sporadiques et épistolaires. Une carte pour Thanksgiving, une autre pour la nouvelle année, une promesse à chaque fois. Elle viendrait les voir dès qu'elle aurait moins de travail. Pour Papa et Maman Merriman, Gloria Jackson était toujours mariée avec son photographe à qui elle servait de secrétaire. Ils n'avaient jamais envisagé le voyage inverse. Miami, autant dire la Lune.

Cette comédie humaine durait depuis plus d'une décennie. Alors Benjamin Freeman, là-dedans…

Le colonel la considéra un moment, semblant navré de cette mélancolie soudaine dont il aurait pu être responsable – et de cette migraine qui la prenait. L'air péteux, il la raccompagna vers le Rialto et finit par s'incliner, remâchant probablement le ratage du déjeuner qu'il avait compté lui proposer. Cette femme était superbe sans non plus être un perdreau de l'année, pile celle qu'il lui fallait.

Mais quelque chose en elle lui disait qu'il ne l'aurait pas.

5

Ma Chérie s'était réveillée avec une belle gueule de bois dans ses draps de satin crème. Oh, ce n'était pas tant le champagne, elle ne se piquait la ruche que très occasionnellement – alcool pas bon pour la peau –, que le téléphone qui n'avait pas sonné.

Puis la matinée avait passé en minutes flageolantes, elle s'était épandue dans l'eau molle d'un bain, grimaçant sur l'acidité d'un verre de vitamines effervescentes. Avant cela, Gloria avait tiré le fil du téléphone jusque dans le couloir, prête à jaillir de la baignoire, telle *La Naissance de Vénus*. Vérifié trois ou quatre fois la tonalité avant de s'immerger dans la mousse.

Ensuite elle s'était posée là, dans son kimono fleuri, assise du bout des fesses sur un transat, bien à l'ombre de la véranda – soleil pas bon pour la peau. Toute droite, les mains croisées sur les genoux. Le téléphone l'avait suivie, comme un toutou muet au bout de sa laisse.

Gloria s'était parfois demandé ce qui se passerait s'il arrivait malheur à G.G. Comment elle l'apprendrait. Qui viendrait le lui dire. Elle exorcisait comme un poltergeist cette idée terrifiante.

Mais il était presque midi, ce qui dans son quotidien aujourd'hui bousculé sonnait l'heure des esprits maléfiques – des horribles pensées qui s'agitaient là sous la bâche en coton enduit, d'une luminosité virginale. Que le malheur frappe au paradis était donc chose possible.

Gerry « G.G. » Grayson n'avait jamais – *jamais* – failli à son appel du matin, voilà quel était le poison de cette gueule de bois poisseuse.

Pas une seule fois en dix ans, ce qui, supposait-elle, était encore plus valide qu'un foutu contrat de mariage. Le téléphone sonnait entre neuf heures et neuf heures et demie, elle ne sortait pas de son lit avant cela. « Ma Chérie, disait-il de sa voix caressante, il est l'heure de commencer une nouvelle belle journée dans la Cité Radieuse. » Chatte, Gloria s'étirait dans un feulement, riait doucement. Quel délicieux réveil. Plus tard, G.G. venait déjeuner avec elle – ou faire d'autres choses, plus rapides, quand il avait moins de temps.

Ce matin, rien. On était dimanche, l'agence était fermée. Là-bas, Gloria avait le droit d'appeler. Elle ne le faisait jamais. Ah, si, une fois seulement, lorsqu'elle s'était foulé le pied en glissant sur la terrasse après les pluies diluviennes d'un début d'été. Elle était restée un moment par terre, à attendre que la douleur s'efface. Puis sa cheville était devenue grosse comme une pastèque, et Ma Chérie, qui croyait qu'elle serait pour toujours épargnée par les affres terrestres, s'était décidée à ramper jusqu'au téléphone et avait appelé Grayson Real Estate. Se demandant comment elle allait bien pouvoir se présenter à la secrétaire. « Gloria » avait suffi, manifestement.

C'était il y a quoi, cinq ou six ans ?

Mais ce matin, il n'y avait rien qu'elle puisse faire, sauf alerter Janice ou Sharon, mais elle attendrait un peu pour cela. Elle détestait l'idée d'être la maîtresse ignorante, la cinquième roue du carrosse, et c'était exactement l'effet que cela lui ferait, d'alerter Janice ou Sharon.

Elle alla se servir du jus d'ananas dans le réfrigérateur moderne qui fabriquait même les glaçons qu'elle fit dégringoler dans son verre, tourna en rond dans la cuisine en bois roux, ses mules à talons foulant les tomettes mexicaines une par une comme sur une marelle, relevant le bas de son kimono pour les compter, dans une espèce de régression protectrice. Jamais elle ne s'était sentie aussi isolée.

Puis, posant son verre sur le bar qui donnait sur le salon coloré où tout était au ras du sol comme sous une tente berbère, elle aperçut sur la table basse entourée de gros coussins le service à thé disposé par la jeune Cubaine qui passait faire le ménage tôt le matin.

Sharon et Janice venaient refaire leur petit monde byzantin cet après-midi, traditionnel débat d'après-soirée portant sur la robe la plus moche, ceux qui avaient trop bu, qui avait dragué qui, et Ma Chérie avait complètement oublié. Elle oubliait ce matin tout ce qui n'était pas G.G. – y compris le prénom de la jeune Cubaine certainement partie chercher la commande de petits gâteaux et qu'il lui faudrait remercier de penser à sa place.

Bon. Bon, rumina-t-elle en se laissant tomber sur un coussin. S'il était arrivé quelque chose à G.G., ses amies le sauraient d'ici là. Un accident de voiture en rentrant du cocktail sur les coups de deux heures du matin, le temps que la nouvelle fasse le tour de Coral

Gables un lendemain d'ivresse… Ahurie par ce que son esprit était capable d'imaginer de façon aussi synthétique, Gloria se griffait les mollets sans presque rien sentir, ses mules dorées échouées à ses pieds. Les broderies aztèques du tapis lui bondissaient à la figure, comme des délires de L.S.D. Fallait-il qu'elle appelle les hôpitaux ? Elle n'était pas de la famille, on ne lui dirait rien.

N'y tenant plus, elle appela Janice, tant pis. « Madame pas réveillée », lui dit la domestique, avec un fort accent. Elle ne parlait pas très bien l'anglais, sans doute était-ce pour cela qu'il y avait eu un silence, juste avant.

Et puis après, Sharon. Mais « Madame pas là ». Même pause précédant l'élan.

En les attendant, Gloria résolut de s'habiller pour aller faire un tour sur Miracle Mile, peut-être entendrait-elle quelque chose ? Ou alors, appeler un taxi et pousser jusqu'à Coconut Grove, se dit-elle, fébrile, faisant tomber des robes de leurs cintres. Là-bas, la maison de G.G., immense et blanche, dominait la baie. En avançant jusqu'au portail, elle apercevrait sa voiture, s'il y était. Et s'il y était, c'est qu'il était fâché contre elle. Qu'il l'avait vue baguenauder sous les cornouillers avec le colonel, hier soir. Elle avait peut-être trop longtemps disparu de son champ de vision, là-haut sur le Rialto. D'habitude, il ne se formalisait pas, il avait lui-même établi les règles du jeu. Alors, quoi, qu'avait-elle fait ? Une onde piquante la traversa : non, il ne pouvait pas savoir, pour le bébé. Elle n'avait même pas encore vu de médecin.

Le temps de patauger dans ses vêtements, incapable de se décider, le temps d'apercevoir son visage crispé dans les miroirs en pied qui démultipliaient le dressing, le temps d'aller s'asperger d'eau pour tenter d'effacer l'inesthétique éclosion de détresse, il devait bien être l'heure du thé, non ? Perdue, transpirante dans une pampa de silence, elle n'avait plus de repère temporel.

Elle s'engonça dans une robe Balenciaga en jersey vert et rose trop chaud pour la saison. Les manches couraient jusqu'aux poignets, futiles boucliers à tout ce qui semblait vouloir l'agresser aujourd'hui – le soleil qui inondait le tapis, le simple déplacement de l'air. Elle tira nerveusement l'ourlet sur ses genoux, rendue à son coussin trop bas, regardant les quarts rétrécir sur le cadran en marbre rose de la pendule Tiffany.

Le jeu des clés dans la serrure la fit bondir dans un fol espoir – et la jeune Cubaine qui la trouva plantée dans l'entrée faillit en lâcher son carton de saisissement. Mon Dieu, quelle image elle devait donner. Une folle.

« Linda, avez-vous… Avez-vous vu M. Grayson ?

— Lucia », rectifia simplement la jeune femme, puis elle secoua la tête, s'éclipsa cinq minutes à la cuisine pour aller joliment arranger les pâtisseries sur un plateau d'argent. Et finit par disparaître, pas pressée de savoir ce qui pouvait bien se passer dans la maison du péché aujourd'hui.

Plus tard, les yeux rivés sur les gâteaux dont le glaçage rose et vert se nimbait d'une sueur sucrée, Ma Chérie avait fait le tour de la solitude. Elle baignait dans une absence globale et mortifère, toutes ses fonctions à l'arrêt. Seule l'aiguille de la pendule semblait encore bouger.

« Il est cinq heures trente, balbutia-t-elle, la main crispée sur le maudit téléphone.

— Madame pas là », répéta comme un disque la domestique des Wilcox.

Et puis chez les Delaney, Janice finit par répondre.

Et ce fut comme un tremblement de terre.

« Ne me dis pas que tu n'es pas au courant, fit-elle brusquement, comme si elle arrachait le combiné. Ton salopard de G.G. a été arrêté ce matin par la police. »

6

D'un coup, il n'y avait plus rien.

Plus de réveils câlins ni de fleurs tardives, plus d'amies au thé de quinze heures, plus rien.

Gerry « G.G. » Grayson le flamboyant, le grand moghol de Coral Gables, la Liste la plus convoitée de Miami, dormait en prison. Et c'était grave. S'il n'avait tué personne, c'était pire que cela.

« Il a demandé Don comme avocat, le crois-tu ? » avait craché Janice dans le téléphone. Le cerveau au ralenti, Gloria bredouillait des mots sans suite, comme si elle n'était plus capable que de formuler des débuts de questions. « Qu'est-ce… Mais où… Pourquoi ? » Il n'était pas surprenant en soi que G.G. ait demandé le mari de Janice comme avocat puisqu'il l'avait toujours été. Les contrats, les litiges avec les sous-traitants, Don Delaney s'occupait de tout cela.

Pas cette fois : « Parce que figure-toi que Don et moi faisons partie de ses victimes », avait glapi Janice. Oui, Don Delaney avait répondu à l'appel de G.G., mais, après seulement une demi-heure d'entretien avec son client au poste de police – à mi-chemin entre le *Biltmore Hotel* et la villa Vizcaya, quelle ironie –, le pénaliste était rentré chez lui ventre à terre, expédiant au passage un coup de poing dans le vase de Bassano qui trônait dans l'entrée. L'antiquité s'était brisée en mille morceaux sous les yeux effarés de Janice.

Gerry « G.G. » Grayson avait escroqué la moitié de Coral Gables, voilà ce qui se passait. Des années qu'il gonflait le prix des maisons pour se réserver une marge supplémentaire, non contractuelle, et qui sait, peut-être que tout ce fric planqué servait à entretenir cette pute de Gloria je-ne-sais-quoi ?

Et toute la journée s'était dressée une nouvelle Liste, celle des Idiots de G.G. Au-delà de l'argent perdu, c'était bien cela qui posait problème, au royaume de Camelot : voir rétrécir son ego – comme un attribut viril dans l'eau froide.

Ma Chérie contemplait son verre plein, la bouteille de vodka à moitié vide. Sa robe Balenciaga était tachée. Elle gratta le tissu du bout d'un ongle verni de rouge et le crissement lui envahit le crâne. Elle plissa les yeux, recomptant les cachets, les faisant glisser de l'index sur la table basse, comme si elle jouait aux échecs. Elle ne voulait pas mourir, pas tout de suite, mais envisageait le suicide comme un automatisme qui la prendrait, demain ou le jour suivant. Elle était ivre, son horizon gondolait. Les petits gâteaux s'étaient affaissés sur le plateau, en un dégueulis de camaïeu des mêmes couleurs que sa robe très chère, payée avec l'argent volé de G.G.

Il ne lui était pas venu à l'esprit que tout cela puisse être une erreur, que son amant depuis dix ans soit innocent. Sa naissance difficile et son enfance pastorale avaient organisé son esprit autour de deux sentiments cardinaux : la reconnaissance et le fatalisme, aussi religieux que le cantique de ses prénoms. Gloria Mercy Hope Merriman avait des seins magnifiques mais gardait les pieds terreux d'une gamine de la mangrove. Elle ne négociait pas avec la vie, les choses arrivaient, bonnes ou mauvaises, c'était simple comme un matin à Chooga Pines.

Elle n'avait même pas essayé de défendre G.G., tout juste avait-elle juré à Janice qu'elle n'était au courant de rien. Comme prise de pitié, son amie – *Amie ? Comment appelait-on quelqu'un qu'on n'avait probablement jamais eu ?* – avait proposé de la voir au petit déjeuner. Mais il faudrait pour cela qu'elle prenne le taxi jusqu'à Miami Beach, de l'autre côté du pont, il n'était pas question qu'on les aperçoive ensemble.

G.G. pouvait-il l'appeler de la prison ? se demanda-t-elle pour la millième fois, s'affaissant sur le tapis. Tout était si silencieux, alors que dehors la nuit semblait hurler de sirènes, de moustiques et de cormorans. Elle mit les mains sur ses oreilles.

« Madame ? Madame ? *¿Estás bien?* »

On serrait son poignet, elle avait mal à la tête comme si le sang n'y montait plus. « *Estás bien*, madame ? »

Oh, Seigneur, par quel miracle faisait-il jour, par quelle misère la vie pouvait-elle continuer, comme si de rien n'était ? Gloria avait à peine les yeux ouverts que le vertige la reprenait, qu'elle se souvenait de tout – G.G., la prison – sans même passer par le sas de l'éveil, le doute, la possibilité d'un cauchemar.

La jeune Cubaine la relevait doucement, de l'effarement dans ses yeux bruns.

« Je vais bien, merci », murmura Gloria, la gorge sèche. Lucia sortit un chiffon de la poche de son tablier. Elle avait dû la trouver en plein ménage, étalée entre les coussins. Quelle frayeur elle lui avait faite. Pendant que la jeune femme essuyait les traînées de vodka sur la table basse en secouant la tête, Ma Chérie tituba jusqu'à la salle de bains, lissant sa robe souillée du glaçage des gâteaux.

C'était son premier jour au-dessus du vide.

Elle avait l'impression d'être dans un de ces *speakeasy* de la Prohibition, là où on se planquait pour boire de l'alcool. Gloria Mercy Hope avait entendu un jour Papa Merriman raconter ça au patron de la scierie qui n'avait jamais mis les pieds dans une grande ville et qui, de toute façon, avait toujours carburé à l'alambic du voisin.

C'était petit, c'était sombre, alors que le soleil inondait la baie. Janice avait dû creuser pour aller encore plus profond dans le dernier recoin de ce salon de thé de Lincoln Road, la rue piétonne de Miami Beach où l'on croisait beaucoup plus de vacanciers que d'autochtones. Impossible de tomber sur une précieuse de Coral Gables, ici. C'était pour ça.

Gloria avait arrimé ses mains tremblantes à une tasse de lapsang souchong, tandis que l'autre calmait ses nerfs au moyen d'un whisky sans glace que le serveur avait sorti de dessous la caisse pour arranger le thé de ces dames. Dans cette presqu'île en pleine expansion touristique, on savait recevoir.

Sous la frange châtain, les yeux de Janice avaient changé. Rétréci, on aurait dit. Pareils à des trous noirs de revolvers, ils pointaient le front de Gloria comme s'ils avaient pu le percer. Puis son poignet. La femme de l'avocat avala une gorgée et lâcha dans un geste du menton : « Tu n'as plus qu'à le vendre, j'en ai peur. »

Le bracelet. *À mon troisième G pour toujours*.

Gloria tressaillit sous le coup. Ma Chérie n'avait pas l'habitude de la méchanceté. Janice soupira, sembla se radoucir. « Alors tu n'étais au courant de rien ? » Épuisée, Gloria se contenta de secouer la tête. Cela sembla suffisant pour les petits yeux revolvers qui s'agrandirent un peu. Peut-être que son ex-amie la prenait pour une cruche, se dit Gloria, et que cela l'exonérait de tout.

Elle s'éclaircit la gorge. « As-tu parlé à Sharon ? » Janice lui jeta un bref regard, se penchant pour extirper un paquet de cigarettes de son sac Hermès. « Elle est furieuse, dit-elle en faisant claquer son briquet. La plus-value de G.G. sur le palais Wilcox doit correspondre grosso modo au pont du Rialto. Et je te parle du vrai. Il les a menés en bateau, c'est le cas de le dire. »

Elle souffla la fumée de sa cigarette et Gloria en eut la nausée, l'estomac arc-bouté sur des restes de vodka. « C'est un employé de G.G. qui a découvert le pot aux roses. Des informations qui se sont croisées, du genre "Oh tiens, il y a dix ans j'avais vendu cette maison vingt mille dollars de moins. – Et moi j'avais acheté celle-ci quinze mille de moins". (Elle évacua le reste des témoignages d'un geste de la main.) Apparemment, cela a pris quelques mois avant que les détectives recoupent tout.

— Qui est allé à la police ?

— Le type. L'employé. L'homosexuel que G.G. t'avait mis dans les pattes. Ton cher et tendre le traitait comme un chien, il en a eu assez. »

Anéantie, Gloria se souvenait de ce jeune homme mince et timide, du coude élégant sur lequel elle avait posé son bras. Était-il possible qu'il ait causé la perte du plus grand magnat de la Cité Radieuse ? Non, seul G.G. avait causé la perte de G.G.

« Lily Grayson est revenue de la Mayo Clinic hier soir, pour les enfants. (Janice eut un rire sec.) À mon avis, elle va y retourner directement en ambulance quand on lui prendra sa maison et tous ses meubles.

— Pourquoi… (Gloria regardait dans le vide, absente.) Pourquoi laisse-t-elle G.G. en prison ? Ne pouvait-elle pas payer une caution ?

— Je te dis qu'ils n'ont plus rien. »

Janice écrasa sa cigarette, levant les yeux au ciel. Une cruche, vraiment.

« Et moi ? demanda Gloria, comme pour elle-même. Et ma maison ?

— Ce salopard a fait quelque chose pour te protéger ? Est-ce qu'il t'a ouvert un compte en banque, par exemple ? »

Les yeux se rétrécissaient, de nouveau suspicieux. Gloria secoua la tête.

« Non. Il me donne des espèces. »

L'avilissante étendue de son existence de demi-mondaine se répandit dans le regard méprisant de cette femme du monde, épouse oisive qui vivait probablement des mêmes largesses de son mari. La différence entre elles se mesurait à un simple anneau d'or de quelques grammes, vissé à l'annulaire de Janice. Pour le reste, elle prenait certainement moins de plaisir à faire des pipes à son bedonnant mari, mais les faisait quand même. Janice Delaney n'avait pas d'enfants à élever, disposait d'une cuisinière et d'une armée de domestiques à plein temps, alors à quoi était-elle payée, elle aussi, se dit Gloria dans une méchante fulgurance sociale.

« Il va m'appeler, dit-elle en repoussant sa tasse. Il me dira quoi faire.

— Mon Dieu, Ma Chérie, tu es bien naïve. Cet homme n'a jamais pensé qu'à lui-même. Sais-tu pourquoi il n'a jamais divorcé ? Don m'a tout expliqué. Selon la loi de Floride, l'adultère est un facteur aggravant dans la répartition des biens. Si l'un des époux a dépensé de l'argent familial au profit d'une liaison, le juge va réduire drastiquement sa part. » Janice avala une gorgée de whisky pour se rincer le gosier avant la suite. On aurait dit qu'elle récitait. La voix de son maître. « Et tu sais ce que c'est, le pire ? Eh bien, G.G. aurait pu arguer de l'incapacité mentale de Lily pour s'en séparer à moindres frais et t'épouser. » Elle écarta les mains devant l'évidence : « Mais il ne l'a pas fait. »

Janice Delaney était ivre, mais le sous-entendu était clair comme de l'eau de roche : le grand Gerry « G.G. » Grayson l'avait gardée dans l'antichambre, parce que l'ex-playmate n'était pas assez classe pour passer au grand salon, devant les caciques de la Cité Radieuse. Elle n'avait de valeur que comme objet sexuel dont on envierait les bonnes dispositions.

Et puis celle-là, là, cette amie illusoire, ce n'était pas la sympathie qui l'avait menée jusque dans les abysses de ce salon de thé un peu vulgaire, mais la chasse, l'hallali dont elle ferait rebondir l'écho lors du prochain cocktail – « Le croirez-vous, j'ai vu cette pauvre Gloria je-ne-sais-quoi, elle était pathétique… »

Ma Chérie laissa Janice régler l'addition et héla un taxi pour rentrer chez elle – combien de taxis s'arrêteraient encore pour elle ? Et sa maison, pour combien de jours l'était-elle encore ?

Là-bas, elle n'avait que quelques centaines de dollars dans une boîte à bijoux.

De beaux bijoux, remarquez.

7

Trois cent soixante-dix dollars, exactement. Et une poignée de perles en colliers, d'émeraudes montées sur or jaune, de rubis sur vermeil, de saphirs sur or blanc.

Et ce fichu bracelet de diamants, ce *troisième G*, toute dernière illusion du bonheur.

Dans la pénombre de la maison, les fleurs fanaient, faisant flotter une odeur de pourriture sucrée.

Voilà à quoi tenait sa vie, dix ans de disponibilité, de coquetterie, d'entretien du corps, de sexe enjoué.

Voilà ce qu'elle dit à G.G., lorsqu'il l'appela le soir du centre fédéral de détention, à Downtown Miami.

Elle ne s'y attendait même plus, enroulée en pyjama de soie autour de sa deuxième bouteille de vodka depuis la veille. L'alcool était mauvais pour la peau, mais putain, qu'est-ce qu'il faisait du bien à la détresse, diluant le temps jusqu'à l'ultime décision : il lui faudrait partir, d'une manière ou d'une autre. Alors peu importaient ces spasmes qui l'avaient secouée au-dessus des toilettes, sa poitrine qui comprimait son cœur battant trop vite. Le fait qu'elle fût enceinte semblait avoir disparu avec tout le reste.

La prison n'était qu'à quelques dizaines de kilomètres par l'entrelacs des autoroutes, quelques minutes à vol d'oiseau. Mais le téléphone grésillait comme si G.G. l'avait appelée de l'autre bout du monde. Et c'était bien là où il était, à l'autre bout de leur monde.

« Viens me voir », dit-il. G.G. avait une voix de robot humanoïde, rien à voir avec ses réveils sensuels. Cela dura quoi, une minute, deux, va savoir, quand les silences sont plus longs que les paroles. « Ça va ? – Non, ça ne va pas. – Je sais. – Non, tu ne peux pas savoir. » Qui avait dit quoi, Gloria ne s'en souvenait même plus en raccrochant, cela aurait pu être l'un comme l'autre, chacun dans leur cellule respective. « Viens me voir », répéta le robot.

Évidemment, Ma Chérie y alla dès le lendemain matin, après s'être rincé la bouche dix fois et avoir licencié Lucia – la jeune Cubaine avait eu le courage de venir bien que Coral Gables bruisse de l'arnaque géante du roi déchu alors, pour la peine, Gloria lui avait glissé un billet de vingt dollars dans la main. Plus que trois cent cinquante au compteur. Et huit de moins pour le taxi, qui la laissa à deux blocs du centre fédéral de détention. Gloria avait prétendu aller faire du shopping, d'une voix faussement enjouée dont elle redoutait à chaque seconde les remugles de vodka. Franchement, qui demanderait à un taxi d'être conduit à la prison ?

À l'ouverture des portes du bâtiment gris qui s'élevait de façon absurde dans la pureté du ciel bleu, Gloria prit place dans la file des visites. Rien que des femmes, des épouses, des mères. Noires, brunes, certaines s'exclamant en espagnol. Pas une seule blonde, ici. L'esprit de Gloria se dissociait de son corps, survolant la réalité carcérale d'une société qu'elle n'avait jamais imaginée. Combien de criminels en col blanc comme Gerry « G.G. » Grayson réussissaient à éviter ses fourches caudines ?

Il était assis derrière une de ces tables scellées, sur un tabouret scellé, vêtu d'une chemise bleue, les cheveux mal peignés, les joues plombées d'un poil gris. Jamais Gloria ne l'avait vu autrement que gominé, rasé de près et en costume – ou nu, il n'était pas pudique, mais sûr de ses charmes. Là, franchement, il avait l'air d'un mafieux entre deux âges, un peu plus gras, un peu moins grand que l'avant-veille. Il eut un élan vers elle, vite réprimé par un garde-chiourme.

« Tu es belle », dit-il, lorsqu'elle fut assise face à lui, ajustant ses fesses sur le tabouret avec gaucherie. Autour d'eux, les autres convives de l'administration pénitentiaire s'étaient tus au fur et à mesure de son passage, essuyant les regards noirs de leurs visiteuses, puis le brouhaha avait repris, en quinconce. Pourtant Ma Chérie avait pris soin de remonter ses cheveux blonds en un chignon strict, floutant sa silhouette dans une robe bleu marine qu'elle n'avait jusque-là portée que pour un enterrement. Mais cela n'avait pas empêché non plus le garde-chiourme d'ouvrir des yeux ronds.

Bon Dieu, des comme ça, il n'en voyait jamais, tu m'étonnes que le détenu veuille se jeter dessus.

Le type rondouillard resta un peu à faire mine de les surveiller, les pouces passés dans sa ceinture, se rinçant l'œil. Puis, quand il vit que le prisonnier et sa belle restaient ostensiblement silencieux, il haussa les épaules et passa à une autre table.

Le bourdonnement des conversations prenait toute la place, survolant l'endroit comme un nimbostratus menaçant d'abattre sa grêle à tout instant. Il régnait dans cette grande pièce aux murs nus, d'un blanc encrassé, percés par des fenêtres à barreaux qu'on n'ouvrait jamais, une impression de danger qui vous serrait l'estomac – une explosion en latence.

Ma Chérie sentait ses tempes battre, noyant sa tête dans un bouillon de sang.

« Gerry, penses-tu que je suis idiote ? »

G.G. s'interrompit au milieu d'une phrase. Il ne s'attendait manifestement pas à ce qu'on parle de quelqu'un d'autre que lui, des humiliations vestimentaires qu'on lui faisait subir et de l'enculé qui l'avait foutu dans ce pétrin – lorsqu'il s'énervait, Gerry Grayson redevenait le gamin de Liberty City, le quartier le plus pauvre de Miami, dont il ne voulait jamais parler, dont personne ne savait comment il était sorti. Quoique, à la lumière des derniers événements, on commençât à en avoir une petite idée.

« Quoi ? » fit-il, sur la défensive.

Gloria prit son élan. « C'est une question simple, Gerry. Est-ce que tu penses que je ne suis qu'une ravissante idiote ? L'as-tu toujours pensé ? Est-ce pour cela que je ne suis que ta maîtresse et que je n'ai jamais été rien d'autre ? »

G.G. ouvrit la bouche, la referma. Plusieurs fois, comme un poisson-clown dans la baie de Biscayne.

« Je n'ai pas fait tout ce dont on m'accuse, Ma Chérie.

— Je ne sais pas, Gerry. Mais tu ne réponds pas à ma question. (Elle tremblait.) Pourquoi ne m'as-tu pas mise à l'abri ? Je ne valais pas le coup ? Si tu étais mort je…

— Je ne suis pas mort, s'énerva-t-il un peu fort, lançant aussitôt un geste de paix au garde-chiourme.

— Tu n'es pas mort, mais moi je ne suis plus rien. Qu'avais-tu prévu pour moi ? De me quitter quand je n'aurais plus été assez belle, assez excitante ? (Elle baissa la voix.) Qu'as-tu prévu, maintenant, Gerry Grayson ? »

Il se frotta le menton, eut une lueur dans les yeux : « Sors-moi de là, et je règle tout.

— Que je te sorte de… ? »

Gloria recula sur son tabouret, manquant glisser, abasourdie. Que voulait-il qu'elle fasse ? G.G. semblait pris de fièvre, tendant ses mains vers elle : « Vends tes bijoux, paye ma caution. Aujourd'hui. (Il jeta un œil sur sa manche.) Ce truc-là vaut huit mille dollars, Ma Chérie.

— Le bracelet ? Mon Dieu, Gerry, tu crois vraiment que je suis venue dans cet endroit avec ?

— Où est-il ? Dans le coffre, avec le reste ? Retourne vite à la maison, Ma Chérie, et vends tout. Maintenant. Il y en a pour des dizaines de milliers de dollars.

— Il y en a pour dix ans de ma vie. Jamais je n'aurais cru que ce n'était que de l'argent mis de côté. Comment on dit ? Blanchi ?

— Gloria…

— Tais-toi, Gerry. (Elle secoua la tête, anéantie.) Bordel, c'est pour ça que tu m'as demandé de venir. Pour rien d'autre. »

Elle se leva, prise de vertige. « J'ai la réponse à ma question, du coup », dit-elle dans un murmure noyé par le brouhaha.

G.G. se leva à son tour, se penchant vers elle, chuchotant son nom à toute vitesse. Des petits filaments rouges striaient ses yeux. Mon Dieu, se dit-elle, depuis combien de temps n'avait-il pas dormi, depuis cette soirée sur le faux pont du Rialto ? Une bulle de chaleur, un reste d'amour déroutant éclata au creux de son ventre occupé, devant ce visage où subsistait la familiarité des baisers échangés. Fallait-il qu'elle lui dise ?

« Écoute, dit-il. Soit tu me sors de là et je m'occuperai de tout. Je m'occuperai de toi, comme je l'ai toujours fait. Soit tu m'y laisses, et on ne s'en sortira pas, ni moi, ni toi. Fais-moi confiance. Mais il faut faire vite. »

Ma Chérie hocha la tête, hypnotisée par le film de leur vie commune qui tressautait par flashs – des draps froissés, leurs mains nouées, toutes ces fleurs, ces danses seuls sur la terrasse sous une lune d'or, les voix de Sinatra et de Louis Prima, de toutes les chansons d'amour du monde, leur monde à eux.

Et en sortant de la prison, comme Julie London, Ma Chérie pleurait des rivières.

Il y avait une voiture de police garée devant la maison. Non, deux. Trois. Elles bouchaient le passage, chacune à un bout de la rue parallèle à Miracle Mile. Les voisins, habituellement cachés derrière leurs haies d'hibiscus, s'étaient risqués jusqu'aux allées de pavés rouges où dormaient Corvette et Jaguar, restant à distance convenable des portails. Dans le quartier, on savait rester discret. Mais cet embrouillamini d'uniformes, de gyrophares, de costards fatigués et d'appareils photo faisait franchement désordre, un peu comme si le Spoutnik des foutus Soviets était retombé en plein milieu de Coral Gables.

Sur le siège arrière du taxi, Gloria s'était glacée, serrant son sac Kelly contre elle – sans doute la dernière chose qui lui restait au monde. En voyant, de loin, deux officiers sortir de la maison, des cartons à bout de bras, elle sut que G.G. resterait en prison.

« Dites donc, dit le chauffeur, il s'en passe des choses, dans les beaux quartiers. Je peux pas avancer plus, je vous laisse ici ? Ça fera sept dollars. »

C'était un vieux type qui fumait un cigarillo fin comme son petit doigt mais dont la fumée douceâtre lui avait donné la nausée tout le long du trajet. Ma Chérie lui tendit un billet de dix, ouvrit la portière et vomit sur le trottoir.

« Oh merde, entendit-elle, qu'est-ce qui vous arrive ? » À bout de souffle, elle mit un genou à terre, voyant un mouchoir à carreaux s'agiter devant son nez. « Il est propre », précisa le vieux. Gloria l'appliqua sur sa bouche, y trouva un parfum de lessive réconfortant qu'elle respira doucement, régulant son souffle.

« Gardez-le, dit le chauffeur en l'aidant à se relever. Ça va mieux ?

— Oui. Merci…

— Oh, c'est rien. (Il eut un petit rire.) Remarquez, vous avez bien visé. Si ça avait été dans ma voiture, j'en aurais fait une autre histoire. Mouchez-vous, va. Respirez, ça va aller. Ces foutus restaurants qui vous servent des trucs pas frais, sous cette chaleur… »

Gloria hochait la tête, le nez dans le mouchoir, entendant le lointain bavardage du chauffeur de taxi, et dans un instant fugitif elle se dit qu'elle aurait voulu que cet inconnu soit son père, parce qu'elle avait terriblement besoin de ce qu'il était en train de lui offrir : de la bienveillance.

« Je vais vous accompagner, vous habitez où ?

— Merci, non, ça va.

— Sûr ? Vous tenez sur vos jambes ?

— Ça va aller, je vous assure. (Elle jeta un œil furtif vers les voitures de police.) Je ne suis pas loin.

— Bon. (Le vieux eut un nouveau rire.) Remarquez, si vous vous trouvez mal, il y aura quelqu'un pour vous relever, avec tout ce bazar… »

Puis il lui tendit le billet de dix dollars. « Reprenez-le, je m'en voudrais de vous faire payer la course. Un cigare sur une indigestion, ça peut pas aider.

— Oh, mais…, commença-t-elle à protester.

— Ttt, Ttt… Gardez ça, et le mouchoir. » Puis il toucha son chapeau de paille pour la saluer. « Rentrez chez vous, et reposez-vous, jolie dame. »

Rentrez chez vous. Cela ne voulait sans doute plus rien dire. Elle avança, droite sur ses talons, remettant de l'ordre dans son chignon tandis que le taxi faisait demi-tour.

« Pardon madame, fit un officier alors qu'elle s'approchait du portail en fer forgé qu'elle avait franchi tant de fois. C'est une opération de police, il vous faudrait traverser.

— C'est chez moi. »

L'homme, jeune, séduisant sous sa casquette noire, marqua un arrêt. Puis : « Chez vous ? Cette maison ?

— C'est chez moi, oui.

— Je vais appeler quelqu'un. »

Puis, tandis que Ma Chérie tentait de garder la tête haute sous le soleil qui d'un coup semblait s'abattre sur ce quartier huppé comme la misère sur le pauvre monde, tandis que les voisins écartaient d'un doigt les feuilles d'hibiscus pour avoir un œil plus avisé sur cette pagaille, un autre officier vint la voir, un papier à la main – « Mandat de perquisition, vous ne pouvez pas entrer » –, puis un autre, un gradé – « Je suis désolé, madame, ça prendra plusieurs heures » –, puis un type en costard, chapeau mou, gilet rayé, un autre papier au bout de ses mains extraordinairement velues – « Le propriétaire. Vous êtes tenue de quitter les lieux dès demain. »

Ma Chérie hochait la tête, serrait les mains sur son sac – *trois cent quarante-deux dollars, avec les dix que le taxi m'a rendus.*

Et puis une silhouette vaguement familière traversa son champ de ruines. Appuyée contre le muret près du portail, Gloria passa d'un talon sur l'autre, reprenant pied dans la réalité. *Le militaire du Rialto. Le colonel des cornouillers.* Droit comme un I, les cheveux en brosse, il la regarda un instant de loin, son visage marmoréen dérangé par une légère vague de surprise.

Elle voulut l'appeler à l'aide, un élan vite réprimé.

Voilà pourquoi il était là, se souvint-elle. Pour conseiller le maire sur des questions de sécurité. Nettoyer la Cité Radieuse de ses scories, ces sous-produits du gotha floridien. Peut-être savait-il, lors de la tapageuse soirée vénitienne des Wilcox, que le roi de la fête n'était déjà plus qu'un résidu de lui-même.

Et peut-être, se dit Gloria lorsqu'il la salua brièvement et passa son chemin, peut-être n'était-il pas mécontent que tombe dans la même poussière cette femme qu'il n'aurait jamais pu avoir.

8

On l'avait emmenée au poste de police presque galamment, lui tenant les portes, lui offrant un rafraîchissement – un grand verre d'eau avec des rondelles de citron et des feuilles de menthe prises dans un iceberg qui tintait contre les parois à chaque fois qu'elle buvait. En fermant les yeux, elle aurait pu se croire à la terrasse du *Georgio's*, dans Miracle Mile. *Ting. Ting*.

Elle devina que le planton de service avait traversé la rue pour le lui rapporter du café d'en face. Il ne manquait que le mélangeur en plastique, sans doute redoutait-on qu'elle ne se tranche la gorge avec. Mais au moins n'avait-elle pas eu droit au vulgaire gobelet sous la fontaine d'eau tiède qui glougloutait dans le couloir.

Il y avait eu toute une série de questions, posées d'une voix duveteuse par un inspecteur costaud, au torse coincé dans une paire de bretelles. Pas le moins du monde troublé par ses appâts, on aurait dit qu'il craignait de lui faire peur. Sans doute son maquillage avait-il coulé, le chignon avait-il fait long feu.

L'espace de l'interrogatoire, Ma Chérie était redevenue Sœur Bigleuse, avec son pansement sur ses lunettes, ses genoux cagneux et son langage binaire. Oui. Non.

« Depuis combien de temps connaissez-vous Gerry Grayson ?

— Dix ans.

— Est-ce lui qui paye votre loyer ?

— Oui.

— Vous a-t-il offert les bijoux ?

— Oui.

— Donné de l'argent ?

— Oui.

— Savez-vous d'où vient l'argent ?

— Non.

— A-t-il ouvert un compte en banque pour vous ?

— Non. »

Et puis : « De quoi vivez-vous, Miss Jackson ? » Gloria avait plongé le nez dans son verre, respirant la glace jusqu'au frisson, jusqu'à ce que le centre de ses pensées, de son jugement, soit anesthésié. « Je couche avec M. Grayson. C'est tout. »

L'inspecteur avait hoché la tête. Bien sûr qu'il le savait. Il saluait juste son courage de le dire.

Et puis elle se retrouva dehors, sous un soleil de plomb, dans sa robe bleu marine qui semblait en absorber méthodiquement tous les rayons. Manifestement, la police lui ficherait la paix, après vérification qu'elle n'avait pas mis de l'argent à gauche. Si seulement, se dit-elle en tâtant son portefeuille. Prendre un taxi allait encore l'alléger. À moins qu'elle vomisse de nouveau devant un chic type ou parte en courant devant un autre, trop vieux pour la rattraper. À partir de maintenant, il allait lui falloir apprendre à penser autrement.

Elle resta plantée en haut des marches du poste de police, contemplant la rue colorée de voitures rouges, jaunes, d'auvents rayés au-dessus des devantures des boutiques et des bars, de jupes en corolle et de robes acidulées, hors de prix. C'était presque trop, comme une image saturée.

Ses talons lui faisaient mal, la rue lui sautait au visage. Elle descendit une marche, deux, regardant ses pieds, craignant de se tordre la cheville et de s'étaler, pour finir. Elle leva la tête à l'avancée d'un petit groupe – des escarpins noirs sur des mollets blancs, deux paires de pantalons anthracite de chaque côté. « Pardon », dit-elle, prête à les contourner. Puis elle s'immobilisa.

Lily Grayson était là, deux marches en dessous – ce qui en ces circonstances n'était plus d'aucune symbolique.

Diaphane, coulée dans un tailleur noir, la femme de son amant posa une main gantée sur le bras d'un des malabars qui l'encadraient. Une illusion d'optique, rectifia Gloria, en fait c'était Lily Grayson qui était minuscule. Et cela la rassura vaguement, comme si les deux avocats pouvaient la balancer en bas de l'escalier d'un seul coup de coude.

Lily Grayson la fixait derrière ses grosses lunettes fumées, si bien que Gloria s'y voyait comme sur deux écrans, en négatif de sa rivale. Lily était aussi brune qu'elle était blonde, le cheveu court – des mèches que G.G. n'avait sans doute jamais enroulées autour de son poignet, se dit Ma Chérie, dans une étrange phase d'observation. Elle ne l'avait jusque-là aperçue que de rares fois, entre deux séjours à la Mayo Clinic ou on ne savait où, et jamais de manière aussi frontale. Profil menu dans une robe de cocktail, seins creux, omoplates saillantes, sourire plaqué, verre à la main, toujours vide. Tout le monde lui parlait avec précaution, comme si un simple salut la ferait se casser en deux.

Sur ces marches, Lily Grayson avait l'air plus forte. Incroyable comme la haine peut vous donner des ailes.

« Espèce de traînée, tout est votre faute, cracha-t-elle.

— Pardon ? » articula Gloria.

Les deux avocats penchés sur elle avaient émis un murmure réprobateur, mais Lily s'était dégagée en remuant ses frêles épaules, comme un poids coq prêt à voler dans les plumes de l'adversaire. Elle monta une marche, Gloria ne recula pas. L'adrénaline faisait son office, augmentant sa pression artérielle, dilatant ses pupilles, la tenant debout. Prête.

« Tout est votre faute, reprit Lily. S'il n'avait pas eu à vous entretenir comme une poule de luxe, rien de tout cela ne serait arrivé. Je vous traînerai en justice.

— Pourquoi ? demanda Gloria, tranquillement. Que voulez-vous récupérer ? Votre mari ? Ma maison ? Je n'ai plus ni l'un ni l'autre. »

Lily Grayson vacilla, se rattrapa au bras d'un de ses sbires.

« Lily, fit celui-ci, venez.

— Vous nous avez détruits, poursuivit-elle d'une voix sourde. Détruit notre famille par simple vice…

— Un vice qui a duré dix ans, fit Ma Chérie, prise d'un élan inhabituel. À moi, il a été fidèle. Quant à votre famille, quelle famille ? Où étiez-vous, tout ce temps ?

— Mademoiselle… » protestèrent les avocats dans un bel ensemble.

Elle leva une main, leur signifiant de ne pas s'approcher.

« Et vous, reprit-elle d'une voix sourde, avant de me faire un procès demandez-vous si Gerry n'a pas été obligé de détourner tout cet argent pour payer les cliniques de luxe et les cures de désintoxication de sa femme. »

Il y eut un concert de protestations, des insultes fusèrent alors que les deux hommes retenaient Lily, et Gloria fit un pas de côté, redressant les épaules, empoignant plus fermement son sac. « Croyez-moi, lança-t-elle en partant. La vie normale, c'est avec moi qu'il l'avait. »

Elle rentra dans une maison dévastée, mais la courte altercation avec Lily Grayson avait été cathartique. Au fond, elle avait rêvé de cette confrontation aussi souvent que de l'épisode où G.G. lui prenait la main devant tout le monde et la présentait au président Kennedy. Sur les marches du poste de police, devant cette femme fulminante, elle s'était découvert la légitimité dont elle avait toujours eu besoin. Une repartie salvatrice, et, dans la débâcle, le sentiment paradoxal de n'être plus tout à fait une idiote.

Tout en rangeant méthodiquement les tiroirs, les placards que la police avait mis à sac, Ma Chérie entra dans une phase de réflexion construite. Elle n'avait plus que quelques heures avant d'être mise à la porte sous les yeux du voisinage en planque derrière ses hibiscus. Elle ne vivrait pas cette humiliation supplémentaire. Il lui fallait s'organiser.

Le téléphone sonna une fois. Deux fois. Trois. Elle ne répondit qu'à la quatrième. Bien sûr, c'était G.G. Elle refusa l'appel, sèchement. Techniquement, elle n'avait plus de temps pour lui. Mais aussi, il y avait autre chose, de bien plus profond : son inconscient l'adjurait de ne pas le quitter sur une plainte grésillante, mais de garder de lui le souvenir d'une voix tendre et virile au réveil. Sinon, de ces dix ans ne resteraient définitivement qu'un tourbillon un peu fangeux, et tout ce qu'elle avait vu passer dans les yeux de Janice, du colonel et de l'inspecteur.

Elle voulut prendre une douche, constata qu'il n'y avait plus d'eau chaude. Déjà. Pas grave, elle survivrait. Elle grogna sous le jet froid, pour résister. Puis, les cheveux enturbannés, passa à la deuxième étape de son entreprise nocturne, la plus difficile peut-être : qu'emporter, que laisser de ces merveilles dont regorgeaient ses placards en désordre ? Si ces abrutis de policiers avaient su le prix d'une robe foulard de chez Pucci ou de la paire de go-go boots de ces connes de Sharon et Janice, ils ne se seraient pas contentés d'emporter la boîte à bijoux, se dit-elle, goguenarde. Les hommes avaient une conception du luxe primaire et tape-à-l'œil, un peu comme les chihuahuas.

Galvanisée par la fatigue, comme le deuxième souffle d'un boxeur, elle rigola de ses réflexions et remplit une valise sans trop réfléchir, sans trop respirer non plus. Il fallait que ce soit léger. Pas de tailleur Bar de Dior, en shantung de soie ivoire, ni de sublime robe de soirée Balenciaga au jupon rebrodé de fil doré.

Ni de fourreau noir Givenchy – celui d'Audrey Hepburn dans *Breakfast at Tiffany's*. G.G. le lui avait fait venir de France après avoir vu le film dans un cinéma de Downtown où elle l'avait supplié d'aller, pour une fois. Plus tard, le temps d'un cocktail, avec un chignon haut et un long fume-cigarette, Ma Chérie avait joué les Holly Golightly blondes, et G.G. s'était rengorgé de fierté, lui jetant des coups d'œil dangereux toute la soirée.

Chassant la douleur, Gloria referma sa valise sur la robe foulard Pucci, qui disparut dans un flot vert et parme.

Voilà.

Tout le reste de la nuit découlerait de cet acte irrévocable. À l'ombre des choix qu'elle venait de faire, plus rien n'apparaîtrait si grave. Au pire, elle savait où aller. Avec les dollars qui lui restaient, elle prendrait le car.

Elle essaya quand même autre chose, la dernière possible. Décrocha le téléphone, la valise à ses pieds, passa machinalement la main sur son ventre en comptant les sonneries.

« Allô ? », fit une voix féminine, ensommeillée.

Gloria s'en doutait mais serra les poings sur l'échec. « Est-ce que Jackson habite toujours ici ?

— Jackson ? Oui. Il est pas là. »

Comment était-elle, celle-ci, cette fois ? Brune, blonde, rousse ? Elle avait un accent. Italienne peut-être, se dit Gloria quand elle l'entendit jurer à côté du combiné.

Dans le fond, un bébé s'était mis à pleurer. « Pardon, Jackson au Canada, rentre lundi, dire quelque chose grave ? » demanda la fille, nerveuse.

Ma Chérie avait fermé les yeux. *Non, rien de grave*.

Au petit matin, alors que le ciel était rose sur la Cité Radieuse, elle referma la porte dans le parfum des hibiscus, sous le pépiement d'un petit oiseau gris qu'on appelait ici – et cela ne s'inventait pas – un moqueur polyglotte.

9

« Alors pour Chooga Pines, il vous faudra aller jusqu'à Orlando et de là, changer pour Tampa. Bon, ça vous fait redescendre au sud, mais c'est le seul moyen. Après, ma petite dame, ce ne sera plus notre compagnie. Il doit bien y avoir des autobus pour vous transporter de Tampa à…

— Chooga Pines.

— Oui. Pour votre valise, il faudra payer un supplément », fit le guichetier avec un geste vers la malle Hermès. Il remonta ses lunettes sur son front ridé comme un pas de vis, les calant dans un pli plus profond que les autres. « Et si vous voulez un conseil, vérifiez à chaque escale qu'elle est toujours dans le coffre. »

Ses yeux d'un bleu de porcelaine disaient toute l'incrédulité du monde : comment une femme aussi raffinée, élégante en diable dans son léger tailleur lavande, pouvait-elle se mêler au petit peuple de la gare routière ? Il y avait là des familles immigrées d'Amérique du Sud qui ne parlaient même pas anglais, remontant vers le nord en quête d'un accueil plus ouvert, d'une ambition différente de celle de servir la soupe aux millionnaires de Floride. Des hommes jeunes et noirs fuyant les derniers relents du ségrégationnisme. La classe ouvrière qui partait passer les fêtes de Pâques en famille à Fort Lauderdale, Orlando ou Jacksonville. Un type pas très net aux cheveux longs – probablement un de ces hippies des nouvelles communautés qui avaient envahi Coconut Grove avec leur *flower power* – avait même essayé de grimper dans un car sans payer, tout à l'heure. On voyait de tout, ici, je vous jure.

Alors, cette belle femme avec sa malle en cuir…

« Pourquoi ne pas prendre l'avion ? se renseigna le brave homme, alors que Ma Chérie posait ses dollars sur le comptoir. Il y a un aéroport, à Tampa, vous savez… »

Gloria étala les billets en éventail – mon Dieu, il n'allait pas lui rester grand-chose : « Je suis malade en avion, lui sourit-elle. Terrifiée depuis un accident.

— Oh, ma pauvre dame. Il y avait le train, aussi…

— Plus de place. C'est Pâques.

— Ah. Bon. Ça fera trente-huit dollars. (Il se pencha vers elle.) Placez-vous à l'avant du car, les Noirs ont gardé l'habitude d'aller derrière. Pour les Chicanos, je sais pas, j'espère qu'ils feront pas trop de bruit. »

Gloria hocha vaguement la tête. Elle avait entendu parler de Rosa Parks, cette petite couturière de Montgomery, Alabama, qui avait refusé de laisser sa place à un Blanc. Depuis, la Cour suprême avait cassé les lois ségrégationnistes dans les bus, les déclarant anticonstitutionnelles. Elle se souvenait que G.G. avait râlé. « Chacun sa place », avait-il dit. En l'occurrence, les Noirs derrière, les Blancs devant. Ma Chérie s'était vaguement demandé ce que ça pouvait bien lui faire, G.G. ne se déplaçait qu'en Jaguar ou en avion.

Le car était bondé. Elle avait attendu en vain qu'un employé quelconque, un groom, vienne ranger sa grosse valise dans le coffre. Alors qu'elle tentait finalement de la hisser, un homme grand et noir était venu à son aide. « Vous permettez ? » avait-il hésité. Méfiante, elle avait attendu que le coffre soit bien refermé pour monter, traversant l'allée centrale sous les regards incrédules de la population déjà installée. Elle se sentit si gênée qu'elle partit s'asseoir tout au fond sans lever la tête, loin des enfants bruyants, se faisant toute petite, le front contre la vitre.

Sur son siège rouge aux rondeurs écaillées, Gloria ressentit comme une chute de tension. Elle ne savait même plus quand avait commencé cette journée qui dépassait de beaucoup les vingt-quatre heures chaudes et languides dont elle avait l'habitude. Elle conservait de ce laps de temps une impression de dureté, de mille petits pics, comme une série de paires de claques.

« Je peux ? »

Du coin de l'œil, elle vit de nouveau le grand homme noir, espérant qu'il ne lui adresserait pas la parole. « Il n'y a plus de place, dit-il quand elle releva la tête vers lui. Et il faut absolument que je rentre à Tampa. (Il écarta les mains, dans un geste d'espoir.) Je suis instituteur, j'ai classe demain. »

Tétanisée, Ma Chérie ne répondit pas, hochant simplement la tête. L'homme lui sourit, se plia sur le siège à côté d'elle. Il était bien habillé, se dit-elle en se tournant vers la fenêtre. Un pantalon gris au pli repassé, une chemise blanche et propre sous une paire de bretelles noires. Une petite barbe bien taillée, des cheveux ras, un chapeau de bonne facture à la main. Ça la rassura un peu, bêtement. Comme si dans le monde d'en bas on reconnaissait les méchants à leur liquette sale et au filet de bave qu'ils laissaient derrière eux.

Quand même. Gloria n'aurait jamais imaginé qu'un homme noir osât s'asseoir à côté d'une femme blanche. Leurs voisins de l'autre côté de l'allée non plus, d'ailleurs, un couple de *rednecks* qui le fit savoir par un murmure réprobateur. La femme, boudinée dans une robe à fleurs défraîchie, la tête coincée dans un bibi en paille jaune, leva une main et le chauffeur se pointa d'un pas lourd – il devait peser cent vingt kilos et suait à grosses gouttes.

« Madame, dit-il en touchant sa casquette, ce monsieur vous importune ? »

Gênée, Gloria jeta un œil à l'homme à côté d'elle, bien droit dans ses bretelles, son chapeau sur les genoux. Elle voyait sa mâchoire se serrer, une petite veine battre à sa tempe. « Non, merci », répondit-elle sans réfléchir. Le visage de son voisin se décontracta. En un instant fugace, elle lui trouva un beau profil, un profil de statue. « Bon », regretta le chauffeur. Il se dandina d'un pied sur l'autre, attendant qu'elle change d'avis, auquel cas il se ferait manifestement un plaisir d'expédier l'autre sur le quai à coups de pied au cul. « Je ne veux pas d'histoires dans mon bus », dit-il en agitant un index gras comme une saucisse à barbecue. Puis il s'éloigna, haussant les épaules.

Gloria colla son front contre la vitre, peu encline à ce que son voisin engage la conversation. Point trop n'en fallait. Et puis elle était épuisée.

Quand le car Greyhound, estampillé de son fier lévrier, s'ébranla dans un sourd ronflement et quitta la gare routière de Miami, Ma Chérie vit s'éloigner le grand panneau publicitaire, et son slogan : *Nous passons sur votre route*.

Depuis bien longtemps, ce n'était plus la sienne.

Elle se réveilla sous les coups brûlants du soleil sur son nez. Son cou lui faisait mal, ses reins aussi, et elle mourait de faim. Elle redressa la tête en grimaçant, cambrant son dos ankylosé. Elle avait perdu tout repère spatio-temporel quand ses yeux à peine ouverts butèrent sur la moleskine rouge du fauteuil devant elle.

Ma Chérie papillota des cils, ôtant machinalement du bout de l'ongle un résidu de Rimmel collé dans la vallée des larmes. Elle devait avoir une tête effrayante. Sa bouche pâteuse aurait eu besoin d'eau, de dentifrice, ou d'un chewing-gum à la cannelle.

Dehors défilaient pins et palmiers, bordant les eaux vertes des marais. « Où sommes-nous ? murmura-t-elle pour elle-même. Orlando…

— Ne vous inquiétez pas, nous venons de passer Kissimmee. Encore vingt-cinq miles. »

Elle avait oublié cet homme, près d'elle, sur lequel la grosse *redneck* à fleurs fanées louchait d'un air mauvais, collée à son petit mari, de l'autre côté de l'allée.

Gloria lui lança un regard égaré. Il avait des yeux doux d'un brun plutôt clair, un beau visage, un sourire rassurant – mais enfin, il était noir. Gloria balbutia un remerciement et tourna de nouveau la tête vers la route, à la recherche d'un repère. Mais tout bougeait, et elle avait mal au cœur. De temps en temps, un nid-de-poule faisait s'esclaffer les enfants, plus loin devant.

Il flottait dans le bus des odeurs d'épices et de friture mêlées. « Pas de taches sur mes sièges ! » brailla plusieurs fois le chauffeur répandu sur son siège tressautant. Ma Chérie sentit un appel d'air dans son estomac, un gargouillis affreux lui remonta aux oreilles.

« En revanche, vous avez raté l'arrêt ravitaillement », fit l'homme dans son dos. Honteuse, elle se dit qu'il avait entendu les bruits de siphon d'évier qu'elle tentait d'assourdir, les mains jointes sur sa veste. Elle tourna la tête, esquissant un sourire poli, et, incrédule, le vit lui tendre un emballage blanc. « Sandwich à l'œuf, lui dit-il. Vous dormiez, alors j'en ai pris un pour vous. Merci pour tout à l'heure. »

Gênée, Gloria se redressa sur son siège. Depuis deux jours, elle n'avait rien avalé d'autre que du thé et de la vodka. « Merci, mais ce n'était pas la peine, dit-elle, un peu hautaine.

— Comme vous voulez. Moi, je n'ai plus faim, alors ce sera perdu. »

Machinalement, Gloria passa la main sur son ventre. Avec tous les mauvais traitements qu'elle lui faisait subir, son bébé pouvait-il mourir si elle ne lui envoyait pas d'œuf, ni de pain, ni de mayonnaise ? *De la mayonnaise*. Du gras réconfortant, cette rondeur sur la langue, le goût du sel. Elle capitula – pour la mayonnaise.

« D'accord, dit-elle en haussant une épaule. Merci. »

Elle déballa le sandwich sans se presser, sentit l'odeur revigorante envahir son système limbique, le grignota par petites bouchées délicates, comme un chaton chipotant sa gamelle. Elle sentait tout un mécanisme grippé se remettre en fonction, une pompe à injection libérant protéines, glucides, lipides de la mayonnaise comme un fluide énergétique. Elle pensa à son bébé qui profitait de tout cela, se sentit mieux, enjouée, presque.

Quand elle eut terminé, Ma Chérie épousseta les miettes sur sa jupe lavande, les réunissant soigneusement au creux de sa main pour les jeter dans la petite poubelle entre les sièges. L'homme lui tendit une bouteille : « Je vous ai pris de l'eau, aussi.

— Vous n'étiez vraiment pas obligé.

— Grâce à vous, je peux rentrer à Tampa.

— De toute façon, vous étiez dans votre droit.

— Le droit, rit-il doucement, c'est une longue histoire. »

Il avait des dents très blanches – ou était-ce le contraste avec sa peau ? Ma Chérie ne s'était jamais posé trop de questions sur ceux qui ne lui ressemblaient pas. À Coral Gables, elle ne côtoyait pas d'Afro-Américains. Bien sûr que non. Depuis sa visite au centre pénitentiaire, elle avait conclu que cette population-là, comme les Hispaniques, n'avait aucune chance de devenir millionnaire – oui, enfin, dit une petite voix, G.G. est blanc comme du beau linge et il est en prison. Un voile passa devant ses yeux, qu'elle chassa par une question : « Et qu'auriez-vous fait, si je m'étais plainte de vous au chauffeur ?

— Honnêtement ? Je pense que je lui aurais mis mon poing dans la figure et que j'aurais fini au poste de police.

— Cela vous est déjà arrivé ?

— Pour une raison à peu près semblable, oui. »

Il l'avait dit avec le sourire. Ma Chérie frémit. Jamais elle n'aurait imaginé un jour engager la conversation avec un Noir repris de justice. Et t'es-tu jamais imaginé coucher avec un escroc blanc ? intervint la petite voix.

« Mais la NAACP a d'excellents avocats, dit l'homme.

— La NAACP ?

— L'Association nationale pour l'avancement du peuple noir.

— J'ai entendu parler de Rosa Parks.

— Oh, il y en a eu d'autres, avant elle. Vous connaissez Jackie Robinson ?

— Un boxeur ? (Elle réfléchit, remontant dans ses souvenirs.) Attendez, non, un joueur de base-ball. Mon père suivait le base-ball.

— Exact. Eh bien, Jackie Robinson a été un des tout premiers à refuser de céder son siège à un militaire blanc. Il a été acquitté par une cour martiale. Et cela remonte à loin, c'était en 1944. »

Gloria hocha la tête, machinalement. Qu'avait-il dit qu'il était, cet homme ? Instituteur. Voilà pourquoi il parlait si bien. Mais enfin, qu'imaginait-elle, que les Noirs utilisaient un dialecte ?

« Alors si vous aviez été vindicative, reprit-il, j'aurais commencé par expliquer au chauffeur que c'est vous qui n'étiez pas à votre place.

— Comment ça ?

— Avant, s'il n'y avait pas de bus ni de trains différents, il y avait des sections réservées. Les Noirs au fond, les Blancs devant. Dans leur immense mansuétude, ils nous permettaient d'utiliser la zone centrale si elle était inoccupée. »

Gloria ne savait pas comment réagir, s'appliquant à garder une mine parfaitement neutre devant cette ironie dépourvue d'agressivité. Cette conversation, entamée à peine quelques minutes auparavant, prenait une tournure improbable, absolument inédite pour elle : un homme noir et une femme blanche débattant de la ségrégation raciale, assis l'un à côté de l'autre dans un bus roulant à travers la très conservatrice Floride. De l'autre côté du couloir, la *redneck* à fleurs fanées était au bord de l'apoplexie.

Et son voisin continuait, se penchant vers son épaule, pas trop près pour ne pas déclencher l'alarme réactionnaire qui ne manquerait pas de retentir des fauteuils d'en face, mais suffisamment pour user de la confidence : « Et savez-vous ce qui était le pire ? Nous devions acheter nos billets à l'avant du bus, mais redescendre pour remonter à l'arrière.

— C'est idiot, lâcha Gloria.

— Idiot, oui, mais la loi. (Il sourit légèrement.) Voilà pourquoi, si vous aviez été vindicative, j'aurais pu dire au chauffeur que c'était vous qui n'étiez pas à votre place. »

Gloria acquiesça par une petite grimace, bonne joueuse. Puis garda le silence, un long moment. Bien sûr qu'elle n'était pas à sa place, mais cet homme se rendait-il compte à quel point ?

Elle but quelques gorgées d'eau, méditative. Quel effet ferait-elle, en débarquant à Chooga Pines, avec sa blondeur à la Jayne Mansfield, son tailleur en lin lavande et ses talons hauts ? Et sa malle, son contenu, qui à eux seuls valaient probablement le prix d'un appartement, mais dont elle ne saurait se défaire. C'était juste ses vêtements.

Au bout du compte, se demanda-t-elle en jetant un œil à son compagnon de voyage qui regardait de nouveau droit devant lui, lequel des deux était le plus marginal ?

En croisant le regard méprisant de la *redneck* coincée sous son chapeau, Ma Chérie eut sa réponse.

10

À Orlando, elle surveilla sa malle comme le lait sur le feu pendant que les passagers débarrassaient le coffre de leurs valises. La grosse femme aux fleurs fanées tira la sienne en bousculant son petit mari, juste, sembla-t-il, pour avoir le plaisir de cogner au passage la jambe de cette grue à talons qui s'était acoquinée avec un bon Dieu de nègre.

Gloria laissa échapper un gémissement, se penchant pour masser son mollet, bascula sur ses fines chaussures, se rattrapa de justesse sur la roue de l'autobus qui laissa une trace caoutchouteuse sur sa manche.

Elle n'avait jamais eu l'occasion de haïr qui que ce soit, dans sa vie de privilèges – sauf peut-être les gamines qui la surnommaient Sœur Bigleuse à l'école, mais cela remontait à loin. Mais Ma Chérie sentit à ce moment précis la chaleur aveugle, piquante, de la violence se répandre dans son organisme. Elle aurait pu tuer cette femme. Elle en eut la certitude brûlante. Dans son cerveau s'opéraient de nouveaux réglages qui aiguillaient ailleurs les automatismes habituels – sourire, rassurer, rester élégante en toutes circonstances –, vers un chemin sombre et insondable.

À partir de maintenant, il allait être question de survie. Et la survie exigeait probablement tout sauf de l'élégance.

« Connasse, lâcha-t-elle entre ses dents serrées.

— Venez, je prends votre malle. »

Il était toujours là, son problématique compère, à veiller du haut de son gabarit de footballeur universitaire. Déplié et de face, il était impressionnant. Alors, fût-ce par gratitude ou par provocation, Ma Chérie attrapa son bras, regardant fixement le couple de stéréotypes sudistes s'étrangler de dégoût. Elle était prise dans une temporalité qui lui était si étrangère qu'elle n'avait rien à perdre, rien à défendre d'elle-même.

« Il y a des ex-États confédérés où l'on vous aurait bannie pour cela, lui fit remarquer l'homme, aussi surpris qu'amusé.

— On est en 1963, plus pendant la guerre de Sécession, rétorqua-t-elle.

— Et le président Kennedy l'a bien compris, loué soit-il. Malheureusement, ça n'est pas venu jusqu'aux oreilles des péquenauds. »

L'air de la gare routière d'Orlando était saturé des vapeurs d'essence que crachaient les pots d'échappement avec une constance écœurante. L'adrénaline se dissolvait dans un tourbillon bilieux qui lui soulevait l'estomac, Ma Chérie sentit une sueur poisseuse lui tomber dessus. « Venez prendre l'air », fit l'homme, alerté par le poids soudain sur son bras. Et Gloria se laissa tomber sur un banc écaillé, à l'ombre d'un petit pin plumé aussi large qu'un parasol, tandis qu'il tirait la malle derrière eux. Ici, ils étaient à l'abri des regards des ploucs sudistes, du chauffeur raciste – elle se demanda tout de même si c'était raisonnable.

« Je vais vous chercher de l'eau. »

Non, cet homme ne lui ferait pas de mal, se persuada-t-elle, il était instituteur, ça c'était un métier sérieux. Un homme à qui on confie des enfants, se répéta-t-elle quand il revint avec une bouteille perlée de fraîcheur et un paquet de biscuits au gingembre. « C'est bon pour le mal des transports », dit-il, paternel. Quel âge avait-il, pourtant ? Trente ans, lui aussi ? C'était difficile de donner un âge aux gens comme lui.

« Je suis enceinte », lâcha-t-elle subitement. Pourquoi maintenant ? Peut-être était-ce une ultime façon de se protéger. Ce bébé n'était pas plus gros qu'un haricot mais lui servait de bouclier.

Ou alors était-ce simplement qu'il fallait qu'elle le verbalise, enfin. Elle avait fait n'importe quoi depuis quelques jours – beaucoup bu, à peine mangé, pas dormi ou presque –, il était temps que cet enfant existe. Que quelqu'un ait pour lui de la bienveillance.

« Ah, fit-il simplement. Buvez. (Il hésita, s'asseyant à côté d'elle.) Et pourquoi vous infliger ce voyage pénible ?

— Je vais retrouver mes parents.

— Un malheur ? (Il avait parlé d'une voix douce.)

— Un séjour d'agrément. »

Il lui jeta un œil sceptique. Quel mari aurait laissé sa femme enceinte grimper dans un Greyhound ? « Le car pour Tampa part dans dix minutes, se contenta-t-il de dire. Vous êtes prête ?

— Ça devrait aller. J'espère seulement que le couple infernal n'est pas dedans.

— Je les ai vus monter dans la correspondance pour Savannah. Au passage, je crois avoir malencontreusement fait tomber leur valise du coffre. Il y avait des sous-vêtements éparpillés dans une flaque de cambouis. »

Gloria éclata de rire. « Personne ne vous a vu ?

— Non, j'arrive parfois à être discret. À regarder les gamins faire des bêtises dans la cour de récréation, on apprend beaucoup de mauvais tours. »

Et Ma Chérie pouffa encore, lorsqu'elle vit le bus pour Savannah s'éloigner, abandonnant dans une fumée grise le cadavre d'une gaine en grossière dentelle beige étalé sur l'asphalte.

« C'est une petite école, à Ybor City. Un quartier périphérique de manufactures créé dans les années 1880 par des marchands de cigares. Des générations d'immigrés cubains, espagnols ou italiens y ont roulé des millions de feuilles. Mais après la guerre, l'endroit a été quasiment abandonné. On essaie d'y recréer quelque chose, une sorte de village, vous voyez ? Les anciennes fabriques sont de petites maisons en briques rouges, cela ressemble à La Nouvelle-Orléans. Vous connaissez ?

— La Nouvelle-Orléans ? Non. Mais j'entendais parler d'Ybor City lorsque je travaillais à Tampa pour un agent immobilier. On disait que c'était délabré.

— Ça l'était. Maintenant il y a quelques commerces, des restaurants. Et une école. »

Le car était presque vide, mais ils s'étaient naturellement assis l'un à côté de l'autre, sous le regard morne du chauffeur, un petit homme basané qui semblait être revenu de tout.

Un peu plus loin devant eux, une vieille femme noire à lunettes papillon tricotait nonchalamment, deux jeunes hommes blancs vêtus de blue-jeans étendaient leurs jambes dans l'allée centrale – ces fameux hippies, dont les sacs à dos occupaient un siège entier comme de grandes silhouettes endormies.

On s'approchait de Tampa qui déroulait paresseusement sa longue traîne d'asphalte le long des eaux turquoise de la baie. Des nuages d'un gris filandreux y traçaient des reflets sombres comme des bancs de poissons inquiétants.

Dans un frisson, Gloria n'aima pas cette ville dont elle avait peu de souvenirs. À côté de la gaieté clinquante de Miami Beach, loin, très loin de la Cité Radieuse, Tampa lui apparut austère, industrielle. Il n'était que cinq heures de l'après-midi, mais l'orage appelait la nuit.

Ma Chérie en eut les larmes aux yeux. Elle étouffa un hoquet en pressant ses doigts sous son nez. Seigneur, où était sa vie ? *G.G., qu'as-tu fait, G.G. ?* Son chemin de croix n'était pas terminé. Presque une heure encore jusqu'à Chooga Pines, si l'autocar qu'elle prenait dans le temps existait encore.

À la gare, il lui faudrait appeler ses parents. Peut-être son père viendrait-il la chercher ?

Bon sang, elle n'avait aucune, absolument aucune envie d'être là. Ni à Chooga Pines. Mais c'est ce que font les filles abandonnées, n'est-ce pas ? Elles retournent chez leurs parents.

« Ça ne va pas ? »

Alors que le Greyhound tressautait sur un ultime dos d'âne en pénétrant dans le parking, son voisin avait entrevu une larme couler sur sa joue, comme un pendant intime aux premières gouttes de pluie qui s'écrasaient sur la vitre. Ma Chérie l'essuya vite, vite pour effacer la gêne, la camoufler sous un sourire fatigué. « Il faut que je trouve un autocar pour Chooga Pines.

— Chooga Pines ? La scierie ?

— Oui, mon père y travaille. Vous connaissez ?

— Ils ont refait le toit de mon école.

— Vraiment ? fit-elle, surprise. J'ai souvenir d'une petite entreprise familiale.

— Eh bien, elle a dû s'agrandir, ils sont assez connus à Tampa. »

Se pouvait-il que cette usine au fronton délavé, Freeman & fils, ait été reprise par un gros industriel ? Qu'allait-elle découvrir, là-bas ?

« Vous avez de la chance, fit la guichetière, un autocar part dans cinq minutes et c'est le dernier. »

Derrière elle, son compagnon de route attendait poliment, surveillant la malle Hermès qui attirait tous les regards. Puis il l'accompagna, chargea le bagage dans le coffre du véhicule qu'on leur indiqua – un car jaune au museau carré qui servait aussi manifestement de transport scolaire. Une demi-douzaine de gamins en uniforme gris chahutaient à l'arrière.

« Ils ne vont pas se calmer, j'en ai peur, sourit l'instituteur en revissant son chapeau.

— Ce n'est pas grave, ils me tiendront éveillée. »

Ma Chérie regarda une dernière fois ce grand type noir qui lui avait rendu le voyage moins pénible. Il lui sourit. Elle lui tendit la main. « Prenez soin de vous », dit-il. Elle hocha la tête, goûtant la poigne chaleureuse qui lui pressait la paume. Il fit un pas en arrière, touchant son chapeau en un dernier geste de salutation polie, puis, au moment de faire demi-tour, sembla se souvenir de quelque chose.

« Au fait, dit-il. Je m'appelle Marcus. »

Ma Chérie avait déjà un pied sur la première marche.

« Gloria », lança-t-elle.

II

Mercy

(Pitié)

11

« Seigneur, mais que t'est-il arrivé ? »

Derrière le filtre de la moustiquaire, Rose Merriman faisait l'effet d'un de ces canevas brodés à gros points, encadrés par le bois jaune de la scierie d'à côté, comme il y en avait partout dans la maison.

C'était la première phrase que sa mère prononçait, et Gloria y vit passer fugitivement une infinité de questions, sans savoir laquelle était la bonne. Parlait-on du temps passé, de ses ravages sur une jeune fille fraîche, à la peau rebondie, transformée en une bimbeloterie tape-à-l'œil ? Trentenaire, peroxydée, trop bronzée. En bout de course.

Ou était-ce une façon purement maternelle de l'accueillir, l'inquiétude originelle, la sollicitude envers l'enfant qui avait pris son envol et revenait au nid, une patte cassée ?

« Je suis désolée, je n'ai pas eu le temps de prévenir.

— Mais entre, mon Dieu. »

Dans une bouffée familière d'encaustique, de bois frais, d'agrumes sucrés, Gloria crut perdre l'équilibre, comme si l'enfant qu'elle avait été ici la repoussait à l'extérieur, cette femme encombrante, empotée. Alors elle se réfugia derrière une armée de paroles, tirant sa lourde malle pour franchir le seuil : « Jusqu'à cette nuit je n'étais pas sûre de venir, et ce matin le car est parti trop tôt je ne voulais pas vous affoler en faisant sonner le téléphone et tout à l'heure à Tampa je n'ai pas pu appeler à peine eu le temps de grimper… »

Il n'y avait pas de ponctuation à ce qu'elle disait, pas d'intonation, juste un flot de mots. Noyée sous cette logorrhée, sa mère hochait la tête, passait la main dans son dos, ses yeux d'Indienne se posant rapidement sur son visage, son tailleur, son bagage grotesque, cherchant des indices, enregistrant les plis du tissu froissé, la tache noire sur sa manche, les traces de Rimmel sur le fond de teint devenu plâtreux.

Et ces cheveux blonds, mon Dieu, son regard semblait vouloir toujours y revenir, comme attiré par l'éclair de magnésium d'un flash photographique.

Au-delà de tout, du tailleur chic, de la malle de luxe, c'est cette blondeur qui en racontait le plus. Dans les yeux noirs de sa mère, Gloria aperçut l'incarnation dorée du péché.

« Ton père n'est pas rentré. Toujours au travail. Il est passé contremaître. Assieds-toi, je vais te chercher de la citronnade. Elle est de ce matin, bien fraîche. »

Gloria se laissa tomber dans un fauteuil roux, sans oser regarder autour d'elle. C'était trop d'un coup. Le parfum de son enfance envahissait sa gorge, appuyant sur son diaphragme.

Elle verrait plus tard si les mêmes canevas étaient sur les murs, si les napperons brodés étaient toujours saupoudrés sur les tables basses, commode et guéridon, sans ostentation, alors que leur confection demandait une minutie dont elle n'avait jamais vu personne user en dehors de sa mère. Sauf Nicolette quand elle lui épilait les sourcils.

Elle verrait plus tard si les rideaux du salon s'ouvraient toujours sur le bâtiment gris dont elle percevait les ronronnements cycliques. Les lettres du fronton délavé.

Le car l'avait déposée devant le court chemin qui menait chez ses parents, le chauffeur ayant été pris d'une pitié paradoxale pour ses escarpins à talons et sa malle-cabine en cuir. Sur les quelques mètres qui la séparaient du palier, Gloria avait courbé la tête, parce que les grosses gouttes d'orage avaient suivi l'autobus tout au long du trajet et arrivaient en même temps qu'elle. Alors, du jardin familial, de la scierie, de Chooga Pines, de la vie qui la récupérait, elle n'avait encore rien vu.

« Tiens. » Elle regarda sa mère déposer un grand verre couronné de sucre cristal devant elle, et s'étonna d'entendre un seul mot, expéditif, juste un « Tiens » sans son complément habituel, « Ma Chérie ». En ce qui concernait les manifestations d'affection, Rose Merriman n'avait jamais usé des chatteries conventionnelles. À un vocabulaire éthéré elle avait toujours préféré une incarnation solide, terrestre, comme une tarte aux prunes parsemée de pignons ou une assiette de maïs crémeux et sucré. Et là, elle se tenait debout, mains croisées sur son tablier, attendant que Gloria Mercy Hope ait avalé sa citronnade jusqu'à la dernière goutte.

Lorsque ce fut fait, Rose s'assit en face d'elle, dans un fauteuil à l'appuie-tête couronné de dentelle.

Gloria se passa un doigt sur les lèvres pour y capter les derniers grains de sucre. Elle aurait voulu ne jamais avoir à parler. Simplement prendre un bain, manger quelque chose de chaud et enfantin, comme de la purée de patates douces, et se coucher dans un lit qui sentirait le propre. Ou le parfum de G.G.

« Alors ? » fit Rose.

Elle n'avait pas changé. Ciselée et abrupte comme le flanc des pinèdes rocheuses, économe de paroles. Ses mèches noires et lisses, séparées par une raie tracée au cordeau et réunies en chignon bas sur la nuque, étaient à peine mêlées de cheveux blancs plus secs, qui lui faisaient comme un halo électrique dans le contre-jour. Elle avait des rides, mais il semblait à Gloria qu'elle en avait toujours eu. Un soleil autour des yeux. Des plis comme des parenthèses autour de la bouche qui souriait pourtant rarement.

Qu'y avait-il jamais eu, entre elles, sinon des assiettes bien pleines et une pile de vêtements bien blanchis, bien repassés, se demanda Gloria en reposant son verre.

« Maman », dit-elle – et elle laissa passer un silence tant la consistance du mot dans sa bouche lui paraissait étrange.

Dehors, l'orage éclatait. Rose tressaillit, légère dans son fauteuil.

« Maman, j'ai besoin de rester ici quelque temps.

— Où est ton mari ?

— Mon ma… (Gloria referma la bouche, organisant ses pensées.) Jackson ? Nous nous sommes séparés.

— Qu'as-tu donc fait ? »

Évidemment, cette blondeur, ce péché sur talons, tout ne pouvait être que sa faute. Rose ne connaissait même pas Jackson, ni l'aréopage de pin-up au sein duquel il s'ébattait. Gloria savait bien, elle, qu'il aurait fini par la quitter pour un autre modèle si elle n'avait pas rencontré G.G. avant.

Et la pensée de G.G., dans ses pauvres vêtements d'escroc, dans sa prison grise, lui fit fermer les yeux, le temps infime que les larmes affleurent.

« Gloria ?

— Pardon, murmura-t-elle. Je suis juste fatiguée.

— Tu pleures. Dis-moi. »

Sa mère s'était penchée vers elle, au-dessus de la petite table en bois jaune. À côté du verre de citronnade vide, il y avait bien un napperon, crocheté patiemment, combien de mailles, de boucles y avait-il ? Des milliers. Une femme qui se livrait à ce genre d'ouvrage avait une capacité au silence, à la réflexion. Elle devait savoir écouter, malgré les souvenirs fuyants que sa fille en avait.

« Maman, Jackson c'était il y a longtemps. Je n'ai pas voulu vous inquiéter. J'ai rencontré quelqu'un d'autre. Il est parti, et je suis enceinte.

— Seigneur. »

Rose s'était abattue dans son fauteuil, faisant claquer ses paumes sur ses genoux dans une rare manifestation d'humeur.

« Maman. Je voudrais juste rester ici le temps de trouver du travail.

— Du travail ? Mais que veux-tu faire, dans ton état, travailler à la scierie ? Il n'y a rien d'autre, dans le coin.

— Pas ici, Maman. À Tampa. Peut-être dans une agence immobilière, comme avant.

— Ton mari doit s'occuper de sa famille.

— Il est parti.

— Il doit revenir. Ton père ira le chercher. »

Ma Chérie secoua la tête, passant un doigt tremblant sous ses cils humides, en retirant une traînée noire comme la nuit qui l'attendait ici, à Chooga Pines, et qui durerait probablement des jours et des jours entiers.

« Ce n'est pas possible, Maman. Je n'étais pas mariée avec lui. Et il est en prison. (Elle ferma les yeux pour ne pas voir le visage de sa mère, le gâchis dessus.) Alors s'il te plaît, je voudrais juste me reposer un peu. Si tu ne veux pas que je reste, dis-le-moi seulement demain. Si tu peux juste attendre demain. Pour le bébé. »

La chambre était telle que dans son souvenir, mais il lui semblait qu'on en avait rapproché les murs. On aurait dit une photographie, carrée, sans relief. Une image figée dans laquelle elle eut du mal à entrer, comme si sous ses pieds quelque chose allait se déchirer.

Gloria se débarrassa de ses chaussures et éprouva des orteils les mailles rêches de la descente de lit en bambou tressé. Sur le lit, la courtepointe en patchwork séminole, aux bandes colorées pareilles à un habit d'arlequin, était impeccablement tirée.

Elle saisit l'ours en peluche qui trônait sur l'oreiller, essayant de se rappeler son nom, s'approcha de la fenêtre comme si un doigt divin avait pu le tracer dans les nuages. Ours-Gris, se souvint-elle. C'est comme ça qu'il s'appelait, non ? Elle n'avait jamais donné de vrais noms aux choses, pas plus à cette poupée assise sur la commode dans sa robe à carreaux, alors qu'avec Benjamin ils baptisaient les écrevisses bleues qu'ils attrapaient. *Lulubelle. Odette. Theodora.*

Elle caressa d'un doigt les tresses blondes de la poupée sans nom, posa l'ours à son côté pour lui tenir compagnie. La solitude, c'était moche.

Le rideau bleu en coton lourd et opaque, pour protéger des chaleurs saturées d'humidité, s'ouvrait sur le jardinet et le chemin sur lequel elle venait de traîner sa valise. Une pergola, des bancs, tout en bois, bien sûr. La scierie était de l'autre côté.

Benjamin. Gloria n'avait pas osé demander à sa mère ce qu'il était devenu. Mort en Corée, comme tant d'autres, avait insinué le fichu colonel, un soir pas si lointain sur un pont du Rialto en stuc. Avec le recul, Ma Chérie voyait le militaire comme l'incarnation du Mauvais.

Elle s'assit devant le petit bureau où elle faisait jadis ses devoirs, souleva sans curiosité une pile de cahiers jaunis. Tout était propre, à sa place. Pas un gramme de poussière nulle part, un parfum de citron partout.

Pourquoi avoir gardé cette chambre ainsi, pourquoi ne pas en avoir fait… Quoi, au juste ? se demanda-t-elle. Une buanderie ? Il y en avait déjà une. Une pièce pour la broderie, la couture ? Elle se souvenait de sa mère le soir devant le poste de radio, dans son fauteuil préféré, au salon. Une chambre d'amis ? Ils habitaient tous à Chooga Pines.

Alors pourquoi ? Parce que. Simplement « parce que », comprit-elle. Quand Rose faisait le ménage, elle ne se posait pas la question. Elle poussait cette porte comme toutes les autres, passait le balai, secouait la courtepointe, dans une logique simple, loin de l'idée du mausolée.

C'était sa chambre, c'est tout, se dit Gloria en s'allongeant sur le lit. Puis elle s'endormit, les mains croisées sur son ventre et les pieds sur le tapis.

12

Ma Chérie s'éveilla dans une odeur sucrée de lait chaud. Le téléphone n'avait pas sonné. Où était G.G. ? Elle ouvrit les yeux sous une caresse légère. Le visage de sa mère lui apparut à travers un rideau de cheveux blonds. Cette main sur son front, qui plaçait ses mèches en arrière, ce n'était pas G.G. – *ce ne sera plus jamais G.G.*

Il faisait jour.

« Je t'ai laissée dormir, dit Rose.

— Quelle heure est-il ?

— Bientôt huit heures du matin. »

Gloria releva la tête, grimaçant sous le poids de sa nuque ankylosée. On l'avait étendue sur le lit sans toucher à ses vêtements froissés, recouverte d'un drap fin.

« Ta veste a une tache, il faudra me la donner, que je la lessive.

— Oui, merci… Papa est là ?

— Il est rentré tard hier soir. Je lui ai expliqué.

— Ah. Bon. (Gloria s'assit sur le lit.) Qu'est-ce qu'il a dit ? »

Rose resta un moment à se frotter les mains sur son torchon, comme s'il était de la plus extrême importance que chaque phalange, chaque millimètre de peau soit impeccablement propre et sec. « Oh, tu sais… fit-elle.

— Non, je ne sais pas. Veut-il que je m'en aille ?

— Non. Non. Il n'est pas homme à abandonner son enfant. Pas comme ton mari l'a fait.

— Ce n'est pas mon mari, Maman », dit Gloria d'un air las. Au moins, elle aurait un abri, le temps de se retourner. Quels que soient les regards d'opprobre que lui lancerait Jack Merriman. Ou même une paire de claques. Donnait-on encore des taloches à une fille de trente ans ?

« Il est dehors. Sa cigarette du matin. Tu pourras peut-être le voir avant qu'il retourne travailler. Avant, mange, c'est bon pour le… »

Rose ne termina pas sa phrase, jetant le torchon sur son épaule dans une sorte de spasme. Puis elle sortit, refermant très doucement la porte derrière elle, comme si l'enfant était déjà là et qu'il ne fallait pas le réveiller.

Gloria ôta sa veste, remontant les manches de son chemisier en soie qui ne ressemblait plus à rien. Dans l'assiette creuse posée sur la table de nuit, un regain d'enfance. Des biscuits aux flocons d'avoine, épais et solides au point de s'y casser les dents si on les mangeait tels quels. Benjamin Freeman y avait laissé une incisive, quand ils étaient tout petits. Mais Rose les écrasait dans du lait sucré, parfumé de cannelle, jusqu'à ce qu'ils s'imbibent et forment une bouillie pas vraiment homogène. Ainsi, à travers les petits morceaux qui avaient résisté aux coups de fourchette, on faisait filer le lait dans les joues. C'était doux, délicieux.

Affamée, Gloria avala le contenu de son assiette sans prendre le temps de faire siffler le lait entre les flocons. Mon Dieu, comment était-il possible qu'elle soit là, sur ce lit, à mâchouiller le petit déjeuner de Sœur Bigleuse ?

Elle reposa son assiette vide, fila à la salle de bains pour se laver le visage, veillant bien à ne pas se croiser dans le miroir. Tout ça, son image, l'afféterie de l'âge adulte, on verrait plus tard.

D'abord, il fallait qu'elle parle à son père, comme la gamine mal poussée qu'elle était restée pour lui.

Jack Merriman était assis sur le banc en bois qu'il avait fabriqué lui-même et semblait plier sous sa silhouette massive de bûcheron. Il n'avait plus de mégot entre les doigts, aucune trace de fumée ne flottait dans l'air tiède et immobile du matin, et Ma Chérie en déduisit que sa cigarette avait fait long feu, et que son père l'avait attendue. Elle reconnut à ses pieds les grosses chaussures de chantier, les lacets qui montaient haut sur la cheville, le cuir crotté, un peu jaune. Le pantalon de coton épais toujours propre. Il y en avait constamment une pile bien repassée dans la buanderie. Gris, bleu marine, kaki.

Elle reconnut le débardeur blanc côtelé sous la chemise à carreaux ouverte, les quelques poils qui dépassaient du col et qui l'avaient toujours curieusement gênée, comme un symbole de virilité qui se trouvait là où il n'aurait pas dû être – sur son père.

Les joues jadis blondes s'étaient ombrées de gris. Jack Merriman portait des lunettes, ce qui était nouveau.

« Regardez qui voilà, dit-il en les ôtant pour les essuyer soigneusement.

— Bonjour, Papa. »

Il laissa passer un silence, tête baissée sur son occupation du moment. Décidément, se dit Gloria, un coin de chemise, un bout de torchon, tout était bon pour que ses parents évitent de la regarder. Elle avait tiré ses cheveux, qui semblaient poser tant de problèmes, en chignon, défroissé sa jupe comme elle pouvait, boutonné son chemisier jusqu'au cou. L'herbe douce du jardinet justifiait qu'elle marche pieds nus, telle une pénitente. Les talons auraient eu quelque chose d'agressif, presque comme une arme, s'était-elle dit.

Jack Merriman chaussa ses lunettes, se leva. « Je vais travailler », dit-il.

Ma Chérie en resta bouche bée. *Quoi ? Juste ça ? Non !*

« Papa, balbutia-t-elle, dis-moi quelque chose. »

Son père fourra son paquet de cigarettes dans sa poche et se baissa, faisant mine de décrotter ses chaussures avec le bout d'une allumette. « Que veux-tu que je dise à une fille que je ne connais plus et qui revient enceinte d'un taulard ?

— Papa, ce n'est pas aussi… sordide que ce que tu penses.

— Ah non ? aboya-t-il en relevant la tête. En voilà un vilain mot pour un pauvre gosse qui n'a pas demandé à venir au monde. Un père en cabane et une mère… Rappelle-moi ce que tu fais ? »

Il s'était approché, Gloria crut qu'il allait la frapper. En tout cas, il en avait une envie folle.

« Nous étions ensemble depuis dix ans, trembla-t-elle. Lui seul dans ma vie depuis dix ans. Alors je ne sais pas ce que tu vas imaginer, mais c'est probablement très loin de…

— La réalité ? Eh bien, la réalité, ma petite fille, c'est que tu étais la poule d'un homme marié. Voilà ce que je vais imaginer. Et crois-moi, je peux imaginer bien pire. »

Les yeux glacés de Jack Merriman étaient pareils aux pierres que l'on jetait aux femmes dans la Bible, coupables d'apostasie, de blasphème ou d'adultère. Comment Gloria Mercy Hope – « Gloire Pitié Espoir » – avait-elle pu commettre un tel crime, elle qui avait grandi derrière la mangrove avec un pansement sur ses lunettes ?

« Jack, je t'en prie… » Rose la discrète, la faussement soumise, était sortie de sa cuisine. Son mari lui jeta un regard vif qui ne la fit pas reculer. « Le Seigneur a dit qu'il fallait protéger nos enfants.

— Je vais m'en aller, murmura Gloria.

— Fais comme tu veux, répliqua son père. C'est ce que tu as toujours fait. Si tu restes ici, tu auras un toit et à manger. Parce que c'est mon devoir. »

Puis il tourna le dos et s'en alla d'un grand pas.

L'eau du bain la caressait gentiment. Gloria y agitait ses mains et les vaguelettes rendues laiteuses par le savon remplissaient leur fonction consolatoire. Curieuse, elle suivit des doigts la ligne plus foncée qui courait de son pubis à son nombril, de la même teinte brune que ses mamelons gonflés.

Ne pense qu'à cela, se répétait-elle en observant le renflement de son ventre. À peine visible. Juste un espoir. Elle avait hâte d'être grosse, malhabile. Elle se convainquait que sa silhouette déformée par le « mal joli » éloignerait jugements et méchanceté. On était en 1963, plus à l'époque de *La Lettre écarlate* de Nathaniel Hawthorne. Elle l'avait lu, à Coral Gables, parce que cette histoire de pécheresse l'avait interpellée. Quand elle s'ennuyait, elle lisait un peu, là-bas, mais il semblait que tout le monde s'en fichât – G.G. le premier. Il n'y avait d'ailleurs qu'une seule librairie. Et une cinquantaine de bars à cocktails.

Et aujourd'hui elle était là, éloignée de toute possibilité de distraction, à se frotter les genoux avec un gant de crin en se demandant ce qu'elle allait bien pouvoir faire de sa journée – et de toutes les autres à venir. Ce formidable ennui qui s'annonçait, faudrait-il le saisir à bras-le-corps, comme un ange rédempteur ? Faire pénitence au bord de cet insondable vide affectif lui ferait peut-être regretter le temps béni où un écart de conduite se punissait d'une simple paire de baffes.

Si elle ne voulait pas rester, il lui fallait chercher du travail, avant que l'évidence de son état ne lui ferme toutes les portes. Mais pas ici, pas question. Si Chooga Pines était toujours aussi étriqué, Sœur Bigleuse avait toutes les chances de croiser ses anciennes camarades de classe.

Et Benjamin ? Elle chassa l'idée de Benjamin par une nouvelle vaguelette. *Pourquoi tu ne demandes pas ? Pourquoi tu ne demandes pas s'il est mort en Corée ?* Parce que Benjamin symbolisait tout ce qu'elle avait abandonné, dans un mépris de classe que Chooga Pines lui renvoyait à la figure – elle le voyait aux nuages noirs qui n'avaient pas quitté le ciel depuis son arrivée.

Il fallait qu'elle aille à Tampa. Les agences immobilières. Elle pensa à G.G., envoya du dos de la main une autre vaguelette, plus cassante. Non. Quoi, alors ? Elle ne savait rien faire. L'idée de Tampa rebondit sur celle de cet homme noir, le dernier à avoir été gentil avec elle. Comment s'appelait-il ? Marcus. Et alors ? Alors, rien.

Une dernière vaguelette et elle émergea du bain, pas plus avancée dans ses réflexions. Au pire, se dit-elle en s'enveloppant dans une serviette, elle vendrait quelques vêtements. Cet argent-là lui donnerait le sentiment de ne plus être tout à fait dépendante, parce que c'était un sale sentiment, au fond. L'histoire de sa vie qui l'avait menée là où elle en était.

Ma Chérie s'essuya doucement, tremblant presque, pensant aux mains magiques de Nicolette qui auraient débrouillé tous les nœuds de ses épaules, son plexus, son esprit, aussi. Regarda éclater l'orage et se dit que ce qu'elle avait de mieux à faire, c'était de dormir.

13

La nation séminole n'était vieille que de deux siècles mais avait vécu trois guerres et ne s'était jamais rendue au gouvernement des États-Unis d'Amérique. Cette tribu, la plus hétérogène au monde, composée d'Amérindiens de Géorgie, du Mississippi et d'Alabama, mais aussi d'esclaves afro-américains échappés, avait obtenu la souveraineté sur ses terres des Everglades.

De ce peuple invaincu Rose Merriman avait hérité une force silencieuse et une conscience aiguë de son territoire. Sa fille et l'enfant à venir resteraient, ici, dans sa maison, et peu importaient les assauts d'un bûcheron à peine descendu d'Arkansas.

Après la troisième guerre séminole, les Indiens n'avaient plus été que vingt-cinq à résister, et à refuser de quitter la terre floridienne de leurs ancêtres. Gloria se disait que cent ans auparavant, Rose aurait fait partie de ces vingt-cinq-là.

« Comment as-tu connu Papa ? »

Repoussant son assiette où se figeait un restant d'œufs et de haricots, Ma Chérie s'étonna de sa propre question. Elle n'avait jamais été curieuse de l'histoire de ses parents. Quand on était enfant, les parents étaient juste des parents, non ? Maintenant, c'était différent. Une partie du bébé dans son ventre venait d'eux.

Sa mère releva la tête de la chemise qu'elle était en train de repasser. Dans la fenêtre derrière elle, le soleil qui perçait les nuages faisait un contre-jour, et sans doute cela aidait-il Gloria à être indiscrète.

Rose reposa le fer en fonte sur sa grille, entreprit de plier la chemise.

« C'était il y a longtemps », dit-elle. Rien d'autre. Gloria l'observa un moment lisser les manches sur la planche à repasser et s'impatienta.

« Je sais bien. Mais tu t'en souviens, tout de même ?

— Bien sûr. (Gloria vit l'étincelle de ses yeux dans le clair-obscur.) Ce qui compte, ce n'est pas comment les gens se rencontrent. Mais comment ils restent ensemble. »

D'accord. Ma Chérie hocha la tête, soupira. Elle avait besoin d'air. Demain, elle irait à Tampa, vraiment. Peut-être y avait-il là-bas une agence de placement pour les secrétaires qui ne savent pas taper à la machine.

Elle se leva. Elle avait trop mangé. Elle avait mal au cœur, et envie de pleurer, aussi. « Je vais sortir un peu.

— Tu es pieds nus. Prends mes mules.

— Merci.

— Je te coudrai des robes. »

Ma Chérie lissa la soie verte estampillée Pucci sur ses cuisses, vaguement gênée. C'était infiniment doux. Et la robe la plus simple qu'elle ait trouvée dans sa malle aux trésors – une trois-trous toute droite, comme en portait Jackie Kennedy.

Elle enfila les mules plates en cuir brun, cousues à gros points comme des mocassins, ramena sa lourde tresse de cheveux blonds sur une épaule et se sentit infiniment petite. Elle n'avait jamais marché si bas.

« Rends visite à Benjamin Freeman, fit sa mère dans son dos. De toute façon, il finira bien par te voir.

— Quoi ? »

Gloria s'était figée, la main sur la poignée de la porte, prise entre deux vents contraires : le soulagement, chaud et léger, l'appréhension, froide et piquante.

« Benjamin Freeman. Tu t'en souviens, j'espère.

— Bien sûr. Benjamin.

— Eh bien, c'est le patron de ton père, maintenant. Il a fait de la scierie quelque chose de… »

Gloria n'entendit pas la fin, rendue sourde par les remous d'enfance qui brouillaient son esprit.

Elle n'irait pas, se dit-elle une fois dehors. Elle n'oserait jamais. Que lui dire – *Salut, Ben, je suis bien contente que tu ne sois pas mort en Corée* ?

Bien sûr qu'elle devait y aller. Sinon, c'était reculer pour mieux sauter. Sans doute ne la reconnaîtrait-il pas – la dernière fois qu'il l'avait vue elle était brune et plate comme une planche à pain – et elle devrait sacrifier au ridicule d'une présentation – *Mais si, Ben, je t'assure, c'est moi, Gloria Mercy Hope Merriman, Sœur Bigleuse*.

Probablement qu'elle verrait passer toutes sortes de choses dans ses yeux, du doute au déplaisir. Peut-être même qu'il rirait, et que ce ne serait pas un rire gentil.

La scierie n'avait plus grand-chose à voir avec l'atelier vermoulu de ses souvenirs. Sur fond sombre de pinède, le bâtiment blanc ressortait comme un monument antique. Les lettres noires du fronton étaient brillantes, bien tracées : *FREEMAN*. C'était tout.

Gloria s'arrêta à l'orée du parking goudronné avec l'impression d'entrer dans un autre monde, inexplicablement caché par la seule maison de ses parents, où tout ne serait que bruit et fourmillement. Le cycle métallique des scies était douloureux aux oreilles, le moteur d'un camion chargé de troncs d'arbres toussait frénétiquement, les hommes derrière sa remorque s'agitaient, parlant fort, des papiers à la main.

Ma Chérie se retourna pour prendre la mesure du chemin parcouru – la maison était loin tout de même, plus loin que ce qu'elle imaginait. Un bosquet de tamariniers aux feuilles denses l'isolait de ce monde-là.

Au pied du camion, l'un des hommes était son père. Jack Merriman aperçut sa fille de loin, plantée là dans sa robe aussi verte que les tamariniers familiaux, marqua un temps d'arrêt, son porte-documents à la main, et se détourna.

Ma Chérie fut prête à faire demi-tour, elle aussi. *Rien à faire ici. Tampa. Tampa demain. Remue-toi.*

« Gloria ! Gloria Merriman ! »

Avant cela, elle avait entendu une porte claquer, un bruit supplémentaire dans cette fourmilière. Et maintenant, il y avait un homme qui se pressait vers elle, tout vêtu de bleu – un jean, une chemise délavée.

Il s'arrêta à quelques mètres, comme s'il craignait de l'effrayer, mit les mains sur les hanches. « Je regardais par la fenêtre, dit-il, essoufflé. Et je me suis dit : Ben, mon vieux, tu connais ce fantôme vert.

— Benjamin, murmura Gloria.

— À vrai dire, j'avais un indice, ton père m'a dit que tu étais rentrée.

— Vraiment ?

— Et je comptais aller te voir ce soir. »

Ma Chérie passa d'un pied sur l'autre. Elle n'était vraiment pas à l'aise dans ces espèces de moitiés de mocassins. Ses orteils glissaient. Benjamin s'approcha. Il était grand, avec la dégaine d'adolescent maigre qu'il devait déjà avoir à dix-sept ans, quand il était parti faire ses classes à Gainesville. Le gamin dont la mère lissait les cheveux en crachant dans ses mains avant de partir à la messe était bien loin. Cet homme-là n'était pas rasé, ses cheveux blond foncé rebiquaient sur son front et dans son cou, à la manière des hippies de Coconut Grove.

Gloria ne reconnut que ses yeux, bruns et vifs, et en conçut un salutaire sentiment d'égalité : s'ils s'étaient croisés dans une rue, aucun des deux n'aurait levé les yeux sur l'autre.

Elle lui sourit. « Ben, je suis heureuse de te voir », dit-elle. Il hocha la tête avec un sourire, semblant maintenant pris de court. « Combien… Combien de temps ça fait, hésita-t-il. Dix, douze ans ?

— Par là.

— Miss Floride… En quelle année ?

— 1952.

— La vache… Le jury a su que tu grimpais aux arbres plus vite que les garçons ?

— Ça a sûrement été décisif, rit-elle. Si on s'était douté, hein ? »

Il la contempla encore en silence. Toujours ce sourire. Ça aussi, comme les yeux, elle le reconnaissait, finalement. Sa bouche, floutée par sa petite barbe, plissait sur la commissure droite ; une habitude qu'il avait prise après avoir laissé une incisive dans les biscuits aux flocons d'avoine de Rose Merriman. Il se retourna, fit un signe en direction du bâtiment comme pour avertir quelqu'un, et osa prendre son poignet. « Viens, dit-il, profitons de l'éclaircie, allons faire un tour loin de ce vacarme. Tu tombes à pic, j'en ai plein la tête. »

Ils traversèrent le parking bras dessus, bras dessous. Gloria avait le pas un peu raide. Privé de ses talons hauts, son corps avait toutes les peines du monde à trouver son centre de gravité. C'était comme un dérèglement de l'oreille interne qui lui donnait la nausée. Et puis les œufs aux haricots lui plombaient l'estomac. Et puis elle se sentait potiche, à côté de cet homme quasiment inconnu qui, lui, était parfaitement à l'aise, dans son univers.

Benjamin attrapa une bouteille d'eau et deux gobelets au passage dans un couloir entrouvert et ils contournèrent le bâtiment, la conversation rendue impossible par le bruit des scies et du moteur. Du coin de l'œil, Gloria vit son père qui les observait, tapotant avec un crayon sur son porte-documents. D'un coup, elle eut très peur de vomir, comme l'autre jour – c'était si loin – devant le taxi. Son organisme ne semblait plus vouloir la prévenir de rien, des larmes, des nausées, du sommeil subit.

Puis, doucement, au détour d'une haie d'hibiscus parfaitement taillée qui laissait entrevoir le toit d'une maison, son enfance l'enveloppa, le bruit industriel s'enfuit.

D'abord les pins, au creux desquels les bûcherons avaient taillé des clairières, puis les boisements denses des hammocks, les chênes qui s'étaient surélevés sur leur litière forestière pour ne pas tremper les pieds dans l'eau. Les palétuviers et leurs racines qui sortaient du sol, tendues vers le ciel comme des tubas pour pouvoir respirer, et qui annonçaient la mangrove, les écrevisses bleues, les pélicans blancs, les flamants roses.

Ma Chérie lâcha le bras de Benjamin. « Là, c'est ma maison », dit-il en montrant la haie d'hibiscus. Mais Gloria ne voyait que l'autre côté, les fleurs indigènes. Les efflorescences du crème au jaune des asiminiers à quatre pétales, leurs fruits mûrs à l'arôme de banane qui faisaient le régal des ratons laveurs. Les strélitzias ressemblant à des lézards rouges, la queue rayée de vert et blanc. Quand elle était petite, elle en avait peur.

Ma Chérie avait l'impression d'entrer dans un de ces livres d'images magiques qui se déplient lorsqu'on en tourne les pages. « Ta maison ? répéta-t-elle, absente.

— Oui, là-bas, dit-il en lui montrant le toit.

— Ah, se réveilla-t-elle. Tu n'habites plus dans l'annexe de la scierie ?

— Non, ça fait longtemps. D'ailleurs il n'y a plus d'annexe, tu as vu le bâtiment.

— Oui, j'ai vu. C'est si grand. »

Benjamin hocha la tête. « Viens t'asseoir un peu. Il fait une chaleur à crever. » Ils s'installèrent sur la souche veinée d'un pin fraîchement coupé, il déboucha la bouteille et remplit les gobelets. Gloria mourait de soif. Cette chaleur brute qui lui était tombée dessus sur le parking, elle n'en avait plus l'habitude. À Coral Gables, il y avait toujours un abri quelque part, un auvent, une terrasse climatisée, un parasol.

L'eau était fraîche, elle la sentit progresser centimètre par centimètre au creux de son corps, jusqu'à son bébé. C'était bon pour lui. Elle en ressentit une pleine satisfaction.

« Tu es splendide, dit Benjamin.

— Je suis enceinte », répondit-elle.

Comme ça, c'est réglé. Elle en avait assez de retarder l'annonce, de calculer le moment précis où la personne en face pourrait l'entendre. C'était un fait, c'est tout, quelle affaire…

« C'est vrai ? » fit-il, dans un bête réflexe. Il avait l'air aussi content qu'étonné. Elle s'esclaffa. « Oui, ce n'est pas une de ces blagues idiotes qu'on se faisait, gamins.

— Oui, du genre j'ai avalé un moustique, ou il y a un alligator derrière toi.

— Pour le moustique, c'était vrai. Il était énorme. Je l'ai entendu bourdonner au moins trois jours dans mon estomac. »

Ils rirent doucement et elle se retourna, vaguement gênée par ces deux temps de sa vie qui se percutaient. « Elle est belle, ta maison. » De là où ils étaient, on n'en voyait qu'un pan en bois blanc, un balcon en fer forgé dans la tradition du Sud. Ma Chérie pensa à la sienne, son hacienda, le lourd portail, la piscine en forme de demi-lune. Est-ce qu'une maison continuait à respirer quand on n'y habitait plus ? Est-ce que les choses restaient à leur place, sans bouger ? Elle essuya rapidement la sueur qui perlait au bord de ses lèvres, regrettant de ne pas avoir pris ses lunettes de soleil. Les larmes menaçaient.

« Et ton mari ? demanda Benjamin. Il est là aussi ?

— Il n'y a pas de mari, fit-elle, un peu brusque.

— Ah. Merde.

— Oui. »

Le silence tomba sous la canopée bruissante. Un vent léger s'était levé. Ma Chérie en goûta la caresse qui s'infiltrait sous ses manches. Elle étendit ses jambes lourdes, contemplant avec surprise les demi-mocassins qu'elle avait oubliés. Benjamin remplit de nouveau les verres.

« Merci, dit-elle. Alors, tu as repris la scierie ?

— Il y a six ans. Quand mon père est mort.

— Non ?

— Cancer. Tu n'as pas su ?

— Non. (Elle eut une moue confuse.) Je n'ai pas su grand-chose. Mais c'est ma faute, je suppose.

— J'aurais pu prendre de tes nouvelles aussi. Demander une adresse à tes parents.

— C'est comme ça. (Elle haussa une épaule.) Et l'armée, tu en es parti ? »

Il sourit sans répondre et elle comprit ce que cela voulait dire : *Tu m'as vu, avec ma barbe et mon jean ?*
« La Corée, j'ai eu peur que tu…

— C'était il y a longtemps », la coupa-t-il.

Il ne souriait plus. Nous voilà donc, se dit-elle, tous deux à ne rien nous dire d'essentiel.

Au loin le tonnerre gronda. Ils se levèrent et firent demi-tour, avant l'orage.

14

Le tintement des couverts sur la porcelaine faisait écho aux secondes qui s'égrenaient, sèches, sur la massive horloge en bois vernis. Un tressautement et l'aiguille sur les chiffres romains semblait reculer. Gloria y jeta discrètement un œil morne. Ce dîner silencieux ne finirait-il donc jamais ?

Rose avait resservi deux fois son mari, tandis que leur fille contemplait son assiette vide, les mains sagement croisées sur les genoux. Pour ça, elle ne mourrait pas de faim, ici. Le bébé dans son ventre venait de recevoir du poulet grillé au miel, du maïs crémeux, des carottes glacées au jus. À Coral Gables, il n'aurait avalé que des salades composées, du poisson poché, des potages légers. Là-bas, on ne dévorait pas. On ne mangeait rien de roboratif. Cela ne se faisait pas.

Mais au-delà de cette aubaine calorique, Gloria pressentait le calvaire qu'allaient être ces longs repas mutiques, commencés par le bénédicité et poursuivis dans l'opprobre du père, devinée dans ses gestes lourds, ses regards fuyants.

Ma Chérie avait quitté Miami pour rejoindre Chooga Pines depuis deux jours, et au fond n'avait pas pris la pleine mesure de ce décrochage jusqu'à ce qu'elle s'installât à table, à sa place habituelle, perdant en s'asseyant la notion même d'âge adulte. Jusque-là, une partie de son cerveau n'avait pas fait le voyage, restant dans l'hacienda de Coral Gables, comme si le reste pouvait y retourner quand elle le voudrait.

Regardant encore une fois le tressautement de l'aiguille sur la pendule, elle sentit l'irrévocable l'enserrer, comme un de ces pythons constricteurs qui colonisaient les marais. Elle avait du mal à respirer. Il n'y avait aucune possibilité de retour. *Aucune.*

« Tu as vu Benjamin Freeman ? »

Rose débarrassait son assiette, poussant un morceau de pain vers elle pour qu'elle le finisse. Gloria avala une longue goulée d'air. « Oui, oui.

— Vous avez discuté ?

— Un petit moment. Derrière sa maison.

— C'est une belle maison. Il l'a bâtie lui-même en revenant de Corée.

— Ah oui ? (Gloria s'essoufflait.)

— Je me demande pourquoi il n'est pas marié. »

En bout de table, Jack Merriman reposa son verre, un mélange de lait et d'eau glacée que Gloria l'avait toujours vu boire.

« Qu'est-ce que tu crois, Rose ? Qu'il va s'allonger pour elle sur un plateau en argent avec une pomme dans la bouche ?

— Jack !

— Excusez-moi. » Se levant avec peine, Gloria repoussa sa chaise dans un grincement sinistre, s'agrippant au dossier. La pièce, les napperons, les canevas sur les murs, tout tournait. « Regarde ce que tu as fait, entendit-elle sa mère s'écrier en la rattrapant par le bras. Elle est enceinte, Jack !

— Pour ça, je sais », maugréa son père.

Et ils étaient là, tous les deux, à la reposer sur sa chaise comme la poupée sur la commode de sa chambre. « Ça va mieux ? » Ma Chérie ouvrit les yeux, hocha la tête. Les choses se stabilisaient, reprenaient leur place. « J'ai besoin de dormir, dit-elle.

— Il faut boire beaucoup d'eau, il fait trop chaud. Tiens. »

Elle plongea le nez dans son verre, avalant de petites gorgées, faisant crisser les paillettes de glace sous ses dents. « Je vais débarrasser, reste assise, poursuivit Rose. Ensuite je t'aiderai à monter.

— Ça va, je ne suis pas à l'article de la mort. Juste enceinte.

— Inutile de le répéter. »

Le père s'était assuré que tout allait bien, puis avait quitté la pièce, jetant sa serviette sur la table. « Il n'est pas méchant, dit Rose en empilant les assiettes.

— Ah non ? souffla Ma Chérie. Quand je vois ses mains, je pense à toutes les baffes que j'ai reçues.

— Tu as toujours été intenable, rétorqua sa mère.

— Et maintenant tu veux m'envoyer dans les bras du gamin qui faisait les quatre cents coups avec moi ? Qu'est-ce que c'est que cette histoire ? »

Rose ne répondit pas, rassemblant les miettes de la table dans ses mains. Gloria se leva, la tête en vrac. « Ne t'occupe pas de moi, dit-elle. Demain j'irai à Tampa chercher du travail.

— Demain nous irons au village acheter du tissu pour tes robes.

— Demain j'irai à Tampa, répéta Ma Chérie, butée.

— Ton père ne permettra jamais qu'on dise qu'il laisse travailler sa fille enceinte.

— C'est ça, il ne se soucie que du qu'en-dira-t-on. Il se fiche bien de moi, Maman. J'irai à Tampa.

— Gloria Mercy Hope Merriman ! »

Sa mère s'était redressée, ses yeux sur elle, noirs, acérés. Et sur ce visage hiératique, Ma Chérie comprit que c'était une grâce qu'elle lui faisait, de l'emmener au village avec elle. Ce serait légaliser son retour, quelles qu'en soient les circonstances. Donner l'absolution à la fille ingrate, à la pécheresse dont la très grande faute se dévoilerait bientôt aux yeux de tous.

Gloria Mercy Hope Merriman n'avait aucune idée de ce qu'était devenu Chooga Pines, en dehors de l'immuable maison familiale et de la formidable expansion de la scierie voisine. Elle avait le souvenir de maisons de village alignées au bord du goudron terreux, dans un lavis de gris qui en disait beaucoup sur la condition sociale de leurs habitants : gris aqueux du vieux bois pour la plupart, gris argenté des moellons repeints pour les commerçants aux rares tentures vertes. L'épicerie du vieux Melville, où elle trouvait, entre deux sacs de riz et des boîtes de haricots Heinz, les pots d'huile de coco qu'utilisaient les bûcherons pour soigner les cals de leurs mains et dont elle avait détourné l'usage.

G.G. adorait le parfum de la noix de coco sur ses seins.

Qu'y avait-il, encore, à Chooga Pines ? Un barbier qui faisait coiffeur pour dames. Elle ne connaissait pas son nom, elle n'y avait jamais mis les pieds. Une droguerie, qui vendait aussi bien du bicarbonate de soude, du vinaigre blanc, des balais et des outils que de l'aspirine ou de la pénicilline.

Une couturière chez qui sa mère achetait ses canevas.

Et c'était tout.

La grande rue était moins sinueuse qu'avant, on avait abattu quelques arbres pour construire des maisons neuves dont la couleur crème renvoyait les rayons du soleil implacable. Demi-mocassins aux pieds, Ma Chérie traînait le pas, regardant autour d'elle, espérant que les lunettes noires qu'elle avait sur le nez cacheraient tout d'elle. La grisaille avait reculé, la forêt aussi. Tout paraissait plus propre, même le goudron lisse, débarrassé de ses amas bourbeux.

Devant les maisons crème, il y avait des barrières vertes auxquelles on adossait des vélos. Au bout des allées de terre, des camionnettes à plateau – mais ça, au moins, ça ne changeait pas.

« Tu me suis ? fit sa mère en se retournant.

— Je suis là, Maman.

— On est presque arrivées.

— Tout va bien. »

Bon Dieu, elle n'était quand même pas mourante. Elles passèrent devant la devanture colorée d'un snack-bar dont les poteaux à l'entrée ressemblaient à deux grandes spirales de sucres d'orge. Pas mourante, mais Gloria aurait payé cher pour une citronnade qu'elle n'osait pas réclamer.

À Coral Gables, G.G. lui préparait de merveilleux cocktails, avec de l'ananas, de la mangue et un trait de Tabasco qui faisait toute la différence – pour lui, il rajoutait du triple sec.

Elle essuya ses lunettes.

« C'est ici », fit Rose. La boutique était plus grande, plus lumineuse qu'avant, mais sa propriétaire toujours aussi vieille, ratatinée derrière son comptoir. Ses lunettes sur le nez, l'un des fils d'écaille de leur sautoir pendant tout droit dans son décolleté plissé sans qu'elle semblât s'en apercevoir. *Miss Roberta.* Lorsqu'elle était petite, Miss Roberta avait tout mesuré de Sœur Bigleuse – la longueur de ses bras maigrichons, le tour de son torse de garçonnet, la hauteur des genoux cagneux qu'il fallait cacher par un savant ourlet rebiquant un peu vers l'intérieur et qui l'empêchait de laisser voir sa culotte en faisant ses bêtises, autant que faire se pouvait.

Gloria resta prudemment en retrait vers la porte qui mettait des heures à se refermer et dont la clochette tintinnabulait comme un jour de mariage.

« Rose », chevrota Miss Roberta, et elle sembla se déplier, retrouver de la vigueur.

« Regarde qui j'amène », fit Rose. Puis, sans lui laisser le temps de réfléchir : « Ma fille, Gloria. »

La couturière remonta ses lunettes, extirpant par la même occasion de son col en macramé le fil vagabond qui se mit à osciller le long de sa joue, hypnotique. Gloria réprima un sourire.

« Mais où étais-tu passée, ma chérie ? Je me souviens de toi.

— Euh, j'étais à Miami. »

Alors que la vieille dame s'approchait pour mieux la voir, Gloria Mercy Hope Merriman gardait les mains sagement croisées devant elle – Bon sang, mais quel âge as-tu, Sœur Bigleuse ? s'agaça-t-elle elle-même.

« Tu as changé de couleur de cheveux ?

— Euh, je…

— Oui, Gloria était modèle à Miami, coupa sa mère. Là-bas le blond est une couleur en vogue.

— Je vois, opina Miss Roberta. Quelle silhouette ! Voilà qui nous change de l'enfant que tu étais.

— Il va lui falloir des robes. Gloria va rester quelques mois avec nous. »

Rose n'en dit pas plus – sans doute la vieille dame se serait-elle effritée au beau milieu de son magasin si elle avait appris toutes les nouvelles en même temps. « Je vais les faire moi-même, ajouta-t-elle. Dis-moi ce qui te plaît, Gloria. »

Et puis sa mère et la couturière s'affairèrent devant des piles de coupons classés par tons, soulevant le tissu dans un parfum de coton propre, l'oubliant presque derrière elles.

Seigneur, des petites fleurs, du tartan, se désespéra Ma Chérie en s'approchant, effleurant au passage le présentoir des bobinots de fil multicolores qui ressemblait à un sapin de Noël psychédélique. Combien de fois sa mère l'avait-elle envoyée en chercher ?

« J'aime bien les petits carreaux vichy », intervint-elle, presque murmurante, alors que Miss Roberta empoignait de ses doigts noueux un imprimé Liberty qu'on ne portait plus passé l'âge de huit ans. Et puis, pour sauver les meubles, et parce qu'elle pensait à la sobriété magnifique de la robe Givenchy qu'elle avait laissée à Coral Gables avec le souvenir de *Breakfast at Tiffany's* : « Et les tissus unis. »

Elles ressortirent de la boutique avec le patron d'une robe trois-trous évasée que Rose ferait évoluer au fil des mois, du vichy bleu marine, du coton vert d'eau, ciel et beige. Sa mère avait tout payé, comme si cela allait de soi, et pour lui faire plaisir Ma Chérie avait accepté un tissu parme à petites fleurs blanches.

Ce serait toujours plus adéquat que la robe foulard bariolée qui lui collait au corps et jurait avec les mules qu'elle avait aux pieds. « Des chaussures, maintenant ? demanda Rose, comme si elle devinait ses pensées.

— J'aime bien celles-ci, merci, mentit Gloria.

— J'en ai d'autres à la maison. »

Chic, rumina Ma Chérie. Elle mourait de soif. « Viens, entrons prendre une limonade », dit Rose. Et sa fille se demanda si les Indiens séminoles savaient lire dans la tête des gens.

Suzie's, disait la pancarte rose et bleu qui se balançait entre les deux sucres d'orge géants – et dans un flash Sœur Bigleuse comprit pourquoi, alors qu'il était trop tard pour faire marche arrière.

Suzie Belkin. La capitaine du groupe des quatre salopes qui la harcelaient à l'école, avec Loretta, Sally et Meg. Et elle était là, derrière son comptoir, ses cheveux d'un noir presque bleu choucroutés en accroche-cœurs sur des yeux clairs très maquillés – Punaise, cette connasse se prend pour Elizabeth Taylor, se dit Gloria, tétanisée. Elle alla s'enfoncer dans une banquette en Skaï rouge, complètement déshydratée. Bon sang, cette pénitence ne se terminerait donc jamais ?

À cette heure, le snack était désert, et il flottait encore une odeur de bacon frit et de tarte aux pommes à la cannelle. Les ouvriers de la scierie avaient probablement pris leur repas de midi en masse ici, à en juger par les tables fraîchement nettoyées et les bruits de vaisselle qui provenaient de l'arrière-cuisine. Il faut dire que la propriétaire des lieux était accorte, à agiter ses seins ronds au rythme énergique du torchon sur le bar. Se souvenait-elle que Benjamin Freeman l'avait un jour forcée à avaler une poignée de terre ?

« Gloria Mercy Hope Merriman, dit-elle quand elle arriva avec les deux limonades dans les mains. Doux Jésus, je n'en reviens pas. »

Bon Dieu, sa mère allait-elle ainsi la présenter à tout Chooga Pines, des fois que les *rednecks* figés ici aient oublié jusqu'à son existence pendant qu'elle posait pour *Playboy* ? « Miss Floride 1952 », ajouta Suzie. Oui, ça aussi, pensa Gloria, grimaçant un sourire. Franchement, dans l'état actuel des choses, elle ne tirait aucune gloriole de son passé – sauf auprès d'une fille qui l'avait traitée de squelette ambulant.

« Tu es superbe, fit Suzie.

— Merci.

— Miami t'a bien réussi. Pas comme ce trou à rats », rit l'autre. Ses cils charbonneux faisaient l'ombre d'un papillon sur ses joues. Des faux cils premier prix, diagnostiqua Sœur Bigleuse, mauvaise. « Tu as l'air d'être bien installée, rétorqua-t-elle, polie.

— Oui, ça va. Tu restes longtemps ?

— Oui, quelques mois, intervint Rose.

— Jusqu'à ce que j'accouche.

— Gloria !

— Maman, autant le dire tout de suite. Inutile de prendre des gants, je connais le pouvoir de nuisance de cette ville. (Ma Chérie avala tranquillement une gorgée de limonade devant Suzie, bouche bée.) Et tu peux le répéter aux Loretta, Sally et autre Meg : il n'y a pas de père. »

Suzie sembla hésiter un instant, se demandant qui de la mère ou de la fille il fallait ménager. Puis elle haussa une épaule, son rictus de surprise se transformant en une moue charmante : « Ma foi, ce sont des choses qui arrivent », dit-elle.

Puis elle retourna à son comptoir, virevoltante, dans un parfum de sucre roux et de cannelle, laissant Rose Merriman assassiner sa fille de ses yeux d'Indienne.

15

Gloria entra dans une sorte d'ascèse, de l'aube contemplative au dîner dans le silence du père. Maintenant que le déluge était passé, il lui fallait sacrifier à l'épure de sa vie pour accepter les choses qu'elle ne pouvait changer.

Alors, consciemment ou non, elle calqua son rythme sur celui de G.G. dans sa prison. Le lever solitaire aux aurores, la méditation à la fenêtre pour tenter de voir plus loin que ce que les yeux pouvaient voir, cette morne plaine, table rase de ses illusions. G.G. avait-il une fenêtre, au moins ? se demandait-elle dans un des rares moments d'apitoiement qu'elle s'accordait. Et s'il en avait une, derrière les barreaux était-ce son *troisième G pour toujours* dont il cherchait le visage, dans les nuages, les feuilles, la terre, quoi qu'il ait devant lui ?

Les journées si longues, à tout faire lentement. Mutique, Ma Chérie les passait dans l'ombre diffuse de sa mère, toujours à sa cuisine ou à sa machine à coudre, ses fils, ses tissus. Les robes avançaient bien, Rose avait du talent. Elle aurait fait fortune à Miracle Mile, à habiller les précieuses pour les cocktails.

Du coup, Gloria se demandait aussi : employait-on G.G. à un travail manuel, lui, le flambeur en costume italien ? Elle se souvenait qu'enfant, Benjamin lui avait raconté que la scierie Freeman & fils livrait du bois au pénitencier de Raiford. Les prisonniers fabriquaient des jouets, et elle trouvait cette idée aussi terrifiante que *Comment le Grinch a volé Noël*.

Accoudée au canapé du salon, dans le staccato de la machine à coude, elle imaginait Gerry Grayson rempaillant des chaises dans une pièce sombre, entouré de fagots de laîche, cette herbe des marais poussant sur de petites souches où se faufilait l'eau, aussi libre que G.G. l'était avant. Puis on coupait la laîche, on la séchait et on la ficelait en bottes – comme G.G. l'était maintenant.

Voilà comment, dans l'esprit en fuite de Gloria, une simple chaise devenait la métaphore de la splendeur et de la misère de son amant.

Au goûter, Ma Chérie se gavait de tarte aux pêches pendant que le roi déchu de Coral Gables mangeait probablement ses semelles, c'était une différence notable, bien terrestre, entre eux. Elle trompait la solitude de son corps d'amante, faisant de lui un temple pour l'enfant à venir. Chaque bouchée, chaque gorgée avalée, chaque caresse à l'huile de coco était pour lui. Rien d'autre ne pouvait plus compter.

Le soir, elle s'allongeait bien droite dans son lit de jeune fille, s'efforçant de ressentir chaque creux, chaque bouton du matelas.

Voilà, moi je suis là.

Elle posait la main sur son ventre. Et ce qu'elle ressentait alors, G.G. ne pouvait le ressentir. Ma Chérie oscillait entre la mélancolie et la colère, à en avoir mal au cœur.

Au sujet de l'enfant, aurait-elle dû lui dire, cet autre jour qui lui paraissait si lointain, à la prison ? Mon Dieu, annoncer la nouvelle au parloir aurait été… Il n'y avait même pas de mot pour ça. C'était comme faire entrer un bébé dans une cellule. *Son* bébé. Cela n'arriverait pas. Jamais de la vie.

Dans l'air figé de la maison de Chooga Pines, rendue à son enfance et à sa rétive dépendance, Gloria Mercy Hope Merriman vit passer une semaine, puis deux.

Puis trois, peut-être.

Elle ne savait pas. Elle ne sortait pas pour goûter les changements du vent, les pluies de début d'été qui se rapprochaient, l'alourdissement du soleil. Ma Chérie ne mesurait le temps qu'aux racines sombres de ses mèches de cheveux blonds qui, était-ce sous l'effet d'une pluie d'hormones, poussaient trop vite.

Jamais de sa vie elle n'avait été en friche comme cela.

« Tu es prisonnière ? » demanda un jour Benjamin. Il était là, un sourire dans l'encadrement de la porte. Rose l'accueillit avec un empressement inédit, tandis que sa fille restait en retrait. Gloria n'aimait pas cette ingérence de sa mère entre Benjamin et elle, une association nouvelle qui en disait trop sur sa propre négligence envers son ami d'enfance.

« Quand je pense qu'elle me tirait par le bras pour me ramener à la maison quand on s'amusait tous les deux », maugréa-t-elle, une fois qu'il eut réussi à l'entraîner à l'extérieur. En cette fin d'après-midi, le fond de l'air était frais, la terre mouillée du petit jardin dégageait une odeur âcre, il avait plu sans discontinuer pendant deux jours. Benjamin la regarda nouer un foulard bleu dans ses cheveux et se contenta de sourire.

« Où m'emmènes-tu ? » demanda-t-elle. Elle était de bien mauvaise humeur. Elle aurait voulu rester dans sa chambre.

« Faire un tour. Depuis combien de temps n'as-tu pas marché plus de cinq mètres entre le salon et la cuisine ?

— Je monte aussi l'escalier.

— Magnifique. À ta place, je me taperais la tête contre les murs. »

Elle n'avait pas revu Benjamin depuis leur aparté dans la mangrove qui s'était terminé d'une drôle de façon, des non-dits de part et d'autre, l'ombre mortifère de l'âge adulte grignotant leur complicité enfantine. Elle n'était pas certaine d'avoir envie de le revoir tout de suite, d'ailleurs, c'était trop d'efforts. Alors elle avait fait comme s'il n'habitait pas juste derrière, comme si elle-même n'était pas à Chooga Pines – c'était facile, à rester enfermée elle arrivait à imaginer la maison comme un endroit complètement isolé, hors de tout, un peu comme le Spoutnik.

Elle le suivit en traînant les pieds sur les gravillons de l'allée, alors il prit son bras. Il portait une chemise sans apprêt comme l'autre fois, ses cheveux flottaient sur sa nuque. C'était un style étrange pour un patron, se dit-elle, curieuse. Elle qui n'avait l'habitude que des galants tirés à quatre épingles trouvait bizarrement séduisante sa silhouette souple et libre. Elle se demandait bien ce que pouvait en penser Jack Merriman, son père qui était tellement à cheval sur les principes. En dehors du fait qu'il avait connu Benjamin gamin, et que cette inversion des rôles ne devait pas être facile à vivre.

« J'aime bien ta robe, dit-il en lui jetant un œil vif. Ces petits carreaux avec tes cheveux blonds, ça te fait ressembler à une actrice française. »

Rose avait fait des miracles avec le vichy bleu. Une robe en corolle juste évasée comme il le fallait pour ne pas trop faire dame aux champs, avec un élastique invisible dans le dos, pour plus tard.

« C'est gentil, bougonna-t-elle. Benjamin, je suis de mauvaise compagnie. Je n'ai pas envie de défiler dans Chooga Pines.

— On va juste marcher un peu. Ça te fera du bien. Ton père m'a dit que tu n'étais pas sortie depuis presque un mois.

— Mon père ? (Elle eut un rire sans joie.) Seigneur, il parle donc en dehors de la maison ? Et de moi, la mauvaise fille ? J'en suis bouche bée.

— Non, il ne parle pas beaucoup. Il faut lui tirer les vers du nez. (Il s'arrêta, cassa une longue tige de laîche qui barrait le chemin.) Ne sois pas trop dure avec lui, tu lui en as quand même fait voir depuis ta naissance. »

Agacée, Gloria s'arrêta aussi. « Benjamin, si tu as comme projet de me remonter les bretelles… et d'une, ce n'est pas ton rôle, et de deux… (Elle chercha.) Et de deux, je préfère rentrer chez mes parents où personne ne parle.

— Je ne veux pas…

— Ma mère t'a demandé de me faire la leçon ? le coupa-t-elle. Elle te regarde comme si tu étais le pasteur Billy Graham qu'on voit partout dans les journaux, ce qui est un comble pour un type qui ressemble à… euh… Bob Dylan.

— Gloria, rit-il en lui prenant le bras.

— Ne me touche pas, ça m'énerve. Je ne suis pas une gamine. J'ai vécu des choses, j'ai… (Elle secoua la tête.) J'ai eu une vie, merde.

— Pourquoi parles-tu au passé ? »

Il la regardait calmement alors qu'ils restaient plantés au milieu de l'allée. Gloria eut la sensation que sa mère les observait de sa fenêtre. Cela lui faisait comme deux petites flèches indiennes fichées dans son dos.

« Avance », le poussa-t-elle. Ils cheminèrent un moment sans parler, sortant du champ d'observation de la maison Merriman, alors que Ma Chérie sentait toute la colère et l'angoisse contenues elle ne savait où dans son corps se libérer au moment où elle s'y attendait le moins.

Pour une malheureuse réflexion, Benjamin allait prendre pour tout le monde – l'empereur de Coral Gables, les pintades qui s'étaient prétendues ses amies, le foutu colonel des cornouillers, son père taiseux, sa mère moraliste. Et même le lointain quatuor d'emmerdeuses mené par Suzie Belkin, le sosie économique de Liz Taylor en marchande de limonade.

« Écoute-moi, Benjamin Freeman, s'emballa-t-elle. Je ne vais pas rester longtemps dans ce trou, alors inutile de chercher à me transformer en petite fille sage et reconnaissante. Je n'ai jamais plu à personne sauf à toi, ici, et même ça j'ai l'impression que c'est en train de changer. Je n'ai jamais plu à personne nulle part, sauf à un homme pour des raisons… (Elle éluda d'un soupir.) Je suis futile, égoïste, sans éducation. Je ne sers à rien et je tente de m'en accommoder. Ne te mêle pas de ça.

— Gloria, ce n'est pas vrai.

— Ce n'est pas vrai ? Mais qui crois-tu avoir en face de toi ? Tu ne me connais même pas. T'être rendu utile à ton pays te donnerait le droit de sermonner l'idiote qui revient apporter la honte au village après avoir pris du bon temps ?

— Qu'est-ce que… (Benjamin écarquilla les yeux, stupéfait.) Pourquoi vas-tu si loin ? Je voulais simplement te dire que la dernière fois que ton père t'a vue avant que tu reviennes à la maison seule et enceinte et… (il eut un geste vague de la main) blonde, putain, c'était sur la page centrale de *Playboy* que ses collègues avaient gentiment affichée en plein milieu de l'atelier où il travaille. Alors, ouais, ça ne me regarde sûrement pas, mais je me permets juste de te dire d'être plus compréhensive, ça facilitera peut-être la vie du foyer. C'est tout, merde, Gloria.

— Va te faire voir, Benjamin. »

Elle fit demi-tour, ses mocassins ripèrent sur la terre grasse, il la rattrapa par le coude. « Lâche-moi. Je vais chercher du travail, gagner de l'argent pour partir d'ici et élever mon enfant dans une grande ville où tout le monde se fiche bien du voisin. »

Elle frotta son bras rageusement comme s'il y avait laissé une tache. Elle était à bout de patience, de nerfs, au bout de la considération qu'elle avait d'elle-même. Sous l'effet du sang qui circulait plus vite dans ses veines tendues, elle eut un bref moment de flottement, se contemplant d'en haut, vêtue du fourreau Givenchy de Holly Golightly et les pieds nus dans la boue de Chooga Pines.

« Gloria, ça va ? » s'inquiéta Benjamin. Sa voix semblait sortir d'un transistor. « Oui. Oui », lâcha-t-elle. La vision disparut. Elle essuya ses mains moites sur le tissu vichy de sa robe de campagne. Ses cheveux collaient à son front.

« Bordel, jura-t-il, comment cette engueulade a-t-elle pu arriver ? Écoute, tu as raison, je ne sais même pas si on est amis.

— On était des enfants, Ben, dit-elle, lasse. Les adultes qu'on est devenus ne se connaissent pas. »

Autour d'eux, les feuilles digitales des figuiers banians bruissaient, comme des mains languides caressant l'air tiède. Gloria apercevait le toit de la maison de Benjamin, tracé au cordeau. Un regret l'étreignit : sans doute avait-il voulu l'emmener la visiter, fier de son travail. Et elle lui était tombée dessus, coupant son élan, le blessant certainement.

« Excuse-moi, dit-elle, rajustant son foulard.

— Ce n'est rien. Tu as raison, répéta-t-il.

— Ben, j'aimerais voir ta maison. (Dieu qu'elle était maladroite.) Il paraît que tu l'as construite toi-même ?

— Eh oui. (Il haussa une épaule.) Ça m'a pris trois ans, tous les jours.

— Et moi, ça m'a pris dix ans à ne rien construire, ironisa-t-elle.

— Ne dis pas ça, tu attends un enfant. Ce n'est pas rien. »

Elle ne répondit pas, sentant l'élastique dans son dos qui annonçait l'ampleur de l'événement. Gloria avait même oublié ce que c'était, de ne pas être enceinte. Était-ce pareil quand on ne l'était plus ? Oubliait-on facilement ? Retrouvait-on son corps d'avant ?

« Et pourquoi as-tu fait ça, Ben ? (Elle s'éclaircit la voix.) Pourquoi as-tu passé tout ce temps à bâtir une maison ?

— J'en avais besoin. » Il y eut un mouvement d'air, comme si le vent changeait de sens. Devenait plus frais.

Benjamin expédia sur le bas-côté la longue tige de laîche qu'il avait tordue, pliée, dépliée, durant toute la conversation. Il glissa sur elle un regard soudain inhabité, un visage curieusement absent. « Je te la ferai visiter un autre jour, coupa-t-il. Viens, je te raccompagne. »

Ils firent le bout de chemin en sens inverse dans un silence aussi pesant que le soleil qui s'écrasait sur la nuque courbée de Ma Chérie.

16

La vieille Buick était recouverte d'une couverture grise, sous un appentis mangé par la mousse. Gloria Mercy Hope Merriman n'en avait aucun souvenir particulier, du genre de ceux où l'on s'amuse à tourner le grand volant sur les genoux de Papa sans que les pieds touchent les pédales, où l'on fait coucou à la voiture qui suit sur la route de Tampa en allant voir les feux d'artifice du 4 Juillet.

En fait, cette voiture semblait ne pas avoir bougé depuis le début des années cinquante, quand Jack Merriman l'avait ramenée à la maison. De ça non plus Gloria ne se souvenait pas clairement. Pourtant, à Chooga Pines, un endroit où l'on garait son pick-up boueux entre deux ornières, une Buick neuve avait forcément créé l'événement.

Il n'y avait pas de traces de pneus, sur la terre régulière devant l'appentis. « Depuis combien de temps elle n'a pas servi, la voiture ? » demanda Gloria en rentrant dans la maison. Rose posa sa cuillère en bois sur une soucoupe. Ça sentait bon le laurier et la sauce brune. « Je ne sais pas. On n'a pas d'occasions.

— Alors, pourquoi la garder ?

— Au cas où il faudrait aller à l'hôpital de Tampa.

— Pourquoi aller à l'hôpital ? s'inquiéta Gloria.

— Pour rien pour le moment, mais on vieillit, on ne sait jamais. »

Gloria resta muette un petit moment, plantée sur le pas de la porte, regardant sa mère ajouter tranquillement du sel à son ragoût. « Vous avez une voiture qui dort dans le garage en attendant d'aller à l'hôpital ? » finit-elle par lâcher. Qu'on envisage le pire comme un projet la dépassait. Pourtant elle aurait été bien inspirée de s'y risquer aussi. Rose lui jeta un œil noir, à peine flouté par les volutes qui s'échappaient de la marmite, la renvoyant d'un battement de cils à son impudence.

« Il y a de l'essence, dedans ? marmonna Gloria.

— Évidemment. (Rose reprit sa cuillère.) Pourquoi, tu veux t'en servir ?

— Ce serait peut-être bien. Pour voir si elle roule. »

Ma Chérie passa d'un pied sur l'autre, les mains croisées comme une gamine qui demanderait l'autorisation d'aller danser, et se sentit misérable. Bon Dieu, pourquoi ne pas dire les choses clairement, comme une adulte ? Qu'est-ce qui la faisait tant rapetisser, dans cette maison ? On aurait dit que les plafonds lui appuyaient sur la tête.

« Maman, dit-elle en relevant le menton. J'aimerais l'emprunter pour aller à Tampa.

— Que vas-tu faire à Tampa ?

— Regarder un peu les magasins. Aller chez le coiffeur.

— Tu as un coiffeur dans la grande rue.

— Il ne saura pas faire mes cheveux.

— Évidemment. »

Rose soupira, mit un couvercle sur la marmite, essuya ses mains sur son tablier. Pendant tout ce temps-là Gloria serra les dents, s'appliquant à avaler ce simple mot qui disait toute son accablante vanité.

« Il faudra demander à ton père.

— Bien sûr. »

À sa grande surprise, Jack Merriman accepta. La réponse lui fut rapportée de la scierie, après que Rose eut livré son sandwich de midi à son mari. Peut-être espérait-il qu'elle verse dans une de ces ravines de terre meuble qui dégringolaient le long de la route, se dit Ma Chérie, ravie. Qu'elle s'explose la tête sur le pare-brise et débarrasse le plancher des vaches et des alligators.

La vérité était sans doute que sa mère avait usé de son autorité séminole. Rose ne supportait plus de voir sa fille traîner son encombrant fantôme entre la machine à coudre et l'évier de la cuisine, son degré d'exaspération se mesurait à l'inflation galopante de ses soupirs et au sacrifice de la voiture-ambulance. Jack et elle choisiraient un autre jour pour agoniser, tant pis.

En faisant glisser la couverture de la Buick, Gloria ressentit une joie sauvage, qui trouva son point culminant lorsqu'elle fit tourner la clé de contact et qu'au bout de trois ou quatre essais le moteur toussa, puis rugit sous les coups d'accélérateur. Un après-midi pour elle, loin d'ici, ô Seigneur.

« Sois de retour pour le dîner.

— Oui, Maman.

— Tu as besoin d'argent ?

— Non. Merci. »

Quel ratatinement supplémentaire ce serait.

Dans un grand sac en papier, sur la banquette arrière, elle avait soigneusement plié la robe Courrèges en nid-d'abeilles. Elle trouverait bien à la vendre dans un de ces magasins de prêt-à-porter qui se multipliaient sur les artères marchandes des grandes villes. Avec l'argent, elle irait chez le coiffeur. Voilà ce qu'elle allait faire.

Elle s'engagea sur la route, se demandant au premier virage ce qui la retenait de descendre vers le sud, de retrouver Nicolette qui s'occuperait de ses cheveux, de retrouver sa maison de Miracle Mile, de retrouver G.G. qui s'occuperait bien d'elle et de leur enfant.

De faire comme si.

Ou alors, aller à la prison, juste quelques heures, pour voir ? L'homme qui l'avait aimée, choyée pendant dix ans n'existait plus en rien, ici – ni dans l'air qu'elle respirait, ni dans les pas qu'elle faisait, ni derrière les portes qu'elle ouvrait. La coupure s'était mal faite, trop vite, pas propre, cicatrisation en mauvaise voie.

Pourquoi, au moins, quelqu'un ne lui demandait-il pas d'en parler – *Qui est cet homme qui t'a fait un enfant ?* Cela lui aurait donné une consistance, un passé. Au lieu de cela, on l'effaçait. Son père ne lui avait même pas demandé pourquoi l'homme-tabou était en prison. Gerry Grayson aurait été le pire mafieux de la côte Est qu'il n'aurait pas eu davantage d'existence.

Mais à la sortie de Chooga Pines, la Buick prit à droite, vers le nord, comme si elle n'était pas programmée pour aller ailleurs qu'à Tampa – et son hôpital général, bien sûr. Une main sur le volant, Gloria finit par se laisser porter, goûtant l'odeur caféinée de la moleskine chauffée par le soleil, celle, citronnée, du produit de nettoyage avec lequel son père cirait le tableau de bord. Dans sa paume, le levier de vitesse imprima une rondeur tiède, réconfortante. Ma Chérie se sentit occupée, et cela lui fit du bien. Conduire la rendait plus grande. Cet après-midi, elle laissait Sœur Bigleuse dans son lit de gamine, en tête à tête avec sa poupée sur la commode.

La route se déroula, kaléidoscope hypnotique, camaïeu de vert, de terre et de bois, comme dans une de ces visionneuses en plastique que les enfants se collaient sur le nez au bord des plages. Gloria regretta que son père n'ait pas fait installer un autoradio – mais quelle chanson aurait pu l'accompagner à l'hôpital général, elle se le demandait bien. Sûrement pas celles des Four Seasons ou de Chubby Checker qu'elle avait envie de faire hurler dans la voiture, histoire d'oublier les paroles de *Can't Help Falling in Love* d'Elvis qui venaient la hanter parfois, la nuit. Dans ces moments-là, elle sentait la main de G.G. sur sa taille, et cela lui faisait un mal de chien.

Tampa était beaucoup plus près en Buick entretenue par Jack Merriman qu'en bus scolaire chargé pour moitié d'adultes en errance. Gloria fut surprise de voir se profiler les premiers buildings, juste après le *diner Ayres* où l'on pouvait s'empiffrer de muffins au sirop de sucre et d'œufs grésillant de beurre vingt-quatre heures sur vingt-quatre.

Elle longea le parc de la rivière Hillsborough, enfila les rues chics de Harbour Island peuplées de messieurs en costume et de femmes en robe légère, partagée entre l'euphorie de retrouver la civilisation et l'amertume de ne plus en faire partie.

17

Dans le miroir rococo bordé de dorures en plastique, une inconnue la regardait, en pleine confusion. Ma Chérie passa la main dans ses cheveux courts. Une mèche rebiquait joliment derrière son oreille, une autre caressait son front. Ses sourcils traçaient un arc étonné sur des yeux de faon. Elle eut l'impression de voir une gamine, aux épaules fines, à la nuque gracile.

Une coupe à la Audrey Hepburn dans *Sabrina*, une nouvelle patine à son blond, voilà ce qu'avait rapporté la robe Courrèges de son trentième anniversaire, vendue à une boutique d'occasions du centre-ville. Dommage qu'elle n'ait pas pu emporter les go-go boots, s'était-elle dit en voyant le regard médusé de la vendeuse sur l'étiquette brodée.

Elle tourna la tête pour se faire une idée de son nouveau profil. Derrière elle, la coiffeuse se tenait les mains jointes sur sa jupe, espérant son approbation. C'était une jeune Latina, mignonne comme un cœur. Elle lui avait suggéré de retrouver sa couleur naturelle, ce noir bleuté si difficile à effacer pour qui ne détenait pas les secrets de Nicolette. « Ça vous fera moins d'entretien », avait-elle dit, devinant les difficultés de cette cliente inhabituelle qui sortait des billets froissés de son sac, les comptait en les repassant du plat de la main.

Le salon de coiffure, dans une petite rue parallèle aux boutiques chics, drapé de velours rose, ressemblait à une boîte à musique dont la fille aurait été la danseuse, dans sa robe en corolle de coton blanc. Elle avait une bouche cerise, une petite croix en pendentif. « Et puis, avec vos yeux bleus, ce serait magnifique », avait-elle poursuivi avec son accent gourmand, l'air de s'excuser. Gloria trouva qu'elle ressemblait à Natalie Wood dans *West Side Story*. Et aussi, avec cette tendance qu'avaient les riches Sudistes à mettre les gens dans le même panier, à Lucia, la jeune Cubaine qui s'occupait de sa maison à Coral Gables.

Ma Chérie avait décliné la teinture originelle qui aurait rattrapé une fois pour toutes les racines qu'elle crêpait pour les dissimuler. C'était un deuil qu'elle n'était pas prête à faire. Déjà, dans une sorte de terreur rentrée, elle voyait balayées dans un trou d'eau savonneuse les longues mèches dorées que G.G. enroulait autour de son poignet.

Et puis rester blonde, cet entretien sacré, ce cérémonial hollywoodien, l'obligerait à se prendre en charge. À gagner de l'argent en trouvant un travail si elle était assez courageuse pour cela – ou, si elle ne l'était pas, à vendre une à une les merveilles de sa malle, et la malle aussi –, afin de pouvoir platiner ses cheveux tous les mois.

Elle se rassit dans la voiture la tête si légère qu'elle fouilla un long moment dans son sac, certaine d'avoir oublié quelque chose. Il était quatre heures de l'après-midi, et elle ne savait plus quoi faire de sa peau avant le couvre-feu qui la ramènerait à Chooga Pines dans quoi, deux heures ?

Alors, faire du shopping, comme une réminiscence bas de gamme de Miracle Mile ? Elle n'avait même pas assez d'argent pour cela. S'installer dans l'alcôve d'un bar ? Seule, cela ne se faisait pas. Il lui aurait fallu une Janice et une Sharon pour noyer l'indécence sous des flots de *Cuba libre* – quelle ironie sociale que ce cocktail.

Le moteur à l'arrêt, les deux mains posées sur le volant, Gloria entendit une cloche retentir, puis un brouhaha diffus s'épanouir comme un chant d'église, et elle vit une vague de gamins en uniforme bordeaux se fendre sur la Buick – les cartables noirs, les sourires, les queues-de-cheval, les garçons d'un côté et les filles de l'autre, leurs mines saines d'enfants de bonnes familles nourris aux Kellogg's.

« Je suis instituteur. » En entendant cette voix dans sa tête, venue d'un car en provenance de Miami, elle réalisa que l'idée de cet homme noir l'occupait toujours, dans un recoin. En y repensant, c'était une image presque angélique qui s'imposait à elle, une bienveillance inattendue et perdue. Ce… *Marcus – oui, comment s'appelait-il, c'est ça, Marcus* – avait veillé sur elle, l'avait considérée, comme l'incongru relais de G.G. Ma Chérie eut un petit rire derrière son volant. Mon Dieu, s'il savait ça, Gerry Grayson, un Noir, vous vous rendez compte ?

Elle regarda encore une fois sa montre, une Cartier au fin bracelet de cuir un peu abîmé, bloqua dessus en prenant conscience qu'il lui faudrait la vendre aussi, et, mue par elle ne savait quel désir de chaleur humaine, d'aventure, de transgression, mit le moteur en marche et prit le Bayshore Boulevard le long des eaux turquoise de la baie exaltées par le soleil, en direction de l'est.

Passé le fourmillement industriel du chantier naval planté de grues, la Buick monta au nord à travers un décor urbain de boutiques borgnes et de cantines ouvrières, et déboucha sur la frange rouge d'Ybor City. Les anciennes usines en briques, les fabriques de cigares délaissées, tout concourait à faire de l'endroit une ville fantôme en Technicolor.

Gloria tourna un moment dans les rues surexposées, avec l'impression prégnante de voir la vie y naître au fur et à mesure qu'elle se rapprochait du centre. Des hommes fumant à l'ombre d'une marquise, assis sur de lourdes chaises de café, des groupes de femmes brunes en jupes bayadères, paniers à la main, de la musique latina s'échappant d'une fenêtre où pendait du linge. Et puis des enfants, de plus en plus d'enfants, de toutes tailles et de tous âges, une forêt de shorts et de jupes plissées de la même couleur marine, de grandes chaussettes blanches grimpant jusqu'aux genoux.

Ma Chérie gara la voiture dans l'ombre relative d'un hibiscus dépourvu de fleurs, les yeux dans le rétroviseur qui projetait le film grouillant d'une cour d'école à l'heure de la sortie. Elle aperçut sa tête de moineau blond au passage et se demanda bien ce qu'elle faisait là.

Et puis elle le vit, *Marcus*, et fut surprise de sa singularité au sein de cette population dont l'étrangeté la submergeait. Dans son monde riche de faux-semblants et de fards, les Noirs se ressemblaient tous, comme les Latinos, d'ailleurs. Ces gens-là, n'est-ce pas, ne pouvaient échapper à leur nature, travestir leur apparence comme le faisaient les brunes devenues blondes et les peaux pâles qui brunissaient au soleil.

Pourtant, elle reconnut les yeux sous le chapeau nonchalamment basculé en arrière, les élégantes bretelles sur la chemise immaculée. Marcus tenait un panneau pour faire traverser les enfants. Quand le dernier retardataire passa devant lui en courant, son cartable à la traîne et sa veste dégringolant de l'épaule, il lui expédia une bourrade dans le dos, articulant un reproche que Gloria n'entendit pas. Puis il rentra dans la cour, posa son panneau et alla se planter dans un carré d'herbe, les mains sur les hanches, devant un petit tas de terre surmonté d'une bêche.

Un petit groupe de femmes habillées de tailleurs assez stricts sortit du bâtiment et le salua avant de refermer le portail. Marcus reprit son panneau, sa bêche, et Ma Chérie distingua les auréoles sous ses bras de chemise et dans son dos.

Je suis instituteur. Non, il ne l'était pas. Il s'était bien fichu d'elle.

Elle qui avait eu des scrupules à sortir de la voiture en terre étrangère se sentit, un peu bêtement, plus légitime de le faire. Elle claqua la portière, abrita ses yeux clairs sous sa main en visière et afficha un sourire poli.

« Bonjour. »

Il releva la tête, fronça les sourcils un long moment, curieux. « Je suis Gloria, vous vous souvenez ? » Il hocha lentement la tête. « Gloria, le car ? Bien sûr. » Un silence et Ma Chérie sentit la gêne lui empoigner les épaules, comme une tape que sa mère lui aurait envoyée – *Qu'est-ce que tu as encore fait comme bêtise, Gloria Mercy Hope Merriman ?*

Marcus eut un geste vague autour de lui, la mine amusée. « Vous passiez dans le coin par hasard ?

— J'étais en ville. Vous m'aviez parlé d'Ybor City, j'avais envie de voir.

— Eh bien, voilà. C'est ici. »

Elle hocha la tête, passa machinalement la main dans ses cheveux. Mon Dieu qu'ils étaient courts, elle avait déjà oublié.

« Ça vous va bien, dit-il avec un signe du menton.

— Ah. Oui. Je n'ai pas encore l'habitude.

— Ça a dû être une grande décision.

— Je suppose que je devais le faire. (Elle haussa une épaule.) Enfin, je ne sais pas trop. »

Elle passa d'un pied sur l'autre, dans ses mocassins indiens. Du coin de l'œil, elle voyait une poussière de cheveu blond scintiller sur la manche de sa robe vert d'eau, terminée la veille au soir par Rose. Mais que faisait-elle là ? Était-ce lorsqu'on n'était plus nulle part chez soi qu'on y était partout ?

« Venez, dit-il, si vous avez un peu de temps je vous fais visiter.

— J'ai un peu de temps. D'accord. »

Marcus épousseta sa chemise, cala son chapeau et la rejoignit. Le bourdonnement des nuées enfantines s'amenuisait, comme un disque qui jouait la fin d'une chanson. Par un tressautement du temps, la rue était rendue aux pelotes de laîche qui dévalaient le caniveau et à un coq qui traversait, royal.

Ils marchèrent un peu en échangeant des banalités météorologiques, côte à côte, et au regard des passants Ma Chérie apprécia encore l'incongruité de la situation. Franchement, elle aimait ça, être là où personne n'imaginait qu'elle puisse être.

Marcus fut le premier à rompre le rythme languissant de la conversation.

« Si je n'avais pas été instituteur, vous ne m'auriez pas laissé la place, n'est-ce pas ?

— Vous n'êtes pas instituteur.

— Non.

— Je pense que je vous aurais laissé la place quand même.

— Sur ma bonne mine ? (Il rit doucement.)

— Non. (Elle hésita.) Parce que j'étais perdue, et que vous aviez l'air de l'être moins que moi. »

Il ne répondit pas, donnant le temps et l'importance nécessaires à ce qu'elle venait de lui confier.

« Je suis factotum, finit-il par dire en retour. J'entretiens le petit parc de l'école, je remplace les ampoules, je surveille les gamins. Des choses comme ça.

— C'est bien.

— Vous trouvez ?

— Vous êtes un homme indispensable alors oui, je trouve.

— Les instituteurs le sont davantage que moi. Je l'étais, avant. Maintenant je ne peux plus enseigner. (Il lui jeta un bref coup d'œil.) À cause de mon casier judiciaire.

— Oui, vous m'avez dit. Votre poing dans la figure de je ne sais pas qui.

— Au moins pour cela je ne vous ai pas menti, alors que j'aurais dû. Et le type qui a pris mon poing, c'était un commerçant qui refusait de me vendre *The Ring* le lendemain du sixième combat de Sugar Ray Robinson contre Jake LaMotta. Sugar Ray avait gagné par K.-O., le magazine avait titré : *Le Massacre de la*

Saint-Valentin. Ça n'avait pas plu au type. Le champion du monde blanc déchu par un Noir né dans les champs de coton… Il a prétendu qu'il n'avait plus d'exemplaires, alors qu'il y en avait toute une pile. (Il eut un petit rire.) Il me disait ce mensonge en me regardant droit dans les yeux. Il a donc pris mon poing dans la figure. J'étais jeune. »

Sur le trottoir bordant des maisons coloniales délabrées, ils croisèrent un couple derrière une poussette. Marcus les salua, ébouriffant les cheveux du petit enfant. La femme, généreusement moulée dans un chemisier blanc à col Claudine, échangea avec lui quelques galanteries, tandis que Gloria restait dans son ombre, tentant d'échapper au regard curieux du mari.

« Voici Gloria, la présenta Marcus. Une compagne de voyage. » La femme inclina un visage qu'elle voulait souriant, mais où se lisait toute une liste de questions dont la moitié se terminaient par un gros mot. « As-tu pu faire ce que tu voulais, là-bas ? demanda-t-elle simplement, se détournant de Gloria.

— Oui, j'ai vu avec les bateaux. Je pense que ce sera bon pour cet hiver.

— Tu vas nous manquer, Marcus. »

Le mari ne décollait pas les yeux des cheveux dorés qui chatoyaient sur fond de briques rouges. Sa femme lui donna une discrète tape sur les fesses, et ils poursuivirent leur chemin, saluant vite cette spectaculaire étrangère.

« Vous allez partir ? demanda Gloria.

— J'espère. Quitte à être homme à tout faire, j'aime mieux l'être sur un bateau dans un endroit paradisiaque. J'attends d'avoir assez d'économies.

— C'est pour cela que vous étiez à Miami ? ajouta-t-elle avec une petite grimace. Si c'est un paradis, il est peuplé de rapaces, il vaut mieux que vous le sachiez.

— Oh, non, le mien est plus loin que cela. À cent quatre-vingts miles du continent.

— Une île ?

— Plus tout à fait. L'archipel des Keys, vous connaissez ?

— Oui. Enfin, non. »

Combien de fois avait-elle demandé à G.G. de l'emmener sur l'autoroute au-dessus des flots ? On devait avoir une telle sensation d'envol… Le collier de ponts s'enfonçait dans l'océan jusqu'à Key West, remplaçant la voie de chemin de fer détruite par l'ouragan du Labor Day au milieu des années trente. C'était un défi aux règles du génie civil, disait doctement G.G., que d'avoir relié par la terre des îles encore uniquement accessibles par bateau au début du siècle. Mais le roi de l'immobilier de la Cité Radieuse n'avait pas poussé son admiration jusqu'à vouloir la faire partager in situ à sa maîtresse. Marcus, le non-instituteur du quartier rouge d'Ybor City, avait voyagé davantage qu'elle.

« Regardez, dit-il en montrant un bâtiment aux fenêtres clouées de planches. La première usine de cigares de Vicente Martinez Ybor, qui a donné son nom à l'endroit. C'était un immigrant espagnol, parti de Cuba pour Key West. Puis de Key West pour Tampa. Vous voyez, le trajet inverse du mien. (Il lui sourit.) De Key West il avait des difficultés pour acheminer ses cigares, à cette époque la route n'existait pas. D'un lopin de terre à Tampa il a fait une véritable communauté où les ouvriers étaient bien payés et avaient de bons logements. Les gens étaient mélangés, il y avait des Cubains, des Allemands, des Italiens. C'était il y a longtemps, à la fin du siècle dernier. Depuis, avec la récession, puis la guerre… »

Marcus eut un geste explicite vers les bâtiments abandonnés. Gloria hocha la tête, remit son pas dans le sien. Cet homme, qui parlait si bien, semblait si cultivé, en était donc réduit à changer des ampoules et à ramasser des papiers dans la cour d'une école où il aurait dû enseigner.

Ma Chérie avait végété si longtemps à la marge dorée de la société que son fonctionnement lui échappait. Les racines du mal qui avait condamné la carrière de Marcus étaient plantées profondément, le racisme et ses corollaires faisaient partie du paysage. Elle n'avait jamais réfléchi à la question. Ce n'était même pas un mode de pensée, c'était comme ça. Sur l'échelle de Darwin, les jet-setteurs de Coral Gables et de Miami Beach étaient au sommet – juste après les juges et les policiers blancs, n'en déplaise à G.G. –, les bonnes à tout faire cubaines et les instituteurs noirs dans le même panier intermédiaire. Gloria connaissait des chiens de compagnie mieux considérés que Lucia ou Marcus.

« C'est difficile de vivre ici ?

— En tant que Noir, vous voulez dire ? C'est difficile de vivre partout en Amérique, en tant que Noir. Plus encore dans le Sud. (Il lui jeta un œil sous son chapeau.) C'est délicat de parler de ça avec vous.

— C'est délicat pour moi de me promener ici », rétorqua-t-elle, essuyant les chuchotis réprobateurs d'un groupe de femmes qui les croisait.

Marcus sourit, hocha la tête : « Je peux comprendre.

— Je n'en doute pas. Et ça m'intéresse d'en parler avec vous.

— Pourquoi ? Vous êtes journaliste ? Écrivain ?

— Oh non. (Elle rit.) Je ne suis rien de tout cela. Je ne suis rien du tout, d'ailleurs.

— Ne dites pas ça, personne n'est rien du tout. C'est justement pour cela que nous menons le combat, derrière Martin Luther King et la NAACP.

— Le combat ? (Gloria s'était arrêtée.) Mon Dieu, le mot est si fort. Cela fait penser à la guerre.

— C'en est une, tous les jours. (Il hésita, de peur de l'avoir choquée.) Si vous voulez qu'on en parle, il vous faudra revenir. Nous avons besoin d'éclairer tous les esprits, vous savez, avant tout c'est cela, le combat.

— D'accord. Je reviendrai. »

Un peu plus tard, dans la Buick du retour, alors qu'une ombre de fin d'après-midi s'étendait sur la route, Ma Chérie eut le sentiment bénéfique d'avoir vécu sa plus longue journée depuis longtemps, d'en être rassasiée au point d'avoir envie de monter directement dormir. Même à Miracle Mile le temps n'avait pas cette ampleur. Et elle avait encore tant à apprendre.

18

Une satanée bobine de fil beige, voilà ce qui l'envoyait dans la grande rue de Chooga Pines, en plein milieu de l'après-midi. Bien sûr, elle n'avait pas pu refuser. La robe était pour elle. Et Rose devait surveiller la cuisson du ragoût qu'elle serait bien contente de manger ce soir.

Et elle aurait fait n'importe quoi pour que ses parents lui prêtent de nouveau la voiture. « Je ne travaille pas le jeudi », avait dit Marcus. Il n'avait pas eu l'air embarrassé, c'était un homme manifestement ouvert d'esprit. Oh, et puis ce n'était pas un rendez-vous galant, non plus ! Comment imaginer une chose pareille, se dit-elle, enfonçant son chapeau sur ses cheveux courts pour se protéger du soleil qui dégringolait sur ses épaules nues.

Derrière ses lunettes noires, l'ombre du feston de paille lui faisant comme une voilette, elle parvint à éviter les regards glissant sur cette silhouette qui n'avait plus rien de remarquable : une robe sac, des chaussures plates, sa blondeur hollywoodienne cachée, elle aurait pu être n'importe laquelle de ces mamans d'âge moyen qui baguenaudaient panier au bras sur les nouveaux trottoirs de Chooga Pines. La ville approchait les deux mille habitants, on s'éloignait de la bourgade perdue où chaque ménagère connaissait jusqu'au cycle menstruel de sa voisine rien qu'en étendant son linge.

Mais apparemment, rien ne pouvait échapper au regard pointu de Suzie Belkin. « Gloria ! » l'appela-t-elle, accoudée à la fenêtre du snack pour fumer une cigarette. Ma Chérie ferma les yeux, serra les dents, s'arrêta. L'autre avait un sourire joyeux, comme si elle venait de tomber sur sa meilleure copine. *Connasse*, lui sourit Gloria.

« C'est l'heure creuse, je n'ai personne, souffla Suzie dans un nuage de Marlboro. Entre, je t'offre une limonade, il fait si chaud.

— Merci, mais je n'ai…

— Allez, les journées sont terriblement ennuyeuses. »

Gloria hocha la tête, un rictus ironique faisant tressauter le coin de ses lèvres. Elle mourait de soif, à vrai dire. Elle eut la terrifiante image de son bébé desséché comme un pruneau dans son ventre aride, et entra dans un tintement de clochette qui lui fit l'effet de la reprise d'un round de boxe. Allez, pour sa santé, elle voulait bien servir de passe-temps à Suzie-langue-de-pute, juste cinq minutes.

Il faisait frais, le parfum acidulé du détergent au citron se mêlait agréablement à celui de la cannelle. Les murs de bois miellé renvoyaient une lumière douce, des affiches de films étaient disposées entre les hautes fenêtres. *La Fureur de vivre. West Side Story*. Évidemment, Suzie était une vraie midinette. Tiens, *Breakfast at Tiffany's*, Audrey Hepburn, c'était une coïncidence amusante. Amusante ? Ma Chérie ôta ses lunettes et son chapeau, se calant dans le coin d'une banquette rouge. Ses chevilles lui faisaient mal, elle n'avait pas l'habitude de marcher à plat.

Suzie arriva avec un plateau, un grand verre de limonade agrémenté de quartiers de citron et de glaçons tintinnabulants, et un autre, plus petit, où oscillaient deux centimètres de liquide ambré. « Un doigt de bourbon pour moi, fit Suzie, à cette heure-ci j'ai besoin de me détendre. » Gloria étira un sourire poli, peignant du bout des doigts ses cheveux courts.

« C'est joli, dit Suzie en s'installant en face d'elle. Ça te va bien.

— Oui, ça change. »

Qu'est-ce qui *changeait* le plus, dans cette réponse à double entrée ? Son allure, ou le fait que cette hypocrite lui fasse un compliment ? Sœur Bigleuse laissa le doute flotter entre elles, dans l'odeur sucrée des muffins qui sortaient du four et le relent des remords qu'exhalait le verre d'alcool fort dans lequel sa tortionnaire plantait son nez retroussé.

Ma Chérie agita le mélangeur pour le plaisir mélancolique d'entendre tinter les glaçons, arrondit la bouche sur la paille. Elle eut l'impression que la limonade fraîche qui s'étendait par capillarité éclairait son corps de l'intérieur. Bois, bébé, se dit-elle, et cela la remplit d'aise.

« C'est pour quand ? demanda Suzie, comme si elle l'avait entendue.

— Novembre ou décembre, par là.

— Le médecin ne te l'a pas dit précisément ? »

Gloria n'avait pas vu de médecin. Pas eu le temps. Ni l'argent, maintenant. C'était grave ? La grossesse n'était pas une maladie. Elle se sentait bien. Même les nausées avaient disparu. Pour la date de naissance, elle avait compté sur ses doigts, puis sur son agenda. La conception avait dû avoir lieu le mardi 26 février au petit matin.

La veille, ils étaient allés au *Gianni's*, le restaurant italien où on mangeait le meilleur poulpe grillé de Floride. C'était un plat moche, Sharon l'Anglaise poussait des cris d'orfraie en pointant les tentacules de son index manucuré. Mais c'était délicieux, le poulpe. Ma Chérie n'avait jamais craint les aventures culinaires, rigolait G.G. Elle avalait les huîtres vivantes avec un filet de citron, mangeait les escargots à la petite fourchette et les cuisses de grenouille à la française, avec les doigts. Gloria revoyait toutes ces scènes comme dans un film.

Bref, G.G. avait bu beaucoup de chianti, puis de grappa, avec Jeremy Wilcox, le banquier. Il avait passé la nuit à l'hacienda, avec sa maîtresse. Au petit matin il n'était pas complètement réveillé, Ma Chérie s'était trompée dans son cycle, et voilà.

« Le 26 novembre », dit-elle. Ça l'emmerdait bien de révéler le plus beau jour de sa vie à son ennemie d'enfance, mais en même temps elle se sentait plus forte à poser les choses. Suzie avala une gorgée de bourbon, soupira.

« Les enfants, je ne sais pas si j'en voudrai. Je suppose qu'il faut.

— Tu es mariée ?

— Veuve.

— Désolée.

— Faut pas. »

Ennuyée de voir la porte d'une conversation intime et interminable s'entrouvrir, Gloria regarda autour d'elle, faisant mine d'admirer les colonnes blanches qui soutenaient le plafond, les rosaces de plâtre ouvragé d'où tombaient les lustres aux pampilles polies comme des bonbons. « C'est joli, dit-elle. Tu l'as depuis longtemps ?

— Le saloon ? Oui, j'appelle ça mon saloon. Depuis, voyons… quatre ans. J'ai hérité à la mort de mon mari.

— Il était d'ici ? »

Gloria était curieuse de savoir quel garçon Suzie-langue-de-pute avait attiré dans ses filets. Tom Truc, le bellâtre aux dents jaunes ? Jake Machin, le gamin de deux mètres qui dormait en classe ?

« Oh non, mon Dieu, rit Suzie dans son verre. Le saloon n'était pas à lui, je l'ai créé de toutes pièces, avec l'argent qu'il m'a laissé, le salaud. Jimmy avait une agence à Tampa. Il organisait des excursions pour les riches touristes.

— Ah oui ?

— Oui, des parties de pêche où il accrochait pratiquement l'espadon lui-même au crochet du duc de Windsor ou des conneries comme ça. (Elle eut un autre petit rire.) Ou des excursions dans les Everglades avec ces trucs, des hydroglisseurs, tu vois ?

— Je crois.

— Eh ben c'est là qu'il est mort. Un accident, vu qu'il buvait comme un trou, en plus de me tromper avec tout ce qui bougeait, soit dit en passant. (Elle chassa le fantôme d'un geste de la main.) Bref, vu le nombre d'alligators de quatre ou cinq mètres qu'il y a là-bas, inutile de te dire que je n'ai pas enterré grand-chose. (Elle avala une dernière gorgée.) Mais il avait un beau bas de laine. »

Ma Chérie resta bouche bée, remuant nonchalamment les glaçons avec son mélangeur en plastique rose. La conversation commençait à lui plaire.

« C'est horrible, finit-elle par dire, pour la forme.

— Oui, enfin, relativisa l'autre. “Vivre vite et mourir jeune”, comme un putain de James Dean, c'est ce qu'il disait toujours. Il a réussi son coup, à l'heure qu'il est il doit bien y avoir une demi-douzaine de greluches éplorées en train de se recueillir sur le lambeau de sa cuisse droite, au cimetière national de Bushnell – oui, parce que ce crétin était un vétéran de Corée, il a eu droit au cimetière national alors qu'il avait trouvé le moyen de se foutre en l'air avec un alligator, tu te rends compte du ridicule ? Moi, je n'y vais jamais, ça me déprime. »

Gloria étouffa un rire dans son verre de limonade. Suzie était une langue de pute, mais elle était amusante. Elle la regarda faire bouffer ses cheveux noirs, caler une mèche en accroche-cœur derrière son oreille où brillait un petit anneau pavé de pierres rouges.

« Et toi ? fit Suzie en allumant une cigarette. Qu'est-ce qui s'est passé ?

— Moi ? Depuis quand ? »

Suzie eut un geste du menton vers son ventre, en exhalant sa fumée du coin de sa bouche du même rubis brillant que ses boucles d'oreilles. « Le type est parti ? »

Seigneur, se dit Ma Chérie, cueillie. Enfin quelqu'un qui lui demandait de s'épancher, et, ironie du sort, c'était la pire personne au monde. Mais elle fit comme quand elle était petite, qu'elle se passionnait pour n'importe quoi, les lézards dont la queue repoussait, les crabes violonistes qui se cachaient dans la terre et qu'elle essayait d'attirer avec des épluchures de patates, et qu'elle ne pouvait s'empêcher d'en parler à table alors qu'elle savait que ça agaçait ses parents. C'était comme une logorrhée irrépressible.

Elle remua sur sa chaise, peigna encore ses cheveux. « Euh, en quelque sorte, dit-elle. Il est en prison. »

Suzie siffla, manquant de lâcher sa cigarette. « Dis donc !

— Oui.

— Qu'est-ce qu'il a fait ? C'est un gangster, quelque chose comme ça ?

— Non. Un escroc. »

Ma Chérie avait mâché les syllabes plusieurs fois avant de pouvoir les cracher. Comment tout de Gerry Grayson, son aura, son pouvoir, le charme irrésistible de ses yeux bleus, son sourire aux dents blanches, son élégance, pouvait tenir dans un si petit mot ? « C'était un agent immobilier très en vogue, dit-elle rapidement. Mais il escroquait ses riches clients.

— Bien fait pour leur gueule, rétorqua Suzie, ravie. J'ai vu ces gens, à Tampa. Et que ça te parle comme si t'étais une moins que rien, et que ça dépense deux cents billets dans une bouteille de champagne, et que ça le laisse se ventiler sur le bateau…

— J'ai fait ça aussi. Les bouteilles à deux cents billets.

— Nom de Dieu, comment c'était ?

— Frais. Piquant. Ça rendait joyeux. »

Elle fit tinter les glaçons. Dehors, il n'y avait pas un bruit, tout le contraire de Coral Gables. Suzie suivit son regard vers la fenêtre.

« À cette heure-ci, tout le monde travaille à la scierie. Il n'y a que le soir que ça s'anime, quand les messieurs emmènent les dames faire les courses. Pendant ce temps, ils passent boire une bière. Et si madame est d'heureuse humeur parce que son rouge à lèvres Max Factor est enfin arrivé à la pharmacie, elle se laisse inviter par son mari, et ils finissent en groupes à manger des hamburgers pendant que je me démène à la cuisine.

— Ça marche bien ?

— Oui, pas mal. Il y a foule au petit déjeuner, j'ai à peine le temps de dormir. » Suzie lui fit un clin d'œil : « D'ailleurs, je cherche quelqu'un pour m'aider, ma dernière employée est partie à Jacksonville avec le premier marchand d'assurances qui passait par là. Si ça t'intéresse… »

Gloria en resta bouche bée. Travailler avec Suzie Belkin ? Pire, travailler *pour* Suzie Belkin ? Quel drôle d'équipage.

« Je ne… Je ne veux pas travailler à Chooga Pines. (Elle recula dans son siège, secouant la tête.) Que sont devenues Meg, Sally, Loretta et toute ta bande ?

— Si tu crains de les voir débarquer et cracher dans ton verre, tu peux être tranquille. Loretta a probablement été bouffée par le même alligator que mon mari, étant prouvé qu'elle était avec lui sur l'hydroglisseur. Meg en est à son sixième gosse, elle est énorme et n'a apparemment même plus le temps de se laver les cheveux – désolée de te faire peur, hein. Quant à Sally, elle travaille comme cantinière à Tampa.

— Eh bien, il y a une justice », fit Gloria, amère.

Suzie fit tourner son verre entre ses mains, pensive, puis avala d'un trait l'ultime gorgée de son bourbon.

« Enfin, dit-elle. Si tu as besoin d'argent pour t'en aller d'ici le plus vite possible avec ton môme, réfléchis à ma proposition.

— Et pourquoi tu ferais ça ?

— Hé, sourit Suzie. Ne t'inquiète pas, je ne suis pas devenue gentille ! Mais une ancienne Miss Floride, ça peut attirer la clientèle. »

Étrangement, Ma Chérie apprécia sa franchise. Dans son ancienne vie, elle n'avait jamais eu affaire à cette qualité toute relative.

19

Rose avait cuisiné une chaudrée de palourdes, et en faisant provision de crème, de pommes de terre et d'oignons, Gloria s'était dit qu'elle n'en avait jamais mangé d'aussi bonnes. À Coral Gables, on n'avalait pas les coquillages de cette façon roborative, en s'essuyant le coin de la bouche. Il les fallait raffinés, frais, langoureusement allongés sur un lit de salade avec quelques touches de carotte, pour la couleur.

Dans un bref moment d'euphorie épicurienne, elle constata que sa bonne nature reprenait le dessus. Elle n'était pas faite pour les grignotages sophistiqués. Elle aimait le gras, les sauces, les épices, le sucre.

Non, la seule chose qui l'avait gênée lors de ce déjeuner pris sous l'ombre de la pergola, tandis qu'un vent léger rafraîchissait agréablement sa nuque dégagée, c'était la présence de Benjamin en bout de table. Entre Rose et Jack Merriman. Cela sentait le coup monté.

Jack avait retrouvé sa voix, conversant aimablement avec son jeune patron. Ça parlait d'arrosage du bois, d'un nouveau marché avec le Ringling Museum à Sarasota, de nouveaux camions à acheter pour parcourir les quatre-vingt-cinq kilomètres jusqu'à la baie, chargés de pins jusqu'à la gueule. Ils se frottaient les mains, Rose leur resservait de la bière, Gloria sauçait son assiette.

Et puis, après le café et la tarte aux oranges, ce fut l'heure pour les deux jeunes gens de déguerpir, avec la bénédiction des parents sur le perron. « Je vais te faire visiter ma maison », dit Ben, et en s'éloignant sur le chemin, dans sa nouvelle robe beige qui jouait joliment avec ses mollets, Gloria eut l'impression pénible que Jack et Rose priaient pour son salut marital.

Bordel, c'était leur faute si elle était toujours de mauvaise humeur, avec Ben. Elle aurait dû trouver le moment agréable, à se remémorer avec lui la pêche aux écrevisses bleues, à se souvenir des noms idiots dont ils les affublaient. Au lieu de cela le temps lui durait. Qu'avait-il en tête, son ami d'enfance ?

Il poussa le portail en fer forgé, elle l'arrêta en lui saisissant doucement le bras. « Je ne me sens pas très bien. Ne peut-on pas rester cinq minutes assis dehors ? » Il y avait un banc, sous un petit chêne. Une fontaine, dont l'angelot en stuc versant un broc d'eau dans la vasque lui rappela la statue à l'enfant au bord de la piscine du *Biltmore Hotel*.

La maison, belle, toute en colonnades et bow-windows, lui faisait peur, elle n'aurait su dire pourquoi. Sans doute parce qu'elle n'avait plus la sienne, et qu'entrer dans celle-ci le lui rappellerait sans pitié – et que cela marquerait, peut-être aussi, le début de quelque chose qu'elle n'était pas sûre de vouloir.

« Viens plutôt à l'intérieur, il fait frais, je vais te donner un verre d'eau », dit Benjamin, la prenant délicatement par la taille. Gloria sentit son parfum venir jusqu'à elle. Bois frais, feuillages. Elle en conçut un sentiment légèrement dérangeant, comme si Ben s'offrait à elle.

Ma Chérie se laissa tomber sur une chaise, but le verre d'eau, regarda autour d'elle. Des meubles d'un blanc vernis aux cadres ciselés, un réfrigérateur ventru, des losanges bicolores au sol. Une batterie de casseroles en cuivre au mur, des bocaux d'épices. C'était une pièce lumineuse, l'inverse de la cuisine de sa mère où il semblait toujours flotter un reste de nuit.

« C'est joli, dit-elle.

— Ça va mieux ? »

Gloria opina.

« Viens voir le salon. »

Du bois, évidemment, encore et partout. Cette maison serait un jour le musée officiel de la fabuleuse scierie Freeman. Elle était si parfaite, mais semblait si peu habitée. Dans le salon, des étagères parfaitement droites, parfaitement espacées, supportaient deux rangs de livres dont Ma Chérie parcourut les tranches colorées avec étonnement. Comme un panneau décoratif qui masquait le vide. *Jane Eyre. Autant en emporte le vent. Les Hauts de Hurlevent. Anna Karénine*. De la littérature amoureuse, et apparemment rien que cela. Si c'étaient de vrais livres, peut-être une femme avait-elle finalement vécu ici ?

« Eh oui, je les ai tous lus, dit Ben en croisant son regard. Ça t'étonne ?

— Je t'aurais plutôt imaginé lire Erich Maria Remarque ou Hemingway.

— *L'Adieu aux armes ?* Non merci. »

Gloria hocha la tête. Oserait-elle poursuivre sur cette voie martiale ? Elle s'essuya le front sous l'effet d'un nouveau coup de chaud, et s'enfonça dans un fauteuil club en cuir fauve qui ne portait l'empreinte de personne, à l'assise impeccable. Il y avait en vedette de la pièce une cheminée dont elle se demanda à quoi elle pouvait bien servir, dans ce bled perpétuellement plombé, oublié par les saisons.

« Tu l'allumes souvent ? ironisa-t-elle en acceptant un autre verre d'eau. Ou c'est juste pour te débarrasser des copeaux de l'usine ?

— Eh bien, figure-toi qu'il y a eu une telle vague de froid l'année dernière qu'elle a pas mal servi. Il a même neigé. Il paraît que ça arrive tous les trente ou cinquante ans.

— Eh bien, la vague n'a pas atteint Miami.

— Rien n'atteint Miami. C'est un paradis protégé des dieux.

— Si, les ouragans. Le cyclone Daisy a même arraché les volets de ma maison. »

Elle se tut, prise en traître par la nostalgie. Benjamin ne la relança pas.

« En tout cas, tu n'as jamais vu un iguane gelé tomber d'un arbre, sourit-il.

— Tu es trop vieux pour les blagues de gamin, Ben.

— Je t'assure que c'est vrai ! Ils tombaient par dizaines, dans la pinède. En dessous de 40 degrés Fahrenheit, ils gèlent, mais ne meurent pas. Leur sang ne circule plus, et ils restent comme ça, complètement immobiles. Et ils finissent par tomber, plouf. Dès que l'air se réchauffe, ils ressuscitent. Magique. »

Elle rit, se demanda si tout cela était vrai. « Ça l'est ! » lui assura-t-il, très sérieux. Et elle le crut, parce que s'il y avait une chose qu'ils ne faisaient pas lorsqu'ils étaient enfants, c'était d'étirer les plaisanteries trop longtemps au détriment de l'autre. Un embryon de la civilité des adultes qu'ils espéraient devenir, amis pour toujours. En confiance, pour toujours.

Mise en jambes, elle pointa la belle bibliothèque. « Alors comme ça, tu es devenu un grand romantique ?

— Oui, enfin, c'est une évasion. Tu veux un autre verre d'eau ? Ou autre chose ?

— Non, merci. Je veux que tu me parles de la Corée. »

Il avait bâti cette maison de manière si méticuleuse qu'elle suait l'acharnement, comme celui de la veuve Winchester à San José qui avait construit, reconstruit, agrandi la sienne jusqu'à l'absurde, quarante ans durant, pour en chasser les prétendus fantômes de tous les hommes abattus par les carabines inventées par son défunt mari. Elle était morte lorsque le dernier coup de marteau avait fini de résonner.

Quand Benjamin, le garçon joyeux qui capturait les écrevisses bleues et les crabes violonistes, était-il mort ? C'est ce que Gloria voulait savoir.

Il avait sursauté sous le feu de sa demande, puis son regard sur elle avait semblé s'absenter pour revenir différent. « Quel intérêt ? demanda-t-il, grattant machinalement une minuscule scorie de plâtre qui entachait un lambris derrière lui. C'est terminé depuis longtemps.

— Je n'en suis pas certaine, Benjamin », dit-elle doucement.

Il prit son temps, celui d'ouvrir le tiroir d'une commode marquetée, d'en sortir une petite boîte ouvragée, de s'installer dans le fauteuil jumeau du sien. Gloria le regarda dérouler une petite feuille de papier, dénouer un sachet. Et cela sentait Coconut Grove quand on y passait le soir, depuis que ces communautés hippies s'y étaient installées.

« Tu en veux ?

— Non.

— Par quoi veux-tu que je commence ? fit-il en allumant son joint. Par l'avion que je pilotais ? Un magnifique B-29 un peu lourd, mais qui fusait comme ça (il siffla, figurant l'avion de sa main), comme un moustique. Il larguait du napalm, mais aussi des bombes dont tu ne veux pas savoir ce qu'elles contenaient. Des trucs qui dévastaient les sols agraires, provoquant des famines qui tuaient les civils. Les Coréens appelaient ça *enbyo*, la maladie de la chaleur. Ça ressemblait à la typhoïde. (Il tira une bouffée de son joint.) Ça l'était peut-être. Ou veux-tu que je te parle de mes potes, des jeunes aux têtes explosées, ou aux jambes arrachées par des canons SU-76, juste à côté de moi, dans ces foutues montagnes, sous ces putains de pluies de mousson ? Les moins chanceux ont été faits prisonniers, les familles n'en ont rien récupéré. Rien à enterrer au cimetière de Bushnell ou à celui de Lake Worth, juste des rangées de croix blanches sans même une plaque d'identité dessous. Moi, j'ai eu de la chance. Et crois-moi, Gloria, la chance a parfois un goût de merde. De vraie merde. »

Gloria ne respirait plus qu'en surface, juste assez pour se tenir consciente, dans ce fauteuil au cuir raide où il lui sembla sentir grouiller des esprits. Au contraire de ce qu'elle avait pensé, tout dans cette maison était vivant, comme s'il y avait des vers sous le plancher, dans le bois. Seuls les romans d'amour étaient épargnés par l'horreur sourde et proliférante.

Benjamin posa sur elle un œil attentif, désolé. Il écrasa son mégot qu'il avait à peine fumé. « Viens, lui dit-il, s'éclaircissant la voix. Montons. Si tu veux bien. »

Bouleversée, Ma Chérie le suivit dans l'escalier, prenant sa main lorsqu'il la lui tendit sans regarder derrière lui. Elle ne se sentait pas le droit d'hésiter, de refuser quoi que ce soit, elle qui avait vécu au paradis pendant qu'il connaissait l'enfer – alors qu'ils venaient du même endroit de la terre, et s'étaient promis de tout partager. Pendant la lente montée, elle se souvint qu'un jour, ils s'étaient entaillé le doigt, avaient mêlé leurs sangs. Pourquoi avait-elle oublié cela si longtemps ? Quelle excuse avait-elle donnée à sa mémoire ?

Est-ce que tout dans la vraie vie se mesurait à l'aune du pire ? se dit-elle lorsqu'elle lui accorda de poser sa main sur sa nuque alors qu'elle ne le voulait pas vraiment, le laissa l'attirer vers lui, vers sa bouche en demande, comme dans ses romans d'éternel convalescent. Benjamin la serrait dans ses bras, l'embrassait trop fort, et en tenant ses épaules Ma Chérie se persuadait qu'il y avait une logique dans ces gestes partagés. Un rachat.

Puis il la repoussa doucement, planta un baiser sur son front. C'était donc fini pour cette fois. Elle en fut soulagée. Ma Chérie appartenait encore à G.G.

Le couloir était un peu sombre, ce qui leur épargna le regard, désireux ou confus, de l'autre.

« Suzie Belkin m'a proposé du travail, dit Gloria, au hasard.

— Suzie Belkin ? Vraiment ?

— Oui. C'est surprenant, je sais.

— Au saloon ? Tu vas accepter ?

— Peut-être. J'ai besoin d'argent pour quitter Chooga Pines. Avec mon enfant. Lui donner une vie normale. »

La silhouette de Benjamin bougea, un pied en arrière, une main grattant sa barbe. « Viens voir », dit-il.

Derrière une porte, ouverte avec précaution comme si quelqu'un dormait, une pièce vide, sous le biais d'une soupente en lambris clairs, baignée de lumière.

« Qu'est-ce que c'est ? » demanda Gloria à voix basse. Sa gorge s'était serrée. Parfois, les pensées vont si vite, que comme la lumière elles vous ont atteint bien avant que vous ne le réalisiez. « Une chambre d'enfant », répondit Benjamin.

Pas comme ça, pas maintenant, pas si vite. Gloria sentit son sang se glacer.

« Écoute, fit-il en la prenant par les épaules. Tu vas me prendre pour un fou, mais je vais te faire une demande en mariage. Tout de suite. Je suis là, devant toi. Si on se marie rapidement, tout rentrera dans l'ordre pour toi, pour l'enfant. »

Benjamin était en plein soleil, parfaitement convaincu, Gloria à contre-jour. Elle bénit le ciel pour cette ombre sur son visage, parce qu'elle était sidérée et que, mon Dieu, cela devait être terrifiant à voir. Ses parents avaient-ils donc acheté le patron de la scierie Freeman avec une simple chaudrée de palourdes ?

« Mais Benjamin, ce n'est pas le tien, cet enfant, balbutia-t-elle.

— Mais il peut le devenir. Si on se marie vite, répéta-t-il.

— Tout le monde à Chooga Pines sait déjà que je suis enceinte, puisque Suzie Belkin le sait. (Elle secoua la tête, reculant un peu.) Écoute, Ben, si tu comptes me donner une respectabilité au nom de notre… amitié, ce n'est pas… Enfin, ce n'est pas valable. Je ne te rejette pas. Mais si tu veux me demander en mariage, fais-le après la naissance. Si j'accepte, tu épouseras une femme avec son passé, son enfant, juste pour elle. Tu auras eu assez de mois avant pour te rendre compte que je me fiche des ragots de Chooga Pines. »

Elle lui sourit, alors qu'il ne voyait pas son visage. Elle, en revanche, essayait de faire abstraction de la confusion qui voilait son regard de preux chevalier, d'ami fidèle.

Ou d'amoureux ?

Elle ne voulait pas y penser pour le moment. Elle avait besoin de la solitude de sa chambre, des draps sous son menton, de ses mains sur son ventre. Elle voulait que son bébé bouge, pour elle seule. Il ne le faisait pas encore.

Elle s'excusa, l'embrassa sur la joue alors qu'il restait immobile et muet, et redescendit l'escalier de la maison parfaite.

Et grouillante.

20

Heureusement, on était jeudi. Heureusement, ses parents lui prêtaient la Buick. Elle avait besoin de reprendre son souffle.

« Je ne travaille pas le jeudi », avait dit Marcus. Gloria espérait qu'il l'attendrait, comme il le lui avait proposé, dans la cour de l'école à Ybor City. « Si vous ne venez pas, ce n'est pas grave, je ferai un peu de jardinage », avait-il dit, ne voulant la forcer à rien. C'était délicat, tout de même. Ce n'était pas le fait qu'elle se montre avec un Noir, non, dans son quartier c'était que lui se montre avec une Blanche. Et qu'elle soit victime de l'opprobre populaire, à peine masqué. Le monde bien huilé des suprémacistes tournait à l'envers. Mais Ma Chérie avait bien besoin de cela, d'une rotation inverse aux bonnes mœurs de Chooga Pines, aux trahisons de Coral Gables.

Sur la route, elle se concentra sur les arbres, les panneaux publicitaires qui vantaient les meilleurs nuggets d'alligator de l'ouest de la Floride ou la lessive Tide qui lavait plus blanc que blanc. Elle ne voulait plus penser à la proposition de Benjamin dont elle ne savait que faire. Toute la nuit, elle avait été dans une sorte de coton, recroquevillée dans son lit autour du bébé à naître. Garçon, fille ? Freeman, ou pas ? Merriman, comme Papa qui avait honte d'elle ?

Qu'est-ce qui serait le mieux, pour l'enfant ? Une vie exclusive avec une mère célibataire dans l'à-peu-près financier, au travail tous les jours à la caisse d'un boui-boui ou d'une station-service ? Par qui le ferait-elle garder ? Par Rose ? Pas question. Cela signifierait rester à Chooga Pines.

Épouser Ben, ce serait aussi rester à Chooga Pines. Mais dans une maison parfaite dont elle chasserait les fantômes en y apportant la vie. Sans problèmes d'argent. Peut-être même qu'un jour, si Benjamin l'aimait vraiment, elle parviendrait à le persuader de quitter le village pour aller cultiver ses florissantes affaires à l'orée d'une ville grande et moderne. Où elle retrouverait une vie sociale, la terrasse des bars à cocktails, les grands magasins, avec de nouvelles amies.

Et l'amour, dans tout cela ? Aimerait-elle Ben ? Il était attirant. Dans son genre. Mais son bagage était lourd, Seigneur.

Bah, de l'amour elle avait fait le tour, avec G.G. Peut-être pouvait-on se contenter de bienveillance. Elle avait eu sa part amère de passion. Il n'y aurait plus de G.G., et pas d'autre G.G.

Cet enfant était son seul avenir, plein de roses et de chocolat.

Ma Chérie s'était endormie au petit matin, la tête sous l'oreiller pour ne plus entendre les petites voix qui débattaient dans sa tête.

Elle avait dégotté au fond de sa malle magique un pantalon corsaire noir emporté par accident, roulé dans une jupe Balenciaga. Il lui allait, sa grossesse n'était pas encore visible. Juste un renflement.

En arrivant à Tampa, elle se gara devant la boutique d'occasions de la dernière fois, vendit la jupe Balenciaga. Traversa le boulevard pour acheter une paire de ballerines, balança les mocassins de sa mère sur la banquette arrière. Rose lui avait prêté un chemisier tout simple, blanc, dont elle avait retroussé les manches.

Ainsi vêtue, avec ses cheveux courts et un maquillage réduit à une simple couche de mascara et à un trait de rouge à lèvres, elle s'était dit qu'elle ferait moins princesse WASP se régalant d'une visite pittoresque à Ybor City. Qu'elle passerait inaperçue. Peut-être.

Marcus, lui, la reconnut tout de suite. Elle-même s'étonna de la légèreté avec laquelle elle descendit de la voiture, de cet enthousiasme mêlé d'une sorte de soulagement qui la saisit lorsqu'elle vit le sourire déjà familier sous le chapeau renversé en arrière.

« Heureux de vous voir, Gloria. Vous avez faim ?

— Faim ? Euh, un peu. »

Un peu, tu parles. Si elle ne se surveillait pas, elle ne ferait que manger. Se remplir, compenser. Nourrir l'enfant.

« Ma sœur tient un petit restaurant, pas loin. Ce n'est pas un palace, mais ses gaufres au poulet frit sont merveilleuses.

— Ah, de la friture, tout ce qu'il me faut.

— Et elle fait son sirop d'érable elle-même.

— Et du sucre, par-dessus le marché, rit-elle. Je vais adorer. »

En marchant à ses côtés le long des briques rouges, elle se sentit plus à l'aise que la dernière fois.

Ses vêtements, peut-être, qui la faisaient se sentir un peu garçon, moins greluche.

« Vous connaissez la *soul food* ? demanda Marcus. Comme on appelle maintenant la vieille cuisine du Sud… Puisque les esclaves n'avaient pas le droit d'apprendre à lire et à écrire, les recettes se sont transmises oralement.

— Ma mère est d'ascendance séminole, alors oui, j'ai beaucoup mangé de riz et de patates douces.

— Séminole ? Vraiment ? C'est un peuple qui a accueilli certains des nôtres, des esclaves rebelles. Ce sont les mêmes traditions, se débrouiller avec ce qui est disponible.

— Oui, enfin, elle n'a jamais cuisiné d'écureuil ni de raton laveur. Mais quand il faut manger un animal, il faut en manger toutes les parties. Je ne crains pas la cervelle de porc, frite et en petits morceaux.

— Dites donc, vous êtes effrayante, s'esclaffa-t-il. Mais vous allez voir, ici ce sera plus appétissant. »

Le restaurant aurait tenu tout entier dans la cuisine de sa mère. Derrière la porte vitrée et son brise-bise au motif d'oiseaux multicolores, c'était un long couloir dans un demi-jour moelleux, dépourvu de fenêtre. Des tables hautes en bois massif étaient flanquées de tabourets peints en rouge, comme la peinture sur les murs crépis. De la cuisine cachée par une portière de plastique opaque, au fond, s'échappaient de piquants effluves d'épices et des notes de gospels de Mahalia Jackson.

La jeune femme qui s'approcha, tablier autour de la taille, regarda Gloria sans sympathie particulière, jetant un œil insistant à Marcus où l'on pouvait lire en toutes lettres : *Mais qu'est-ce que tu m'amènes là ?*

« Voici Nola, ma sœur, l'ignora Marcus. Vous allez voir, Gloria, passé le premier abord, elle est tout à fait charmante.

— J'ai du monde, fit Nola, s'essuyant les mains sur son torchon.

— Il y a une table libre. Et ça tombe bien, je veux faire découvrir à Gloria tes délicieuses gaufres au poulet.

— Comme vous voulez. (Nola haussa une épaule.) Installez-vous, alors. »

Elle passa un coup de torchon sur la table, sous les yeux curieux de deux autres couples dont les conversations s'alanguissaient.

« Chacun sa place, hein, murmura Gloria en s'installant sur son tabouret, un peu gênée. Dans le car ou au restaurant.

— C'est-à-dire que nous autres en avons beaucoup à conquérir. (Il lui fit un clin d'œil.) Ne vous inquiétez pas, cela va bien se passer.

— C'est une leçon que vous voulez me donner, Marcus ?

— Absolument pas. Pas à vous. J'essaie seulement de faire évoluer les choses.

— Ou de les ignorer ?

— Peut-être bien que l'un ne va pas sans l'autre, si on y réfléchit. »

Autour d'eux, les discussions avaient repris, la musique semblait plus forte, peut-être pour masquer des paroles désagréables, se dit Gloria. Un Noir, une Blanche, mon Dieu. « Savez-vous que Sammy Davis Jr a épousé une Suédoise blonde comme les blés ? demanda Marcus en dépliant sa serviette.

— May Britt. Oui, je l'ai rencontrée, une fois, dans un cocktail à Miami. Cela a fait scandale. Cela ne risque pas d'arriver en Floride.

— Les lois sur les mariages interraciaux y seront forcément abrogées un jour. L'Utah vient de le faire, comme plus d'une vingtaine d'États avant lui. »

Nola apporta à point nommé les assiettes, tandis que Ma Chérie était en train de se demander si elle n'était pas, en fait, à un rendez-vous galant. Non, pas possible, se raisonna-t-elle en fondant sur son poulet. Elle arrosa copieusement sa gaufre de sirop d'érable, et Nola finit par esquisser un sourire à cette blonde en pantalon corsaire qui n'allait manifestement pas chipoter son repas.

« Alors, votre mère est une Séminole ? fit Marcus.

— Pas complètement. Ses grands-parents étaient de la tribu Miccosukee de Floride. Sa mère a épousé un marchand espagnol, quoique je ne sache même pas s'ils étaient mariés. (Elle réfléchit.) Il y a un certain mystère autour de ma grand-mère. Bref, ils sont partis en Oklahoma, ma mère a épousé un Américain. Et me voilà.

— Cela n'a pas été compliqué, pour vos parents ?

— Vous voulez dire, de se marier dans un État ségrégationniste ? (Elle réfléchit, sa fourchette en suspens.) Je ne sais pas. L'interdiction ne concerne que les Noirs, mais ça n'a pas dû être facile pour eux non plus. Le regard des autres… À vrai dire, on n'en parle jamais. Je n'ai pas eu cette curiosité-là. Je devrais m'en vouloir. »

Pensive, elle avala une bouchée de gaufre collante de sucre. S'en vouloir, d'accord, mais on ne pouvait pas dire non plus que Rose était diserte sur le sujet.

« Et quelle curiosité avez-vous ?

— Pardon ? (Ma Chérie mâcha un morceau de viande derrière sa main.)

— À quoi vous intéressez-vous ? »

Elle essuya discrètement un filet de jus qui lui coulait sur le menton.

« Eh bien, jusqu'ici je m'intéressais énormément aux pierres précieuses, à ma piscine, à ma garde-robe et à tout ce que mon riche amant pouvait m'offrir. Rien que de très essentiel. »

Marcus éclata de rire devant autant d'autodérision. « Ça s'est mal terminé, hein ?

— On peut le dire.

— Mais peut-être que ça ne l'est pas. Terminé. Avec l'enfant… »

Il bougea sur son tabouret, gêné d'être aussi indiscret. Elle voulut le rassurer, continuant sur le même ton léger. « Oh, il y a peu de chance pour qu'il fasse les cent pas dans le couloir de la clinique pendant mon accouchement, il est en prison. Et pas près d'en ressortir.

— Pour quoi ?

— Escroquerie. De haut vol.

— J'ai un frère en prison, aussi.

— Non ? Pour quoi ?

— Vol. De bas étage.

— À votre avis, lequel sortira en premier ?

— J'ai bien l'impression que, pour cette fois, la logique raciale ne s'appliquera pas… »

Ils éclatèrent de rire tous les deux, un rire un peu idiot, salvateur, qui fit se retourner les convives des autres tables.

« Eh bien, fit Nola en débarrassant leurs assiettes. Comme deux larrons en foire. Qu'est-ce qui vous amuse tant ?

— Nous étions en train de nous dire qu'on n'arrêtait pas le progrès », fit Marcus, et ils partirent de nouveau dans un exutoire gondolant. Nola leur apporta une glace à la vanille couronnée de noix de pécan, et il sembla à Gloria que, cette fois, elle lui souriait vraiment.

21

Ma Chérie était rentrée plus tard que prévu, ce qui lui avait valu les gros yeux de Rose qui l'attendait, la table dressée pour une seule personne.

« Ton père et moi avons déjà dîné.

— Mais quelle heure est-il, six heures ? Je n'ai pas très faim. »

La merveilleuse gaufre au poulet lui profiterait certainement deux jours, sans compter la glace à la noix de pécan ni « le meilleur *egg cream* de toute la Floride », selon Marcus, qu'ils avaient dégusté à l'ombre d'un petit camion. Un mélange dans lequel il n'y avait curieusement ni œuf, ni crème mais du sirop de chocolat, du lait et de l'eau gazéifiée.

« Évidemment, avait dit le vendeur, un petit homme hilare, ici personne n'en fait, ça vient de Brooklyn, New York, comme moi.

— Quelle idée d'être descendu de New York ? s'était étonnée Gloria. C'est une ville tellement plus ouverte d'esprit, paraît-il…

— Eh bien, pour vendre de l'*egg cream* là où il n'y en a pas ! » s'était esclaffé le type.

Il y avait aussi eu la vendeuse de bracelets africains, en cuir fin et perles opaques. Ma Chérie s'en était offert un avec l'argent de la jupe Balenciaga, le prix était tellement ridicule. Elle avait refusé que Marcus sorte son porte-monnaie, il n'avait pas insisté, craignant sans doute que ce cadeau inopiné soit mal perçu.

Ils avaient essuyé quelques regards réprobateurs dans les rues rouges d'Ybor City, avaient perçu quelques mouvements de recul. Gloria Mercy Hope Merriman s'en fichait bien. Elle sentait presque en elle son bébé boire à la paille, un riche fiancé l'attendait dans sa belle maison – si elle le voulait bien –, et elle avait un nouvel ami que personne d'autre n'aurait voulu avoir.

Tout allait bien mieux. Un jour pas si lointain, l'idée de G.G. en prison s'éloignerait. Et puis elle aurait pour elle les yeux de son fils.

Elle grimpa l'escalier, évitant la chambre du père entrouverte, s'enferma dans sa salle de bains. Elle avait beaucoup marché, les ballerines neuves n'étaient pas des plus confortables. Elle se fit couler un bain à grands flots, se posa sur les toilettes, grimaçant sur une ampoule qui avait éclos sur sa cheville.

Et puis, en remontant sa culotte, elle aperçut quelque chose qu'elle ne voulut pas voir, tétanisée un long moment, le regard en fuite vers le robinet de la baignoire comme si l'eau rageuse pouvait effacer cela.

Du sang.

C'était bien cela.

Oh, il n'y en avait pas beaucoup, elle ne l'avait pas senti couler, mais la tache était là, d'un rouge vif, inévitable. Elle ouvrit les jambes, regarda dans la cuvette, les coulures sur la faïence.

Ma Chérie se leva, déverrouilla la porte en tremblant, ses vêtements ramassés contre elle. « Maman ! » hurla-t-elle.

« Ne t'inquiète pas, dit Rose, il paraît que cela arrive parfois. Tu as mal ?

— Non…

— Eh bien, ce n'est pas grave. »

Gloria était allongée sur son lit, une serviette entre les jambes. Il n'y avait rien eu de pire depuis tout à l'heure, ni flux ni douleur. En fait, le pire, c'était sans doute ce pour quoi sa mère priait en l'assurant du contraire, ce qu'espérait le père qui avait passé un œil furtif par la porte.

Gloria Mercy Hope perdrait son bébé, les Merriman éviteraient le déshonneur des sorties de l'école religieuse qui jouxtait l'église baptiste.

Ma Chérie perdait le bébé de G.G. « Mais non, la rassura sa mère. (Puis, hésitant.) Écoute, j'ai fait une fausse couche, il y a longtemps. C'était avant que tu naisses. C'était très douloureux. Cela ne ressemblait pas à cela. Ce n'est rien, ce que tu as. Le médecin va te le dire.

— Maman, j'ai peur. »

Puis le médecin fut là. C'était une femme comme il y en avait peu par ici, le cheveu court et gris, la bouche rouge, vêtue d'un pantalon à pinces et d'un sweater. Elle ressemblait à Katharine Hepburn au cinéma.

« Eh bien, qu'est-ce qu'il nous arrive ? dit-elle en jetant un œil surpris dans la serviette. Quel âge avez-vous ?

— Trente ans, bredouilla Sœur Bigleuse – la voilà qui revenait, avec son pansement sur ses lunettes, la gamine chétive.

— C'est bien ce que je pensais, dit le médecin en rabattant la serviette. Vous n'êtes plus une adolescente depuis longtemps, n'est-ce pas ? Alors qu'est-ce qui me vaut cette urgence ? Votre papa est venu me chercher sans rien m'expliquer. Vous souffrez anormalement ?

— No-on… »

La femme se leva, rangea le stéthoscope qui n'avait pas servi dans sa mallette, passant devant Rose qui se tenait à l'écart, les mains croisées sur son tablier. « Une bouillotte sur le ventre, ça devrait faire l'affaire, lui dit-elle, vaguement agacée.

— Le bébé ? Le bébé va bien ? » souffla Gloria, transpirant de soulagement.

Le médecin s'arrêta, fit demi-tour, les sourcils froncés. « Le bébé ? » répéta-t-elle. Elle reposa son sac, pria Rose de sortir. La mère obtempéra, le regard noir. Silencieuse, la doctoresse ressortit son stéthoscope. Dans un voile aqueux d'incompréhension, Ma Chérie sentit l'objet froid qu'elle appliquait sur son pubis, son estomac, du côté de la cicatrice de son appendicectomie. Et puis une paire de gants claqua, une main appuyant ici, un doigt entrant là. Le claquement, encore, le froissement d'un sac en papier, le coulis de l'eau dans la salle de bains.

Gloria contemplait le plafond sans penser. Ses yeux lui faisaient mal, elle n'arrivait pas à les fermer. Elle perçut le poids de la femme s'asseyant précautionneusement sur le lit, à côté de ses jambes tendues, comme pendant l'une de ces terrifiantes paralysies du sommeil qu'elle avait vécues étant enfant.

On est éveillé mais on ne peut pas bouger.

« Quel est votre prénom ? demanda doucement le médecin.

— Gloria, déglutit Ma Chérie. Gloria Mercy Hope.
— Mon Dieu, un seul suffira. Gloria, regardez-moi. Voilà. Gloria, vous avez vos règles, tout simplement.
— Mais le bébé…
— Il n'y a pas de bébé. Regardez-moi, Gloria, s'il vous plaît. Qu'est-ce qui vous a fait croire que vous étiez enceinte ?
— Mais… Mais… »

La ligne plus foncée sur mon ventre, mes mamelons douloureux… Tant de signes… Ma Chérie secouait la tête, au bord de la convulsion. La doctoresse attrapa ses mains. « Tout va bien, Gloria. Mais il n'y a jamais eu de bébé. Cela arrive parfois. On appelle cette affection le pseudocyesis. Une grossesse nerveuse. Tous les symptômes de la grossesse, sans le fœtus. Vous comprenez ? »

Gloria ne répondit pas, renvoyée au désespoir de son hacienda désertée, à Coral Gables, à G.G. qui plus jamais ne serait en elle, à ce vide inouï, son corps désempli, cette cavité improductive.

« Est-ce que c'est la première fois que cela vous arrive ? D'imaginer des choses ? »

Ma Chérie regarda le médecin, soudain terrifiée par cette bienveillance qu'elle voyait sur son visage. « Je ne suis pas folle, docteur ! Je n'ai jamais rien… imaginé de ma vie. » Sauf que G.G. la protégerait toujours, qu'elle finirait par voyager avec lui, et qu'elle serait heureuse jusqu'à ce qu'ils meurent ensemble, vieux, mariés, et main dans la main.

« Bien. Ce genre de choses, on ne sait pas trop comment cela arrive. Un événement particulier, un désir, une intuition… »

Oui, tout cela à la fois : trente ans. Un monde qui se délitait. Peut-être l'avait-elle senti bien avant – comme le foutu colonel des cornouillers.

Rose lui avait monté un bol de soupe au poulet, comme quand elle était petite fille et qu'elle avait attrapé la grippe, la varicelle, la rougeole et tout le reste. « Un proverbe amérindien dit : "Fais du bien à ton corps pour que ton âme ait envie d'y rester." »

Ma Chérie regarda sa mère, désenchantée, les yeux secs : « En mangeant de la soupe au poulet ?

— Pour commencer. (Rose hésita, puis lui caressa le front avec maladresse.) Et puis ensuite, demande-toi si ce n'est pas ce que tu as voulu faire. Imaginer ce bébé en toi pour rester en vie. Dans la vie où tu étais. »

Gloria détourna la tête. Malgré toute sa sagesse, sa mère ne pourrait jamais comprendre l'abandon, la perte d'équilibre. Sa vie était d'une telle constance. Sans doute la première douleur viendrait-elle le jour où elle conduirait la Buick vers l'hôpital général de Tampa, sans musique pour adoucir le voyage, la mort sur la banquette arrière.

« Dis à tout le monde que j'ai fait une fausse couche, murmura-t-elle. Maman, s'il te plaît.

— Vivre dans le mensonge, c'est prolonger la douleur. »

Sœur Bigleuse ferma les yeux, repliant ses jambes, remontant le drap sous son menton. Elle se sentit osseuse, les remugles de la soupe maternelle rendus insupportables par le voyage en arrière.

Revenue au point de départ.

En pleine nuit, elle descendit sur la pointe des pieds l'escalier en bois. Elle entendit son père ronfler, et ce cycle tranquille lui fit l'effet d'un énorme oreiller étouffant la maison familiale – comme s'il n'y avait rien là-dessous qui méritât d'être hurlé, pleuré. La main portée à sa gorge, Gloria Mercy Hope Merriman avait du mal à respirer.

Rangée dans un petit secrétaire, il y avait une bouteille de bourbon dont Jack se servait avec parcimonie pour arranger son café. Sa fille la remonta dans sa chambre, but rapidement au goulot pour calmer les battements de son cœur en sursis.

Elle fouilla dans sa malle magique, en ressortit un panty de dentelle noire qu'elle garnit d'une serviette propre, son soutien-gorge La Perla fait sur mesure en Italie, la robe foulard Pucci, à l'imprimé multicolore. But encore, se coiffa du bout des doigts, regrettant ses longues mèches blondes. But de nouveau, se maquilla sans trembler.

Puis, assise en tailleur dans le creux de son lit, compta sur sa courtepointe d'enfance les petits cachets qu'elle avait déjà alignés une fois, sur la table basse de son hacienda, là-bas, dans la Cité Radieuse.

Et derrière la porte fermée à clé, les avala cette fois l'un après l'autre.

III

Hope

(Espoir)

22

« Tu écrases 250 grammes de crackers Graham comme ça, avec le rouleau à pâtisserie directement sur le sachet. Au moins, on n'en fiche pas partout. Tu mélanges avec 45 grammes de beurre fondu, tu tasses bien au fond du moule. Pas trop épais, sinon c'est dur comme du bois. Allez hop, la pâte huit minutes au four à 180 degrés.

« Pendant ce temps, la crème au citron : trois jaunes d'œufs, un, deux, trois… Le zeste de deux citrons verts – te coupe pas, hein –, 150 millilitres de jus, 400 millilitres de lait concentré sucré. Tu bats tout ensemble. Faut que ça mousse. Ensuite on retire la pâte du four, on étale la crème au citron dessus… Te brûle pas ! Allez, on remet au four dix minutes.

« Ensuite, on garnit comme on veut : une meringue avec le blanc des œufs ou de la crème fouettée, si ce fichu réfrigérateur n'est pas en panne comme ça arrive une fois sur deux. »

Nola balança le torchon sur son épaule. « La *Key lime pie*, c'est une recette de pêcheur, Marcus te racontera ça mieux que moi. Le citron servait à lutter contre le scorbut, et le lait concentré en boîte c'est parce que les aliments frais, c'est pas possible sur les bateaux.

— Tu me l'as déjà bien racontée, merci Nola. Je vais apporter la recette au saloon.

— Tu en as mangé combien, des *Key lime pies*, dans ta vie ?

— Probablement quelques milliers.

— Et tu ne sais pas la préparer ?

— J'apprends tout juste à faire cuire un œuf, Nola.

— Oui mais enfin, le dessert officiel de la Floride ? C'est simple comme bonjour, on ne peut pas dire qu'on se casse la tête, dans cet État », fit Nola, les yeux au ciel.

Et Ma Chérie sortit du petit restaurant d'Ybor City, une tape réprobatrice sur les fesses, sa recette à la main.

Au petit matin, trois mois auparavant, Jack Merriman avait défoncé la porte de la chambre de sa fille.

Sa prostate lui jouait des tours, et deux fois dans la nuit, en allant aux toilettes, il avait enregistré d'un œil le rai de lumière sous la porte. Curieux, ça, cette gosse passait pourtant son temps à dormir. La troisième fois, en plus de la pathologie habituelle, c'était un bruit qui avait réveillé le père. Rose, à côté de lui, ne pouvait rien entendre – elle se collait des boules de coton dans les oreilles parce qu'il ronflait comme une turbine de cargo.

Un bruit sourd et lourd, comme un bout de bois qui serait tombé de la benne d'un camion.

La lumière était toujours allumée.

« Gloria ? »

Bon sang, c'était difficile même de prononcer son prénom, il lui adressait si peu la parole. Jack

Merriman avait dû s'éclaircir la gorge, une fois, deux fois. « Gloria ? »

Il avait toqué, avec son gros poing de bûcheron, collé son oreille contre le bois solide venant de la scierie Freeman. « Gloria ? »

Un gémissement, il en était sûr. Bon Dieu, après le départ du médecin, il n'avait rien compris à ce que lui avait brièvement raconté Rose, peu encline à s'étendre sur les problèmes de bonne femme – sauf que ce n'était pas grave, va te coucher, Jack.

Un gémissement.

Alors Jack Merriman avait défoncé la porte à coups d'épaule de géant de l'Arkansas, vidant sa vessie par la même occasion.

Elle était là, Gloria Mercy Hope, belle comme une illustration de *True Detective*, ce magazine d'histoires criminelles qu'on vendait au drugstore où il achetait ses cigarettes. On y voyait des pin-up affolées, les seins moulés dans leur sweater, une main sur le téléphone. Des cadavres exquis aux cheveux parfaitement crantés, la bouche sensuellement arrondie sur leur dernier souffle.

Sa fille à lui, la blonde page centrale de *Playboy*, était étendue sur le tapis en tresses de bambou, une jambe légèrement repliée sur l'autre, un bras arrondi au-dessus de son épaule, comme si elle jouait du violon. Sa robe était un peu remontée sur un côté, ses talons hauts bien parallèles.

Gracieuse, Miss Floride 1952 posait son profil dans la paume de sa main. Et il y avait du vomi partout.

« Gloria, pour l'amour de Dieu ! »

Jack s'était emparé de sa fille comme il l'aurait fait d'une brassée de petit bois, vigoureusement, sans se soucier d'en casser quelques brindilles, l'avait balancée sur son épaule douloureuse et l'avait transportée, ballottante, dévalant l'escalier en criant le nom de sa femme, ouvrant la porte à la volée, traversant l'allée, la route, en courant, dans son bas de pyjama trempé.

Le cabinet de la doctoresse n'était pas loin. À cette heure-ci, elle était en chemise de nuit, mais elle les avait fait entrer, bien sûr, et un temps infini plus tard, alors que le père était plié sur une chaise du vestibule, l'ambulance était arrivée.

« Allez vous changer, avait dit le médecin, sortant du cabinet en robe de chambre, ôtant ses gants de caoutchouc. Votre fille n'est plus en danger, vous la rejoindrez à l'hôpital. »

Lorsqu'il était rentré à la maison, Rose dormait toujours, ses bouchons de coton dans les oreilles.

Et c'est ainsi que Jack et Rose Merriman s'étaient assis depuis la première fois depuis des années sur les sièges propres de la Buick, pour prendre le chemin tout tracé de l'hôpital général de Tampa.

23

Quand Suzie Belkin faisait ses comptes, il fallait mieux ne pas l'embêter.

« Alors, cette Budweiser, ça vient, ma poule ?

— Sers-toi toi-même, Cal. Tu sais comment actionner une pompe, non ? »

La bande de bûcherons assise près du nouveau juke-box s'esclaffa sans que la patronne prenne la peine de relever la tête de son carnet.

Cette ambiance, Gloria commençait à s'y faire. Elle y assistait toujours en spectatrice, personne – aucun homme – n'osant s'adresser à elle avec trop de familiarité. Elle n'avait pas droit aux miaulements habituels, aux petits surnoms ivres, ni aux interpellations braillardes.

On la regardait un peu craintivement, comme une photographie de magazine qui se serait mise à flotter dans l'air, sur les effluves de la tarte aux pommes du matin – et aussi parce que si on avait manqué de respect à sa fille, Jack Merriman vous aurait probablement cassé la gueule.

Et sûrement que Benjamin Freeman vous aurait viré de la scierie. Il se murmurait que le patron était le petit ami de Miss Floride 1952.

Pourtant, il n'en restait pas grand-chose. Ma Chérie avait suffisamment maigri pour changer de taille de soutien-gorge. Elle s'habillait en garçon. Un corsaire ou un fuseau, une chemise nouée, aux manches roulées. Peu de maquillage. Les cheveux courts. Mais toujours blonds – elle hésitait. « N'allons pas trop vite », avait dit le médecin qui se piquait de psychologie féminine.

Après un bon lavage d'estomac au charbon et deux jours de sommeil induits par les résidus d'anxiolytiques qu'elle avait avalés, Sœur Bigleuse avait vu se profiler la menace d'un séjour en clinique psychiatrique.

Mais Papa était là, debout et imposant, Maman lui tenait la main assise au bord du lit, jetant ses regards noirs d'Indienne sur le petit médecin à lunettes, et tous les deux avaient entendu les suppliques de leur fille. Pas question d'aller chez les fous. Gloria rentrerait à la maison. Avec la promesse de se trouver une occupation à Chooga Pines, pour se changer les idées.

Et Suzie Belkin, la tortionnaire de son enfance, était réapparue, en quête de rédemption.

Voilà deux mois que Sœur Bigleuse travaillait au saloon, à faire le service, la plonge. La cuisine, ce n'était pas encore ça. Elle faisait griller le bacon correctement.

« Tiens, lui dit Suzie en levant les yeux de son livre de comptes. Te revoilà ? C'était sympa, Tampa ?

— J'ai juste fait ma couleur chez la coiffeuse. Et je suis passée chez une amie restauratrice. J'ai la recette de la *Key lime pie*, dit Ma Chérie en brandissant son papier.

— On l'a déjà, la recette de la *Key lime pie*, qu'est-ce que tu crois.

— Oui mais celle-ci, c'est moi qui vais la faire.

— Malheur. Attends que les hommes soient bourrés pour leur faire goûter… Tiens, en parlant de ça, Cal réclame une bière, si tu veux bien la lui servir.

— Non, ma petite, on est jeudi, et je ne travaille pas le jeudi.

— Ben alors, que fais-tu là pendant que je m'escrime avec ces putains d'additions, de taxes, de soustractions et tout le bazar ?

— En fait, je m'ennuyais. (Gloria haussa une épaule.) Et comme je ne te déteste plus tant que ça, je vais servir une bière à Cal à ta place. Et toutes les autres d'après.

— Sans heures supplémentaires payées, tu es prévenue. »

La Liz Taylor de Chooga Pines sourit, sa bouche rouge sous ses lunettes papillon faisant comme un cœur sur une carte postale de Floride.

Oh, la vie n'était pas plus belle, telle une révélation soudaine, c'en était juste une autre. Un essai. Au début, Sœur Bigleuse en travaillait chaque heure comme un exercice à l'école. Il fallait qu'elle y trouve une satisfaction, ou, à défaut, une utilité.

Puis, une fois qu'elle eut maîtrisé sa composition, elle se laissa aller à une forme d'ataraxie, à travers la modération de ses sentiments, de ses ambitions. Une tranquillité d'esprit.

Récurer des casseroles ne lui faisait rien. Elle était en sécurité. Dîner avec ses parents était agréable, sans afféterie. Son père avait retrouvé la parole, même s'il n'était pas le plus grand comique de l'histoire. Pour pallier, après le repas, on allumait la nouvelle télévision, qui ressemblait à un bocal de poissons gris, et on se divertissait en famille devant *The Tonight Show* de Johnny Carson.

Seules les balades de fin d'après-midi avec Benjamin Freeman remuaient en elle quelque chose de gourd mais vaguement dérangeant. Il n'était pas insistant, il lui laissait le temps de se remettre de sa « fausse couche ». Mais Ma Chérie sentait bien que chaque pas qu'ils faisaient ensemble les menait vers une officialisation pour laquelle elle aurait bien utilisé ce libre arbitre dont elle s'était mise en vacance.

Et puis les Merriman avaient menti à Benjamin, au sujet de la grossesse imaginaire et de la tentative de suicide. On ne bâtissait pas un couple sur un mensonge. Elle ne le savait que trop.

Gloria avait laissé Ben l'embrasser quelques fois, mais s'était toujours défilée après les dîners occasionnels dans la grande maison en bois. Elle voulait bien partager avec lui un cocktail de crevettes rapporté du saloon devant la cheminée où ne brûlait aucun feu, mais de sexe il n'y aurait pas. Pas tout de suite. Sœur Bigleuse avait déjà l'impression perturbante d'échanger des baisers avec un frère longtemps perdu de vue, alors elle n'était pas assez solidement parée contre l'idée incestueuse de coucher avec lui.

Et puis elle découvrait une chose – qui ne serait peut-être que passagère : elle n'était pas aussi sensuelle que ce que tout le monde avait cru. Sans G.G., le sexe ne lui manquait pas. Cela allait avec. Même pendant toutes ses années de brillance, alors qu'on lui avait présenté des crooners célèbres et envoûtants, des acteurs beaux comme des dieux, tous les séducteurs de l'univers, elle n'avait jamais senti la fièvre la mordre, ne serait-ce que pour une furtive étreinte dont personne ne saurait rien. Et pourtant, ce n'était pas sa passion pour G.G. qui la bridait. Elle avait commencé à comprendre cela, la forme de ses sentiments, avec la femme médecin qu'elle avait revue plusieurs fois. Passé l'éblouissement du début, le physique, le pouvoir, G.G. n'avait été qu'une somptueuse habitude. Un mausolée dont il lui fallait sortir.

Et puis, elle avait compris autre chose, peut-être. Pas sûre. Elle ne cherchait pas trop à l'être. « Dites-moi, Gloria, que s'est-il passé ce jour-là, pour que l'illusion cesse ? » La doctoresse parlait du soir de ses règles inattendues, de ce pseudocyesis dont le nom savant était aussi moche que sa vulgarisation en « grossesse nerveuse ».

Ma Chérie avait plissé les yeux. « Eh bien… J'étais à Tampa. J'ai passé la journée à Tampa.

— Seule ?

— Non. Avec un homme. On est allés au restaurant, et on a juste marché. »

À ce moment-là, le médecin avait eu un sourire énigmatique, puis avait entretenu le silence jusqu'à avoir refermé la porte, comme si elle venait d'amorcer une pensée que sa patiente devrait suivre seule, désormais.

Dans l'allée qui la ramenait vers la maison de ses parents, Gloria avait souri, avec une espèce d'ironie triomphante : ce que cette doctoresse je-sais-tout ignorait, c'était que Marcus était noir. Alors en matière de cure miraculeuse, elle aurait pu faire tout de suite une croix sur sa prescription, avec ses probables principes sudistes et les lois qui les accompagnaient.

Il n'empêche que Ma Chérie avait eu une exigence, en acceptant l'offre d'emploi de Suzie Belkin : elle ne travaillerait pas le jeudi.

Le jeudi, elle allait à Tampa, pour le coiffeur, pour s'acheter un pantalon, une crème pour le visage, pour flâner un peu sur la baie. Elle disait que l'océan lui manquait, qu'elle avait besoin de voir de l'eau, l'horizon. Ses parents n'avaient rien trouvé à y redire, si cela pouvait soigner son vague à l'âme.

La réalité, c'était qu'elle s'y était découvert une autre famille qui n'avait aucune interférence avec Chooga Pines, et à laquelle elle n'avait pas menti, parce qu'elle n'en avait pas besoin.

À ces gens qui n'avaient connu ni Sœur Bigleuse ni Gloria de la Cité Radieuse, Ma Chérie n'avait pas besoin d'en remontrer. Elle était juste elle-même.

Et Marcus le lui avait bien dit, passé le premier contact sa sœur était empathique, même si elle conservait encore une sorte de réserve. Nola la gavait de gaufres au poulet, aux crevettes, au poisson-chat, tandis que Marcus l'emportait dans des discussions dont elle n'aurait jamais voulu voir la fin.

« Te souviens-tu de notre premier échange, dans le bus ?

— J'ai accepté de te laisser la place à côté de moi, et nous avons parlé de Rosa Parks. Et de Jackie Robinson.

— Eh bien, Rosa Parks a été le résultat d'une longue démarche de la NAACP, ne crois pas que ce soit arrivé comme ça.

— Marcus, intervenait Nola, arrête avec ta propagande d'instituteur, laisse-la manger tranquillement.

— Non, Nola, ça m'intéresse, protestait Gloria, la bouche pleine.

— Alors, à la place de Rosa Parks, il a failli y avoir une lycéenne de quinze ans : Claudette Colvin, menottée et expulsée d'un bus pour avoir refusé de céder sa place à un homme blanc. Mais la gamine est tombée enceinte d'un homme marié plus âgé qu'elle, alors pour la NAACP, ce n'était plus un bon symbole. Comme Mary Louise Smith, qui a fait la même chose, mais dont la rumeur disait que son père était alcoolique.

— Du coup, Rosa Parks a été un coup monté par la NAACP ?

— On ne peut pas dire ça comme ça, Gloria. Mais tu comprends que pour mener notre bataille, nous n'avons pas d'autre choix que celui de la respectabilité. Et Rosa Parks venait d'une bonne famille de Montgomery, avec une éducation sans défaut.

— Tu as fini, Marcus ? s'agaçait sa sœur. Les glaces vont fondre. Le réfrigérateur est encore en panne.

— Je vais le réparer. Je suis le meilleur factotum de Floride. »

Et Gloria se sentait bien, plus grande. Ce qu'elle avait là, la garçonne blonde et blanche avec son bracelet africain au poignet, dans le quartier rouge d'Ybor City, personne ne l'avait ailleurs.

24

Benjamin ne mettait jamais les pieds chez Suzie Belkin. Après que Gloria avait fini son service, sur les coups de six heures du soir, il l'attendait dehors, adossé au muret du drugstore d'en face, discutant avec son propriétaire, un vieux minuscule qui fumait comme un pompier.

Et elle se demandait si c'étaient les remugles cendreux de la poignée de terre qu'il avait fourrée dans la bouche de Suzie qui le tenaient encore à distance. Ce jour-là, ils devaient avoir dix ou onze ans, Suzie Belkin et sa bande avaient traité Sœur Bigleuse de squelette ambulant. La maîtresse, qui devait considérer que cela commençait à faire beaucoup pour une seule gamine, n'avait pas puni Ben. Accessoirement, son mari travaillait à la scierie Freeman, alors bon, ne faisons pas toute une montagne d'une simple poignée de terre.

Du coup, quand Gloria vit Benjamin pousser la porte tintinnabulante du saloon, elle eut un réflexe de recul. Elle n'aimait pas mélanger les gens. Toutes ces connexions entre eux la faisaient se sentir dépossédée de quelque chose.

Et il était là, son fiancé putatif, suivi par toute une clique de bûcherons affamés. « Tu nous sers des burgers ? » dit-il à la cantonade.

Suzie Belkin le regarda comme si elle avait vu le loup. Muette, elle fit un geste du menton à Gloria qui s'ébattait dans des vapeurs de steak. Dieu merci, se dit Ma Chérie, Jack Merriman n'était pas dans le groupe qui s'attablait, cela lui aurait fait beaucoup trop d'émotions à gérer.

Quelqu'un réclama une tournée de bières, et en actionnant la tireuse Gloria coula un regard curieux vers le groupe bruyant. Au milieu de ces costauds en chaussures de chantier, aux cheveux grisonnants bien taillés, Benjamin avait l'air d'un adolescent. Que pouvaient-ils tous bien raconter à leur femme, en rentrant le soir, sur leur drôle de patron qui ressemblait à l'un de ces auto-stoppeurs qu'on apercevait sur la route de Tampa ? Peut-être que des mots comme « freluquet » ou « rigolo » sifflaient au-dessus du rôti du soir. Ma Chérie en fut vaguement peinée. Elle savait depuis peu que personne n'échappait à l'hypocrisie et aux persiflages. Mais elle avait appris aussi qu'il ne fallait jamais croire ce qu'on disait de vous.

Cependant Ben avait l'air de bien s'en sortir, constata-t-elle en voguant vers la table avec son plateau. « Moi, j'ai voté Nixon, disait l'un des bûcherons. Kennedy, à part sa jolie madame et sa belle gueule d'héritier, il a pas grand-chose à montrer au monde.

— Qu'est-ce que tu racontes ? disait un autre. S'il avait pas tenu au bras de fer avec les Soviets sur le coup des missiles de Cuba, on aurait eu une guerre nucléaire.

— Il a juste voulu jouer au mariole, éructait un troisième. C'est comme au Nord-Vietnam, qu'est-ce qu'il attend pour y envoyer des troupes ? On est quand même le plus grand pays du monde et on se fait marcher dessus par cette saloperie de Khrouchtchev qui non seulement envoie des putains de Spoutnik dans l'espace mais nous bouffe la moitié de la terre. »

Et là, très calme au milieu de ces emportements typiquement *rednecks*, Benjamin Freeman prit la parole et tout le monde se tut. « Le président Kennedy a envoyé plus de quinze mille conseillers militaires au Sud-Vietnam. Merci, Gloria, dit-il en prenant sa bière. Pour éviter la guerre. Éviter l'escalade vers… (Il eut un silence que tout le monde respecta, rassemblant ses idées.) La Corée, ç'a été plus de trente-six mille morts de chez nous. Quatre-vingt-douze mille blessés. Plus de huit mille disparus. On sait ces choses-là, quand on a encore des camarades qui ont eu le courage de rester militaires. Courage que je n'ai pas eu.

— On ne voulait pas dire que c'est de la lâcheté, Ben, fit timidement celui qui avait été le plus virulent. Tu as servi ton pays.

— Je n'ai rien servi du tout. Personne n'a rien servi du tout. On a juste tué deux millions de civils, là-bas. Alors c'est pour cela que Kennedy ne fera pas la même erreur. Il négociera. Peut-être bien qu'il fera le mariole comme pour Cuba, comme tu dis, Brett, mais il n'enverra pas la jeunesse de ce pays se faire massacrer et massacrer les autres pour savoir qui pisse le plus loin.

— Tu crois vraiment que c'est juste ça, Ben ? Une histoire de bonshommes ?

— Je crois qu'il y a d'autres moyens, et que Kennedy le sait très bien. »

Gloria termina de servir les bières et les conversations repartirent sur un ton plus léger. Inutile d'en rajouter dans le débat politico-guerrier. Le patron, le jeune de Chooga Pines qui avait fait la guerre, celui qui s'était construit sa maison en rentrant et avait transformé l'usine, avait parlé. Et Ma Chérie comprit que c'était par cet héroïsme réservé qu'il les tenait, malgré ses cheveux trop longs, sa petite barbe et ses chemises en jean sans cravate par-dessus.

Et que, peut-être, les noms d'oiseaux ne volaient pas au-dessus du rôti du soir, finalement.

« Je passe te chercher tout à l'heure », lui souffla-t-il après la *Key lime pie* sur laquelle on avait planté quelques bougies. S'ils étaient tous là, c'était parce qu'on fêtait l'anniversaire du dénommé Brett, une montagne. « C'est Gloria qui a fait la *Key lime pie*, les garçons, lança Suzie de derrière son comptoir. Et elle est délicieuse. »

La tablée acquiesça, émit un concert de compliments, lançant des regards par en dessous à la petite amie du patron. « C'est vrai ? fit Benjamin avec un clin d'œil. Tu es bonne à marier. »

Rougissante, Ma Chérie n'aima pas la plaisanterie. Il n'aurait plus manqué qu'il lui mette la main aux fesses.

Suzie passait le torchon sur les tables désertées avec une indolence inédite. Ses lunettes papillon qu'elle avait calées sur ses boucles noires lui tombèrent à deux reprises sur le nez, et elle esquissa des gestes d'énervement, assortis d'une flopée d'injures proférées à voix basse, manifestement adressées à personne d'autre qu'à elle-même.

Récurant la cuisinière à six feux, Gloria la surveillait d'un œil. Suzie Belkin n'était pas sa meilleure amie, mais elle avait appris à la connaître.

Elle aimait son franc-parler, la manière qu'elle avait de ne jamais négocier : avec Suzie, c'était oui, ou c'était non. Oui pour les jeudis non travaillés, non pour le moindre quart d'heure de retard le matin. Il fallait être au saloon à sept heures pétantes, pour réceptionner les œufs d'une des fermes environnantes, les saucisses fraîches et le bacon fumé provenant d'un élevage qui les livrait deux fois par semaine, aller acheter la viande de bœuf chez le boucher à l'autre bout de la ville, couper les champignons et les tomates pour le petit déjeuner. Le boulanger faisait apporter son carton de pains à burgers que Suzie trouvait toujours trop mous – « Comme lui, d'ailleurs », souffla-t-elle un jour en regardant le jeune commis s'éloigner.

Ensuite, c'était dans la cuisine une cacophonie de grésillements de beurre, de crépitements d'huile, de souffles de flammes. On écoutait tant bien que mal la radio réglée sur FLO1, une station qui émettait principalement les décibels rock de Jerry Lee Lewis, Bill Haley et Elvis Presley – il fallait bien cela, avec le vacarme ambiant on n'aurait guère pu entendre chanter les Platters.

Et puis il y avait le service du matin, celui du midi. Seule la pause d'après-ménage, sur les coups de quinze heures, leur permettait de s'asseoir et de discuter un peu. Suzie était fascinée par Miami, buvait comme du petit-lait tout ce que lui racontait Ma Chérie sur Coral Gables, la Cité Radieuse, Miracle Mile, les mains jointes autour de son traditionnel verre de bourbon.

D'elle, en revanche, elle parlait peu. Les copines étaient parties, le mari avait donc fait long feu. Seuls semblaient l'animer son saloon et son envie de réussir à sa manière – ou du moins, de ne pas se casser la gueule.

Aussi, en la voyant s'agacer une nouvelle fois sur ses lunettes, puis s'approcher d'elle son torchon sur la hanche, Gloria se dit que quelque chose n'allait pas.

« Il faut que je te dise quelque chose, lança en effet Suzie, calant fermement ses lunettes sur son nez. Quelque chose que j'aurais dû te dire avant.

— Ah bon ? Quoi donc ? »

Franchement, Gloria Mercy Hope Merriman ne s'inquiétait pas de grand-chose, à Chooga Pines. Depuis le flux inattendu d'un bébé qui n'avait jamais existé, elle maîtrisait parfaitement l'indifférence. Elle laissa donc sans impatience la patronne déboucher sa bouteille d'un coup sec et faire glisser son verre ambré sur la table, se disant simplement que si le problème était que Suzie Belkin ne pouvait plus la payer, elle trouverait autre chose, ailleurs. Maintenant qu'elle savait faire griller le bacon et préparer une *Key lime pie*.

Aussi fut-elle surprise lorsqu'après s'être assise en face d'elle, Suzie lui lança simplement : « Tout va bien, avec Benjamin Freeman ?

— Pardon ?

— Ne tournons pas autour du pot : Vous êtes ensemble ?

— Euh… Plus ou moins. Je ne sais pas encore. (Ma Chérie fronça les sourcils.) Où veux-tu en venir, Suzie ? »

Mon Dieu, se dit-elle in petto. Si tu en veux, je te le donne. Puis elle eut honte de sa pensée.

Suzie avala une gorgée de son bourbon et passa délicatement un doigt manucuré au coin de ses lèvres. « Bon, dit-elle. Il faut que tu saches. Benjamin et moi, on a été ensemble.

— Ah bon ? »

Passé un moment de flottement, Gloria éclata de rire : « Dis donc, la poignée de terre, tu n'es pas rancunière.

— C'était mérité. On était de vraies salopes, avec les deux autres.

— Et vous êtes restés longtemps ensemble ?

— Quelques mois. C'était il y a six ou sept ans, avant que je me marie avec l'autre imbécile. Quand Benjamin a eu terminé de construire sa maison. (Elle avala une autre gorgée.) J'y ai d'ailleurs habité quelque temps. »

Cette fois, Ma Chérie en resta bouche bée. Elle se laissa aller sur le dossier de la banquette, les mains posées sur les genoux. « D'accord, finit-elle par dire. Les romans d'amour dans la bibliothèque, c'était à toi. »

Suzie marqua un silence, tournant le verre entre ses doigts.

« Gloria, finit-elle par dire. Je n'ai jamais ouvert un livre de ma vie, à part *Les Aventures d'Huckleberry Finn* à l'école. Et ces romans que tu as vus sont une partie du problème. »

Du problème ? Quel problème ? Lire des romans d'amour faisait-il de Benjamin Freeman un homosexuel inavoué ? Voilà ce qu'elle allait apprendre de cet homme qui lui avait proposé de l'épouser, comme un arrangement, quelques mois plus tôt ?

« Que veux-tu dire ?

— Je veux dire que Benjamin a un problème que personne ne peut résoudre.

— Je n'ai jamais couché avec lui, s'agaça Gloria, donc je ne sais pas de quoi tu parles.

— Tu n'as jamais… C'est pas vrai ? Tu as quoi, trente ans ? Bon sang, à trente ans quand on est libre, on n'a pas à faire sa mijaurée, tu es incroyable. Moi, entre parenthèses, s'il y avait d'autres jeunes hommes fougueux dans ce patelin, je ne me gênerais pas, tu peux me croire. »

Mal à l'aise, Ma Chérie bougea sur sa banquette, attrapa la bouteille de bourbon et s'en servit une lampée dans sa tasse à café vide. « Bon, Suzie, dit-elle après s'être rincé le gosier. Crache le morceau, s'il te plaît.

— Benjamin est très bien au lit.

— Ravie de l'apprendre.

— Le problème, c'est après. Avant. En fait, le problème, c'est tout le temps. (Elle sembla hésiter, soupira.) Il a besoin d'amour. Trop. Voilà pourquoi il lit ces putains de bouquins à l'eau de rose.

— Ce n'est pas de l'eau de rose, Suzie.

— Lui y voit la perfection qu'il recherche. Et qu'il ne peut pas trouver, ni en moi, ni en toi. Crois-moi. Dès que tu lui dis oui, il t'embrasse, il te fait des cadeaux…

— C'est plutôt romantique, rumina Ma Chérie, voyant passer l'image fugace de G.G., des diamants plein les mains.

— C'est trop. Il se met à genoux, tu es la plus belle. Tu sais bien que ce n'est pas à toi qu'il parle. Et quand il s'endort… (Suzie vida son verre, la regarda droit dans les yeux.) En pleine nuit, il se met à hurler et il t'étrangle. »

Stupéfaite, Gloria voulut articuler quelque chose mais resta le menton pendant, les yeux papillotant comme s'ils essayaient d'enregistrer quelque chose que son cerveau ne pouvait recevoir, pas à cette vitesse.

« La guerre l'a rendu fou, Gloria, poursuivit Suzie, qui paraissait soudain épuisée. La nuit, il y est toujours. Il se défend, il tue. J'ai eu des bleus, plusieurs fois. Un poignet luxé. La dernière fois, j'ai failli y passer, alors je suis partie. Et le jour… (Elle haussa une épaule.) Le jour, il cherche la perfection, pour effacer tout ça. La maison parfaite, la femme parfaite. Comme dans les romans. »

Une vie de papier, voilà ce que s'écrivait Benjamin Freeman depuis son retour de Corée. Une frénésie pour qui veut anesthésier sa douleur. L'usine, la maison, le jour. Et la nuit, le cauchemar reprenait le dessus.

Ma Chérie n'avait pas les moyens d'affronter cela. Pas maintenant. Il fallait d'abord qu'elle sache si elle serait un jour capable de penser à quelqu'un d'autre qu'à elle-même.

« Je peux… Je peux partir plus tôt, aujourd'hui ? » demanda-t-elle, la voix étranglée. Suzie se pencha par-dessus la table et lui prit les mains. « Bien sûr. Quand il viendra, je lui dirai que tu as été malade. Tu as besoin de temps pour digérer tout ça. Mais peut-être que toi, après tout ce que tu as vécu, tu y arriveras. »

25

Marcus avait voulu l'emmener à Tarpon Springs, à douze miles au nord de Clearwater, pour quitter un peu Tampa, le Bayshore Boulevard suintant août et son aire urbaine surchauffée.

Gloria conduisait la Buick sur la route côtière et regrettait qu'elle ne soit pas décapotable comme la plupart des autos ici. Mais elle était contente de l'avoir détournée de sa vocation morbide d'ambulance en faisant installer un pimpant autoradio – Papa avait dit oui, il disait oui à beaucoup de choses depuis cette funeste matinée où il avait cru voir mourir son extravagante progéniture.

Ma Chérie aurait bien aimé sentir ses cheveux voler au vent – mais ils étaient trop courts et puis on entendait mieux Phil Phillips & The Twilights chanter *Sea of Love* dans l'habitacle fermé. « Pam pam pam pam, pam pam pam pam », fredonnait-elle en tapotant le volant du doigt.

Bien sûr, le passage « Je veux te dire combien je t'aime » était un peu gênant, alors elle se taisait à ce moment-là et Marcus, le coude sur la fenêtre, avait le bon goût de ne pas y prêter attention.

Sur ses indications, elle se gara devant un petit port où un zéphyr tiède faisait chalouper des coques peintes en bleu, gonflant les voiles blanches avec légèreté. Les sommités des palmiers, comme des plumeaux verts perchés ridiculement haut, au bout d'un tronc tout droit, semblaient percer les rares nuages dans un ciel d'azur. Au bord de l'eau, il ne faisait pas si chaud. On n'y étouffait pas comme dans les rues rouges d'Ybor City ou derrière la mangrove. Ma Chérie secoua sa tunique brodée, goûtant l'air sur son ventre.

« Bienvenue dans la capitale américaine des éponges, dit Marcus. Je vais te faire rencontrer quelqu'un.

— Une éponge ? rit-elle. Que veux-tu dire, un poivrot ?

— Quel mauvais esprit, répliqua-t-il, égayé. On sent bien là l'alcoolique mondaine de Miami. Non, Ari n'est pas un poivrot, stupide blonde, même si les Grecs sont portés sur l'ouzo. C'est très bon, d'ailleurs. C'est à Tarpon Springs qu'est née la première industrie de pêche d'éponges naturelles, à la fin du siècle dernier. Voilà pourquoi il y a tant de Grecs, ici. Ce sont eux qui ont importé la technique de plongée des îles du Dodécanèse. Ari ! »

Un petit homme inexplicablement chauve alors que d'épais sourcils noirs lui barraient le front se redressa sur le pont avant d'une petite embarcation, fit le tour du cockpit un grand sourire aux lèvres et sauta sur le quai, pieds nus.

« Marcus, mon ami ! s'exclama-t-il en tapant vigoureusement dans sa main. Et voici donc cette jeune dame.

— Oui, voici Gloria. Il faut que tu l'instruises sur la pêche aux éponges, ajouta-t-il avec un clin d'œil.

— Oh, *agapi mou*, il n'y en a plus guère depuis l'invasion des algues rouges en 1947. Ces salopcries – pardon, *agapi mou* – les ont toutes tuées. Et puis depuis que ces Américains préfèrent le synthétique… (Il haussa les épaules, toujours aussi jovial.) Heureusement, il y a d'autres choses à pêcher. Montez. Mais ôtez vos chaussures.

— Que veut dire *agapi… agapi mou* ? se renseigna Gloria en se débarrassant de ses mocassins.

— Cela veut dire “ma chérie”. Marcus, mon ami, j'espère que tu ne m'en veux pas.

— Décidément, rit Gloria. Mais non, Marcus ne m'appelle jamais comme ça.

— Vous savez, dit Ari, en grec il y a tout un tas de petits mots affectueux qui n'ont pas de connotation amoureuse. »

Marcus, lui, s'était contenté de sourire, n'avait rien dit.

Ils grimpèrent par la petite échelle, Ari largua l'amarre et se planta derrière la barre franche du gouvernail, se réjouissant du vent qui voulait bien les accompagner. « Allons déjeuner au large », cria-t-il, et le voilier prit la mer.

Il avait installé sur le pont avant une petite table, trois chaises, une bouteille d'ouzo, et Gloria se dit qu'elle n'aurait pas pu rêver mieux que cette journée après les révélations dérangeantes de Suzie sur Benjamin, et la culpabilité qu'elle ressentait envers lui.

Ben était passé la voir chez ses parents, la veille au soir – « Suzie m'a dit que tu étais malade ? » – et elle avait souffert de mentir à son ami d'enfançe, traumatisé par la guerre, qu'elle avait abandonné et – elle le savait déjà – qu'elle abandonnerait encore. Elle n'était pas assez forte pour… Tout cela. Ma Chérie n'était qu'une futile de Miracle Mile, une précieuse de la Cité Radieuse qui lorsqu'elle avait fait le tour d'elle-même n'y avait découvert qu'un vide, qu'elle avait tenté de combler par un leurre relevant de la psychiatrie.

Alors, égoïstement, elle avait terriblement besoin de prendre le large. Avec Marcus. Le zéphyr. Le clapotis des vagues sur la coque. L'odeur anisée de l'ouzo que son ami lui servait. « Je rêverais d'un bateau comme celui-ci », lui dit-il. Elle regarda ses yeux sous son chapeau, y vit quelque chose de lointain et d'innocent qui ressemblait à l'enfance, et cela la fit frissonner.

« Et que pêche-t-on, alors, se reprit-elle, s'il n'y a plus d'éponges ?

— Oh, beaucoup de choses, et cet individu a appris avec moi, quand il était gamin, répondit Ari avec un geste du menton vers Marcus.

— Du thon, de l'espadon, confirma celui-ci. Dans les récifs et les zones où sont échouées des épaves, on trouve des écrevisses.

— J'attrapais des écrevisses bleues dans les marais, lorsque j'étais petite.

— Oh, une aventurière ! s'exclama Ari. Mais attention, dans les récifs ce n'est pas la même histoire : on y croise des barracudas et des requins. En attendant, voici du mahi-mahi. »

Et le pêcheur déposa trois assiettes sur la table, joliment garnies de filets blancs, de dés de mangue et d'avocat. « Un jus de citron vert et une pointe de piment pour cuire le poisson, et le tour est joué. »

C'était délicieux. Marcus la regarda dévorer son plat avec un sourire dans les yeux. « Gloria est une insatiable gourmande, se moqua-t-il. Parfois je me dis qu'elle pourrait dévorer un alligator. Dans quelques années, tu seras plus grosse que feu ma grand-mère, freluquette blondinette. » La bouche pleine, elle lui flanqua une bourrade complice. Ari les observait sans rien dire.

« Depuis combien de temps êtes-vous ici ? lui demanda-t-elle afin d'éteindre cette lueur aperçue dans le regard du Grec.

— Ici ? En Amérique ? Je suis né à Tarpon Springs, *agapi mou.*

— Et ce n'est pas difficile, de vivre dans le Sud ?

— Vous voulez dire, comme c'est difficile pour toute personne qui n'est pas un *redneck* pure souche ? Ce sont les Grecs qui font l'économie de cette ville.

— Alors que nous autres qui avons travaillé dans les champs de coton finissons en prison ou traqués comme des animaux par le Klan », fit Marcus. Il s'essuya le coin de la bouche. Gloria n'y avait entendu aucun accent de cruelle ironie, ni de colère. C'était un simple constat.

« Oui, renchérit le Grec. Tout comme les Indiens qui étaient dans ce pays bien avant les Blancs et qu'on parque dans des réserves. N'y voyez aucune agression envers vous, *agapi mou.*

— La mère de Gloria est d'origine séminole, intervint Marcus.

— Oh, c'est aussi une histoire compliquée, acquiesça Ari. Trois guerres… »

Ils terminèrent de manger leur poisson dans un silence songeur. Gloria se dit qu'en trente ans elle n'avait jamais grandi aussi vite que depuis ces derniers mois. Elle songea à G.G., à Sharon et Janice, à leur étroitesse d'esprit, leur façon de flotter au-dessus des flots dorés d'une vie épargnée – sauf par l'arnaque et la prison, tiens.

Elle-même qui s'était tout ce temps laissé masser, orner comme une bête de concours par une Nicolette amérindienne, qui s'était fait servir par une Lucia cubaine dont elle oubliait jusqu'au prénom, était dorénavant intéressée par tout, avec le même appétit qu'elle avait à manger ce qu'on voulait bien partager avec elle, maintenant que la léthargie qui avait suivi sa fausse grossesse s'estompait.

Aussi, plus tard, après une journée magnifique sur un voilier au large de la première ville grecque d'Amérique, elle demanda :

« Marcus, n'as-tu jamais été militant ? »

Ils se promenaient sous les palmiers du Fred Howard Park, un paradis de sable blond qui se coulait le long de l'océan, étaient passés devant le fronton jaune et les colonnes de l'église orthodoxe Saint Nicholas, avaient aperçu les tortues de Brooker Creek, et alors que le ciel filait en gris et rose, Ma Chérie n'en avait pas encore assez.

« Militant ? répéta-t-il. Je l'ai été, un temps. Quatre mille Noirs ont été lynchés entre 1877 et 1950. Mon propre père l'a été, en Alabama. Ma mère ne s'en est jamais remise. Alors comment ne pas être militant ? Et puis j'ai perdu mon travail. Avec Nola, nous avons un frère en prison. (Il hésita.) Alors, je ne sais pas comment expliquer cela, une espèce de lâcheté a fini par me saisir. J'ai eu envie de vivre ma vie. D'avoir un projet autre que celui d'imprimer des tracts, fomenter des émeutes et finir sous les balles d'un flic blanc. Pour Nola, pour les gamins d'Ybor City. Pour construire quelque chose. Tu comprends ?

— Je crois que oui. Moi, tu sais, je n'ai jamais été courageuse.

— Bien sûr que si, tu l'es.

— Non. J'ai un ami… Mon ami d'enfance, Benjamin. Il a fait la guerre de Corée. Il veut… (Elle lui jeta un œil.) Ben veut m'épouser.

— Vraiment ? fit-il, d'un ton neutre.

— Mais je ne l'épouserai pas. Je ne peux pas. La guerre l'a rendu malade. Je ne saurais pas faire. Moi, je n'ai pas le courage de construire quoi que ce soit. Je suis simplement capable de me laisser vivre. »

Ils s'arrêtèrent. Marcus la regarda longuement, et elle se dit qu'il allait lui prendre la main. Mon Dieu, était-ce seulement envisageable ? Mais il ne le fit pas.

« Gloria, dit-il. C'est avec des gens comme toi que les choses avanceront pour les gens comme moi. Des gens avec ton écoute. Voilà ma façon de militer, maintenant. D'expliquer, de faire prendre conscience. Comme le fait le Dr King. (Il sortit un papier de sa poche.) Hier, il a fait un discours à Washington, après une marche pour l'emploi et les libertés. Je te l'ai apporté, parce que je n'ai jamais rien lu d'aussi beau et que je sais que toi, tu comprendras. Parce que tu es comme ça, Gloria. Tu es utile. Tu es l'avenir. »

Bouleversée, Ma Chérie prit l'imprimé, le déplia.

« Non, l'arrêta-t-il. Tu le liras seule. »

Et sa main sur son poignet était forte et douce, tout à la fois.

26

Je rêve qu'un jour sur les collines rousses de Géorgie les fils d'anciens esclaves et ceux d'anciens propriétaires d'esclaves pourront s'asseoir ensemble à la table de la fraternité.

Je rêve qu'un jour, même l'État du Mississippi, un État où brûlent les feux de l'injustice et de l'oppression, sera transformé en une oasis de liberté et de justice.

Je rêve que mes quatre petits-enfants vivront un jour dans une nation où ils ne seront pas jugés sur la couleur de leur peau, mais sur la valeur de leur caractère.

Je fais aujourd'hui un rêve !

Je rêve qu'un jour, même en Alabama, avec ses abominables racistes, avec son gouverneur à la bouche pleine des mots « opposition » et « annulation » des lois fédérales, que là même en Alabama, un jour les petits garçons noirs et les petites filles blanches pourront se donner la main, comme frères et sœurs.

Je fais aujourd'hui un rêve !

Je rêve qu'un jour toute la vallée sera relevée, toute colline et toute montagne seront rabaissées, les endroits escarpés seront aplanis et les chemins tortueux redressés, la gloire du Seigneur sera révélée à tout être fait de chair.

Telle est notre espérance. C'est la foi avec laquelle je retourne dans le Sud.

Avec cette foi, nous serons capables de distinguer dans la montagne du désespoir une pierre d'espérance. Avec cette foi, nous serons capables de transformer les discordes criardes de notre nation en une superbe symphonie de fraternité.

Avec cette foi, nous serons capables de travailler ensemble, de prier ensemble, de lutter ensemble, d'aller en prison ensemble, de défendre la cause de la liberté ensemble, en sachant qu'un jour, nous serons libres. Ce sera le jour où tous les enfants de Dieu pourront chanter ces paroles qui auront alors un nouveau sens :

« Mon pays, c'est toi, douce terre de liberté, c'est toi que je chante. Terre où sont morts mes pères, terre dont les pèlerins étaient fiers, que du flanc de chacune de tes montagnes sonne la cloche de la liberté ! » Et, si l'Amérique doit être une grande nation, que cela devienne vrai.

Que la cloche de la liberté sonne du haut des merveilleuses collines du New Hampshire !

Que la cloche de la liberté sonne du haut des montagnes grandioses de l'État de New York !

Que la cloche de la liberté sonne du haut des sommets des Alleghenies de Pennsylvanie !

Que la cloche de la liberté sonne du haut des cimes neigeuses des montagnes Rocheuses du Colorado !

Que la cloche de la liberté sonne des pentes harmonieuses de la Californie !

Mais cela ne suffit pas.

Que la cloche de la liberté sonne du haut du mont Stone de Géorgie !

Que la cloche de la liberté sonne du haut du mont Lookout du Tennessee !

Que la cloche de la liberté sonne du haut de chaque colline et de chaque butte du Mississippi ! Du flanc de chaque montagne, que sonne la cloche de la liberté !

> Quand nous permettrons à la cloche de la liberté de sonner dans chaque village, dans chaque hameau, dans chaque ville et dans chaque État, nous pourrons fêter le jour où tous les enfants de Dieu, les Noirs et les Blancs, les juifs et les non-juifs, les protestants et les catholiques, pourront se donner la main et chanter les paroles du vieux negro-spiritual : « Enfin libres, enfin libres, grâce en soit rendue au Dieu tout-puissant, nous sommes enfin libres ! »
>
> Martin Luther King

Marcus Horacio Schenker était un Afro-Américain – une identité qui, pour la moitié, lui était accordée sans bienveillance.

Si on était remonté deux siècles plus tôt, on aurait trouvé, sur un bateau en provenance du Ghana, Nyasanu, dont le nom signifiait « Homme parmi les hommes », un géant enchaîné aux bois des soutes, hurlant le nom de son épouse et de son premier enfant dont il ne saurait jamais ce qu'ils étaient devenus.

Nyasanu avait débarqué avec tant d'autres en Virginie, où, selon la loi, un esclave ne pouvait donner naissance qu'à des esclaves.

Dans la plantation de tabac de Richmond, où les cabanes résonnaient de chagrins murmurés et d'injustices fatales, Nyasanu, qu'on avait unilatéralement rebaptisé Curtis pour, comme les autres, terminer de le déposséder de ses origines, avait pansé ses plaies avec Mary, ex-Mayana, une jeune servante venue d'Afrique de l'Ouest.

Des enfants étaient nés – trois. Puis quatre petits-enfants.

Le maître de maison, venu d'Allemagne, était un vieillard cacochyme, mais son petit-fils était vigoureux, bienveillant. Norma, une des petites-filles de Nyasanu, lui plaisait bien.

Et autant qu'on puisse en juger, c'était réciproque.

Lors de l'abolition de l'esclavage, le planteur avait fait le chemin jusqu'à la nouvelle mairie pour donner son nom aux cinq enfants qu'ils avaient eus ensemble. Au lieu de s'inventer un aptonyme dérivé des métiers qu'ils avaient pratiqués, comme c'était l'usage – tels Farmer pour agriculteur, Carpenter pour charpentier, Cook pour cuisinier –, ou de rejoindre la cohorte des nouveaux Washington, père fondateur des États-Unis et symbole de la liberté, ils étaient devenus Schenker, traduction opportune de « donateur » en allemand. Même si, bien sûr, ils n'avaient officiellement hérité de rien d'autre que de ce nom… Mais d'un pécule, passé de la main à la main sous le nez des autorités, pour commencer une autre vie.

C'est ce que Marcus avait raconté à Gloria… « Tu sais, c'est comme la *soul food*, ça se transmet oralement et ensuite peut-être qu'on améliore l'histoire, comme on souhaiterait qu'elle soit. On a tous besoin de héros dans nos familles. Sinon, on ne se construit que sur les fers qui nous attachaient dans le ventre des navires négriers. »

Ce jeudi, après avoir lu le Rêve de Martin Luther King sur le papier plié en quatre, Gloria s'était dit qu'elle aimait Marcus – au sens le plus littéral du terme. Puis cela avait glissé sur elle comme une goutte de pluie, un courant d'air, un élément du temps si naturel qu'on ne s'en souvient plus dès qu'il a cessé.

Et cela passa comme passe une saison, un sentiment qui se renouvelle et s'installe.

C'était comme ça.

C'était tout.

27

« Le revoilà », fit Suzie Belkin avec un geste du menton vers la fenêtre. De l'autre côté de la rue, Benjamin discutait avec le vieux fumeur du drugstore. Suzie secoua ses mains au-dessus de l'évier, les essuya sur son tablier, remonta ses lunettes sur son front. Gloria resta là, le nez froncé sur l'eau savonneuse, comme si elle y cherchait un trésor.

Elle détestait cette nouvelle tournure d'esprit qui lui faisait voir Ben comme un psychopathe, soudainement devenu le danger au coin du bois.

« Lâche cette vaisselle, dit Suzie, ta journée de travail est terminée, ton patron à toi t'attend. Moi, je vais fumer une cigarette en me demandant bien où vous en êtes tous les deux.

— Nulle part, s'agaça Gloria.

— Mais il est ici à t'attendre. Et cette fois je ne pourrai pas te porter pâle. »

Soudain maladroite, Ma Chérie lâcha un verre dans l'évier et porta un doigt à sa bouche.

« Tu t'es coupée ? Fais voir.

— Ce n'est rien. Je ne l'ai pas fait exprès, si tu en doutes. »

Elle était simplement débordée par ses émotions – son sentiment d'être affectivement piégée, son incapacité crasse à dire les choses. Et sous le coup, encore, de l'horizon qu'elle avait aperçu avec Marcus, sur le bateau du Grec, deux jours auparavant, et qu'elle repoussait des deux mains.

Suzie alla lui chercher un torchon, et le sang qui affleura doucement à travers le tissu en nid-d'abeilles l'abîma dans une contemplation hypnotique.

Il fallait que cela cesse. La crainte de blesser, la culpabilité de n'être pas celle qu'il fallait.

« Ce n'est rien, murmura-t-elle. Ce n'est pas profond. »

Suzie leva les yeux au ciel. « Bien sûr que ça l'est. » Et Sœur Bigleuse vit à ce moment précis dans les yeux trop maquillés de cette Liz Taylor de campagne, qu'elle avait tant détestée, davantage de compréhension que dans la somme de toutes les femmes qu'elle avait rencontrées.

« Benjamin n'est pas méchant, lui dit-elle. J'en suis sûre.

— Non, il ne l'est pas, soupira Suzie. C'est pour cela que ton choix sera sans doute le plus difficile de ta vie.

— J'en ai fait d'autres, ironisa Gloria. Et qui n'étaient vraiment pas plus glorieux que celui-ci. »

Elle ôta son tablier, passa cinq minutes aux toilettes, appuyée des deux bras sur le lavabo, le visage dégoulinant de l'eau dont elle venait de s'asperger. Après tout, se dit-elle, rien n'était écrit. Elle pourrait peut-être faire durer cette situation pour Benjamin, s'il en était heureux.

Transformer avec douceur ces fiançailles non déclarées en un regain de simple amitié, comme un malentendu.

« Tes cheveux sont mouillés, fit Ben lorsqu'il la vit sortir. Veux-tu que je te raccompagne chez tes parents, ou dîne-t-on à la maison ? »

Respectueux, le vieux fumeur s'était éclipsé dans son drugstore. Mon Dieu, se dit Gloria, est-ce que tout le monde dans cette foutue ville avait une vie d'avance sur la sienne ? Elle semblait déjà mariée alors qu'elle n'avait jamais dit oui.

« Chez mes parents ? » balbutia-t-elle. Non, mon Dieu, elle ne supporterait pas la bienveillance de Rose, la complicité de Jack Merriman avec son jeune patron, ni de voir sur leurs visages défiler comme un film la belle cérémonie qui sauverait leur fille perdue d'un si curieux célibat, à déjà trente ans.

« Non, je vais… (Elle eut un signe vers le saloon.) Allons chez toi, je vais chercher de quoi dîner.

— Tu saignes ?

— Ce n'est rien. Je me suis coupée. »

Benjamin prit sa main, embrassa délicatement son doigt enroulé dans une petite serviette en papier. Ma Chérie eut envie de pleurer, voyant passer l'image fugitive des lèvres de G.G. parcourant de baisers sa cheville foulée, il y avait des années. Une éternité.

Elle se dégagea, détournant le visage, rentra dans le saloon.

« Il y a… Il y a des restes que je peux emporter ? demanda-t-elle à Suzie, occupée à récurer une casserole.

— Pour dîner ? Ma Chérie, si tu veux mon avis, il faut que tu rompes. Regarde tes yeux. Tu ne feras pas illusion une semaine de plus.

— Et si ce que tu m'as raconté était faux ? trembla Gloria. Si tu étais juste jalouse ? »

C'était sorti comme ça, un raisonnement désespéré, une pensée que le cerveau en roue libre ne prend pas le temps de poser – vieux reste d'humiliation enfantine.

Suzie Belkin se contenta de poser son torchon d'un geste assez brusque, et ses lunettes papillon dégringolèrent sur son nez. « On a passé ma vie à me mentir, Gloria Mercy Hope Merriman. Mes parents, qui me prenaient en photo avec des putains de ballons et du rouge à lèvres sur la plage de Tampa alors que j'avais à peine dix ans, et qui expédiaient les clichés aux studios d'Hollywood. Mon mari, qui s'envoyait en l'air avec toutes les touristes de Tampa. Ma meilleure amie, qui s'est fait bouffer avec lui par un alligator après une probable partie de jambes en l'air arrosée au bourbon. (Elle avança droit sur elle, et Gloria crut qu'elle allait la frapper.) Alors je me suis promis une chose, Sœur Bigleuse : c'est de ne jamais mentir à personne. Même pas quand la bière est tiède, que Brett Davis est rond comme une queue de pelle et que je pourrais lui en vendre des tonneaux en lui faisant croire le contraire. Même pas quand je te dis que j'ai aimé Benjamin Freeman, mais que j'ai dû renoncer. Toi, fais ce que tu veux. Continue à te mentir, si c'est plus simple pour une miss venue de Miami. »

Suzie reprit son torchon, juste, sembla-t-il, pour avoir l'occasion de le jeter plus fort, marmonnant quelque chose d'incompréhensible qui fit se dire à Gloria qu'elle aussi avait eu son lot de blessures cachées et de grandes trahisons.

Ma Chérie était à bout de tout.

« Il y a de quoi faire un festin dans le réfrigérateur, lâcha Suzie, pour finir. Emporte ce que tu veux. Et sois à l'heure demain. J'ai un commerce à faire tourner. »

« Oh, des gâteaux de crabe et ta fameuse *Key lime pie*. Tu sais qu'elle va devenir mythique ?

— N'exagère pas, Ben, je ne maîtrise absolument pas la meringue. C'est pour ça que je mets de la crème fouettée. J'ai aussi des œufs et des champignons. Je vais faire une omelette, ce n'est pas compliqué. »

Ma Chérie voulait surtout s'occuper les mains, planter ses yeux fuyants sur quelque chose qui demandait autant d'attention que des champignons grésillants risquant de lui sauter à la figure, ou la parfaite coagulation des œufs sous les volutes de sa spatule en bois.

Heureusement, Benjamin avait faim. Il se frotta les mains, lui planta un baiser dans la nuque qui la fit tressaillir alors qu'elle s'affairait au-dessus de la cuisinière. « Veux-tu que je fasse du feu dans la cheminée ? »

Gloria interrompit son geste, laissant brunir le beurre au milieu de la poêle. *Du feu dans la cheminée*. On était fin août, la chaleur humide vous enrobait comme une combinaison d'astronaute, à tel point qu'elle avait senti la sueur couler sous ses seins rien qu'en traversant la rue.

Voilà le genre de choses qui l'effrayaient, maintenant qu'elle les voyait d'un autre œil. Ce désir de perfection amoureuse, familiale, ce fol aveuglement de Ben pour se créer un foyer en oubliant les éléments extérieurs, comme une température de 38 degrés en plein été.

« Il fait chaud, non ? risqua-t-elle.

— Oui, tu as raison. »

Elle battit les œufs dans le saladier, vigoureusement, plus longtemps que nécessaire, tandis que Benjamin dressait la table, assiettes bien nettes, couverts bien droits, allumant des bougies. Il sortit quelques instants, et Ma Chérie le vit revenir avec un bouquet d'hibiscus qu'il arrangea dans un vase, satisfait.

Quand elle voulut sortir les gâteaux de crabe du four, il se précipita : « Attends, je vais le faire, tu as mal au doigt. » Lorsqu'ils étaient arrivés chez lui, il avait soigné sa misérable coupure avec du vinaigre blanc, appliquant ensuite un pansement avec précaution, alors qu'elle n'en méritait pas tant.

Chacun des gestes de Benjamin, chacune de ses paroles interrogeait Gloria, comme si elle était subitement passée derrière une vitre d'observation telle qu'elle en avait vu au commissariat de Miami.

Ils s'installèrent à table, et pour chasser le poids sur son estomac, Ma Chérie pensa au mahi-mahi cuit au citron vert et à l'ouzo dégustés sur le bateau grec, au gré des vagues, l'autre jour.

Elle aurait voulu être avec Marcus. Elle n'avait jamais autant voulu être avec Marcus.

« Tu ne manges pas ? »

Gloria entendit la voix de Benjamin à travers le souffle du zéphyr dans la voile, posa sa fourchette. C'était *maintenant*.

« Benjamin, je ne peux pas faire ça », dit-elle, d'une voix haute qui lui échappa.

Surpris, il la regarda, et elle vit ses yeux encore clairs, la sombre tristesse qu'elle allait y mettre. « Je ne peux pas faire comme si j'étais ta fiancée. Je ne t'épouserai pas, Ben. » Il prit le temps de mâcher un morceau de son gâteau de crabe et répondit : « Bien sûr que si. Ne dis pas de bêtise.

— Et pourquoi est-ce une bêtise que de ne pas vouloir t'épouser ?

— Mais enfin. (Il croisa les mains, patient.) Tout est logique, Gloria. Tout depuis notre enfance nous mène à cela.

— Je te l'ai dit une fois déjà, Ben : nous ne connaissons pas les adultes que nous sommes devenus.

— Moi, je te connais. Plus que tu ne le crois, sous tes airs réservés de femme revenue de tout. De Miami, de l'argent, d'un type qui t'a maltraitée et qui n'était pas là quand tu as perdu votre enfant. »

Ma Chérie recula sa chaise, les mains sur les genoux. Démunie. « Non, tu ne me connais pas. Je n'ai pas fait de fausse couche, Ben. Il n'y avait pas d'enfant. Je me le suis inventé. C'était une grossesse nerveuse, une sorte d'affection psychiatrique, et je ne te l'ai pas dit. »

Il reprit tranquillement une bouchée de gâteau de crabe, baissant les yeux sur son assiette, semblant vouloir se donner le temps de la réflexion. « Ce n'est pas grave. On aura d'autres enfants. »

Gloria secoua la tête. Elle ne savait pas si elle devait partir, là, maintenant, quitter la maison parfaite, avoir peur de son ami.

« Benjamin, j'ai parlé avec Suzie Belkin », dit-elle simplement. Cette fois, il posa ses couverts, passa les doigts dans sa petite barbe, puis ses cheveux.

« D'accord, dit-il. Et alors ?

— Et alors… (Elle prit son élan.) Et alors je viens de t'avouer qu'à un moment de ma vie j'ai eu un problème de… fonctionnement avec moi-même. Et je sais que tu en as un aussi.

— Ah. Et évidemment, tu crois tout ce que t'a dit Suzie Belkin, cette… (Il grimaça.) Cette salope qui t'a harcelée toute ton enfance.

— Ben, il me faudra une seule nuit pour le vérifier, dit-elle doucement. Et tu le sais bien. »

Benjamin hocha la tête, les yeux vides. Puis il s'affaissa, posant son front dans ses mains. « Tu changerais tout, murmura-t-il. Tu changerais tout, Gloria Mercy Hope Merriman.

— Je ne saurais pas faire, Benjamin. Je n'ai pas cette vocation-là… (Elle eut les larmes aux yeux.) Je suis faible, Benjamin. Et je… Je n'ai pas les sentiments suffisants pour cela. Il faut que tu trouves quelqu'un pour t'aider. Moi, je veux juste qu'on aille attraper des écrevisses bleues… »

À ce moment-là, l'air sembla bouger, changer de couleur, de vitesse. Ma Chérie sentit son bras pris dans un étau, une douleur fulgurante, le nez de Benjamin cognant durement le sien. Son haleine, d'épices et de mer mêlées, le sel du crabe au coin de sa bouche.

« Tu gâches tout, putain, tu gâches tout », pleura-t-il, les dents serrées.

28

« Ça ira. C'est juste une luxation du poignet. »

Le médecin, cette femme si moderne aux cheveux gris, aux pantalons d'homme et aux lèvres impeccablement rouges, regagna sa place derrière son bureau, tirant pensivement sur le col de sa veste avant d'écrire sur un papier. « Vous irez acheter cette crème à la pharmacie », dit-elle en le lui tendant.

Gloria ne se souvenait jamais de son nom. Docteur Corcoran ? Colloran ? C'était comme si son cerveau faisait un blocage sur cette personne qui ne se trouvait jamais en face d'elle que pour la renvoyer à ses aveuglements. *Pseudocyesis. Luxation*.

Mais elle ne lui avait pas menti, en lui montrant son poignet bleui, où subsistaient des marques de doigts. Comme Suzie Belkin, elle ne savait plus faire semblant. Si elles voulaient survivre dans ce monde, les femmes devaient faire face. Et manifestement, la doctoresse, installée depuis on ne savait quand dans ce minuscule endroit blanc dépourvu de tableaux à deux dollars, de canevas à la mode surannée de Chooga Pines, en connaissait beaucoup sur les habitants – alors qu'elle-même ne semblait exister pour personne en dehors de son cabinet.

« On appelle cela une névrose traumatique, dit-elle en croisant les doigts sur son sous-main.

— Une luxation ? (Ma Chérie était perdue.)

— Je ne parle pas de vous, mais de lui. Celui qui vous a fait cela.

— Je… »

Gloria s'interrompit, caressant du doigt le bandage autour de son poignet. Elle avait envie d'écouter. De savoir. Elle avait quitté Benjamin sur un claquement de porte, des pleurs, des excuses – « Gloria, pardon Gloria » –, et à l'heure qu'il était, entre chien et loup, elle ne savait pas ce qu'il faisait. Tournait-il en rond dans sa maison parfaite, s'arrêtant sur les reliefs de leur dernier dîner de fiancés imaginaires ?

Sous les nuages bleu nuit, elle avait couru sans réfléchir chez le médecin, s'épargnant ses parents installés tranquillement devant leur télévision, et les mensonges qu'elle n'aurait su inventer.

« C'est un neurologue allemand, Oppenheim, qui a défini le premier cette affection. À l'époque, vers la fin du siècle dernier, la construction des chemins de fer avait provoqué beaucoup d'accidents violents, parce qu'on ne maîtrisait pas encore bien le système. On a vu des gens glisser sur les voies, mourir décapités, coupés en deux. Des trains dérailler. (Le médecin observa brièvement sa patiente, pour vérifier si elle supportait les détails.) Ces accidents dus à la vitesse n'existaient pas avant. Cela a traumatisé les témoins, les rescapés.

— Je ne vois pas le rapport avec ma… luxation du poignet.

— Il y en a un. Après les deux guerres, la psychiatrie militaire a fait le même constat. On observait chez les vétérans des crises de dissociation, suite aux expériences insoutenables qu'ils avaient vécues.

— Je vois.

— On appelle maintenant cela le syndrome de stress post-traumatique. Mais nous n'en sommes qu'aux balbutiements du traitement. Votre… ami souffre de cela. Ce n'est pas lui qui vous a frappée. C'est le soldat qui essayait de survivre en Corée. »

Évidemment, Suzie Belkin avait compris tout cela, se dit Gloria. Il suffisait d'y apposer un jargon médical pour que les terreurs nocturnes, les agressions sans visage, se transforment en maladie.

« Que faut-il faire ? demanda-t-elle.

— Rien qu'il ne veuille pas. Vous savez, les hommes ont du mal avec tout ce qui touche à leur mental. Ils ont peur qu'on les prenne pour des fous.

— Il ne l'est pas ?

— (Le médecin soupira.) Il le deviendra si on ne fait rien pour lui. Mais ce n'est pas à vous de le soigner, Gloria. Pas en l'épousant, si j'ai bien compris ce qu'on dit en ville. Mais en restant son amie, une amélioration est possible. »

Gloria rentra chez ses parents, dans un noir opaque qui lui tomba dessus comme un dernier coup. Elle dut faire attention où elle mettait les pieds, le souffle court lorsqu'elle touchait la clôture de sa main valide, le cœur battant au bord d'une ornière – d'habitude, Benjamin la raccompagnait avec une lampe torche. À Chooga Pines, après le crépuscule, il n'y avait aucun éclairage autre que celui de la lune, et ce soir-là, elle n'en était qu'à son premier quartier.

Comme tous les habitants qui obéissaient sans appel au cycle journalier, Rose et Jack Merriman se couchaient sitôt qu'il fallait utiliser la lumière électrique. Gloria Mercy Hope savait que le grincement de la porte, le gémissement du bois de l'escalier sous ses pieds suffiraient à les rassurer – elle revenait de chez Benjamin, et l'histoire finirait bien, sans être inconvenante puisqu'elle ne passait jamais la nuit chez lui.

Ma Chérie prit un bain, tenant son poignet bandé hors de l'eau. Elle se sentait curieusement maigre, à mi-chemin entre la vieille femme qu'elle serait peut-être un jour, ct la gamine moquée qu'elle avait été. C'était donc cela, mûrir, encaisser, c'était se creuser de l'intérieur jusqu'à ce qu'il ne reste plus aucune illusion superflue.

Dans son petit lit, elle demeura longtemps immobile, les yeux grands ouverts sur rien du tout, les mains croisées sur son bandage. Demain, elle irait voir Ben, lui dirait qu'elle lui pardonnait, qu'ils avaient un chemin à faire tous les deux, même si ce n'était pas celui qu'il voulait.

Elle s'endormit sans s'en rendre compte, l'image de la doctoresse derrière son bureau comme une persistance rétinienne.

Et se réveilla, des cris plein la tête.

« Venez vite, au nom du Ciel, dépêchez-vous ! »

La voix de son père, dans un noir d'encre.

Et il répétait, répétait : « Vite, vite, je vous dis ! »

Gloria sortit de son lit dans une espèce d'ivresse qui la fit tanguer, trébucher et se rattraper à la poignée de sa porte. « Maman, s'étrangla-t-elle, Maman… »

Il était arrivé quelque chose à sa mère, c'était sûr, pour que son père hurlât ainsi dans le téléphone du vestibule.

La lumière était allumée, elle aperçut Jack en pyjama, au pied de l'escalier, le combiné collé à l'oreille.

Puis la chambre de ses parents, dans laquelle elle ne mettait jamais les pieds. « Maman ! Maman ! » la secoua-t-elle. Rose s'assit, ôtant ses bouchons d'oreille. « Oh, Maman, tu vas bien ? hoqueta Gloria.

— Mais que se passe-t-il ? Mon Dieu, pourquoi ton père crie-t-il comme ça… ? (Elle jeta un œil hagard sur le réveil.) Il est trois heures du matin, Gloria, qu'as-tu encore fait ? »

Rien. Elle n'avait rien fait, si ? douta Gloria, haletante, regardant sa main bandée, sa chemise de nuit, pour vérifier si une coulure grumeleuse de cachets ne la tachait pas.

Rien.

« La maison, souffla Jack Merriman dans l'encadrement de la porte. La maison de Benjamin Freeman est en feu. »

29

Les pompiers avaient mis un temps infini à venir de Tampa. En attendant, les ouvriers de la scierie Freeman avaient fait tout ce qu'ils pouvaient pour enrayer l'incendie qui grimpait jusqu'au premier quartier de lune, illuminant Chooga Pines en pleine nuit d'une façon cruellement inédite.

Dérisoires seaux passés de main en main, dans une chaîne humaine en vêtements de nuit. Les robinets de la scierie grondaient, l'eau se répandait sur le sol carrelé entre deux remplissages, mais rien n'y faisait.

La maison du patron était faite du bois découpé ici même, compact, dur, résistant à tout, aux averses, au vent. Mais pas au feu. Dans une contrée régulièrement frappée par les ouragans, un incendie n'était pas la première préoccupation. La gangrène de l'humidité était l'ennemie.

L'eau. Pas le feu.

Ou alors, il fallait le faire exprès.

Serrée dans les bras de sa mère, toutes deux pieds nus dans le chemin de terre, face au spectacle infernal des flammes rouges qui ensorcelaient le ciel impassible, c'est ce que se dit Gloria Mercy Hope Merriman : *il l'a fait.*

Il l'a fait, et c'est ma faute.

On n'avait rien retrouvé de Benjamin dans les décombres, même quelques jours après que le bois compact eut fini de fumer, dans une lourde odeur de pin stagnant sur le village comme un nuage pataud qui ne saurait pas dans quel sens se mouvoir.

Benjamin n'y était pas, avaient assuré les pompiers au comptoir de Suzie qui leur tenait table ouverte. Aucun reste humain. Pas d'os carbonisés, rien que du bois écroulé sur lui-même.

Sur le bureau du jeune patron de la scierie Freeman, le shérif du comté de Hillsborough trouva deux lettres.

Dans la première, Benjamin léguait son usine à ses cinquante-quatre employés. *Il vous faudra partager. Être ensemble pour faire fonctionner une société parfaite.* Le reste relevait d'un charabia humaniste que peu de bûcherons du sud des États-Unis étaient susceptibles de comprendre.

L'enveloppe de la seconde était entourée de tant de tours de papier collant et d'avertissements griffonnés en rouge – *PERSONNEL ! POUR GLORIA MERCY HOPE MERRIMAN UNIQUEMENT !!! NE PAS PARTAGER !!!* – que le shérif, un homme affable qui n'en avait franchement rien à fiche de Chooga Pines, la porta directement à sa destinataire sans prendre la peine de la découper.

Pardonne-moi, avait écrit Benjamin. *Je ne suis pas mort, je suis parti. La mort est laide, je l'ai vue tant de fois, je n'en ai pas voulu… Peut-être un jour nous croiserons-nous ailleurs et redeviendrons-nous des enfants.*

Ma Chérie referma la lettre, tremblante, et la plia, la plia encore jusqu'à ce qu'elle ne fasse qu'un petit rouleau semblable à une cigarette. Déboutonna la chemise de nuit qu'elle n'avait pas quittée depuis trois jours et cala le papier sous son sein gauche, au palpitant du cœur, se couchant en chien de fusil dans son lit d'enfant pour que, collé par une sueur chaude, il ne tombe pas.

La semaine suivante – et cela allait durer plusieurs mois, plusieurs années à Chooga Pines – on dirait que Benjamin Freeman avait été aperçu sur la route du Nord, avec une pancarte qui disait simplement : *Californie*.

Un type au saloon de Suzie assurerait l'avoir pris en auto-stop, puis un autre, sans que Gloria lève les yeux de son évier. Suzie, elle, se contentait de hocher la tête.

Benjamin Freeman, « l'homme libre » tel que le disait son nom, le jeune patron dont les employés admiraient l'héroïsme de guerre mais en ignoraient pudiquement le calvaire, était devenu la silhouette d'un rêve que personne n'osait encore vivre – celui des plaies soignées, de l'abandon des conventions, de la liberté d'être soi et d'aimer les autres, même imparfaitement, même pour un bref instant.

30

L'automne qui suivit fut plombé par le silence de l'incompréhension – ou, cela arrivait, les condoléances maladroites à la presque veuve qui officiait sans rien dire dans la cuisine du saloon, à parfaire ses *Key lime pies* comme si elles étaient à chaque fois les dernières.

À force d'obstination maladive, Ma Chérie avait trouvé le tour de main inexplicable, le bon grammage du blanc d'œuf, la précise température du four. C'était doré sur le dessus, moelleux au-dessous, les bulles sucrées opéraient comme un remède miraculeux dans un tube à essai.

Quand elle les servait aux tablées de bûcherons de la scierie Freeman, occupés à rédiger elle ne savait quelle convention, tous levaient la tête vers elle, et Gloria se disait que s'ils avaient eu un chapeau ils l'auraient mis sur le cœur et auraient entonné l'hymne national. L'un d'entre eux finissait par lui murmurer en lui serrant la main : « Ne vous inquiétez pas, madame, on fait tout bien. »

Madame.

Quelle madame ? Je n'ai jamais été Mme Freeman.

Et, Seigneur, culpabilisait-elle, aucun d'eux ne se doute que de ce foutu village, c'est moi qui ai tout fait partir en fumée ?

« Non, lui disait Suzie. Ils vénèrent Benjamin pour l'héritage qu'il leur a légué, mais se disent que toi, tu es une victime. »

« Ce n'est pas ta faute, disait Rose. Ce garçon a eu un coup de folie. » Mais elle n'épiloguait pas, se penchant sur son canevas.

« Il était ce qu'il était, disait Jack en jetant son mégot du matin dans le jardin.

— Pourquoi avoir voulu me marier avec lui ? » lui demandait Gloria, frissonnante dans son gilet tricoté.

L'herbe maigre du petit jardin lui grattait la plante des pieds. Comme tout ici l'accrochait, d'ailleurs – le vent, le regard des gens.

« Parce que vous alliez bien ensemble. »

Et puis il partait à la scierie, silhouette massive laissant sa fille sombrer dans un abîme de doute.

Évidemment, Marcus fut le seul à se frayer un chemin dans ses pensées cycliques, un jeudi où elle plantait le nez dans l'assiette de gaufre au poulet que venait de lui servir Nola : « Tu devrais au contraire être fière. Parce que c'est toi qui lui as donné la clé pour sortir de la prison qu'il s'était construite. »

Il était assis en face d'elle, les doigts croisés, les yeux profonds, respectant son mutisme.

« Parfois, lui dit-il, il faut partir. C'est le plus beau des chemins.

— Pourquoi ? lui demanda-t-elle mollement en relevant la tête.

— Parce que partir, c'est un espoir. »

Ma Chérie repoussa son assiette, dans un petit rire amer. « Ah oui ? Quand je suis partie de chez moi, je n'avais plus rien. Je n'espérais rien. Et j'ai tout perdu, même mon ami d'enfance.

— Parce que d'où tu es partie n'était pas chez toi. (Il soupira.) Les autres sont les autres, Gloria. Ils ne dépendent pas de toi. Pas plus que tu ne dépends d'eux.

— C'est ce que tu essaies de faire ? De ne pas t'attacher, de ne dépendre de personne ? »

Il y eut un silence triste, qu'elle essaya d'effacer en lissant la serviette sur ses genoux, encore et encore, jusqu'à ce qu'il n'y ait plus aucun pli.

« Gloria, dit Marcus. Hé, blondinette. »

Et pour la première fois, il toucha son visage, saisissant son menton entre deux doigts, le relevant vers lui.

« La sagesse ne s'attrape pas comme ça. Il faut avoir vécu des épreuves, il me semble. Tu es sur le chemin, même si c'est difficile. »

L'esprit de Gloria bifurqua vers Key West, cet éden inconnu.

« C'est parce que tu es devenu sage que tu vas partir ?

— Non, mon Dieu. (Il rit.) Si je ne suis pas encore parti, c'est parce que je n'ai pas assez d'argent.

— Que feras-tu ?

— À Key West ? Je pêcherai. Je n'ai pas d'autre talent, blondinette. Je ne sais pas chanter comme Sammy Davis Jr ou jouer de la trompette comme Satchmo, tu sais, Louis Armstrong et sa bouche en porte-monnaie, comme on dit. Le talent te sort de ton histoire. Moi je ne sais rien faire d'autre que pêcher. (Il hocha la tête.) J'étais un bon instituteur, je crois. Mais c'est terminé. Alors, sitôt que j'aurai les moyens d'acheter un bateau, j'irai à Key West. En attendant, cet hiver, je travaillerai sur les bateaux des autres, à la haute saison.

— Pourquoi là-bas ?

— Parce que quand j'étais petit, Ari m'y a emmené. (Il laissa passer une absence.) Après ce qui était arrivé à mon père. Avec le Klan. »

Marcus tourna la tête vers la cuisine, comme s'il craignait que sa sœur l'ait entendu. Mais l'eau qui se fracassait dans l'évier couvrait tout autre bruit.

« Qu'est-il arrivé, Marcus ? » Ce disant, Ma Chérie avait le sentiment que pour aller jusqu'au bout de cette relation, il lui faudrait se confronter au pire. À ce qu'elle n'avait jamais compris en lisant, enfant, *La Case de l'oncle Tom*. Ce qu'elle avait pris pour un roman sentimental, enrobé de christianisme où chacun acceptait son sort, était en fait un manifeste antiesclavagiste – voilà ce que lui avait expliqué un jour cet homme assis en face d'elle.

Toute sa vie elle avait été figée dans ce romantisme dont les mêmes préceptes idéalisaient la Mamma noire d'*Autant en emporte le vent* qui serrait avec autorité le corset de Scarlett O'Hara. Romantisme qui rangeait les êtres humains en un équilibre pratique. Ceux du dessus, ceux du dessous, et ainsi fonctionnait le monde, bienveillant, pragmatique – blanc.

« Mon père. Je ne l'ai pas connu. C'est un tabou, dans la famille. Tout juste ai-je su qu'il avait été pris par le Klan. Voilà ce que ma mère nous a toujours dit : "Pris par le Klan." Une absence qui tient en quelques syllabes. Le reste… Je n'ai fait que l'imaginer. Lynché, brûlé vif, pendu à un arbre… Il y a des horreurs qu'on ne détaille pas à ses enfants, je suppose. »

Marcus s'interrompit, avalant quelques gorgées d'eau. Gloria ne respirait plus, voulant retenir sa main sur son visage – n'osant pas.

« Après, continua-t-il, à force de retenir tout cela, notre mère a toujours été malade. Avec mon frère, on était des garçons turbulents, alors Ari la débarrassait de nous. Je ne sais même pas comment ils se sont connus, tous les deux, encore un mystère. Notre généalogie en est pleine. (Il eut un petit rire, voulant changer d'atmosphère.) Bref, sur le bateau d'Ari, on apprenait la patience. À Key West, on était sur une île, attachée on ne sait comment au territoire qui a vu arriver nos ancêtres dans des conditions atroces, mais où nous sommes nés. Je ne saurais t'expliquer ce sentiment… Key West, c'est à la fois être en Amérique, et ne pas y être. Comme nous. »

Rattrapé par son récit, Marcus avait lâché le menton de Gloria depuis un long moment, mais elle sentait toujours son empreinte.

« Tu es là, au milieu de l'océan, au point extrême des États-Unis. (Il s'éclaircit la voix.) Et il y a les plus beaux couchers de soleil du monde. »

Et Marcus se détourna, comme si, en parlant de coucher de soleil à une Blanche, il avait transgressé une règle sociale. « Nola, lança-t-il à sa sœur, tu nous apportes une glace à la noix de pécan ? »

Gloria trouva que sa voix tremblait un peu.

Nola n'avait rien vu de leur rapprochement, occupée qu'elle était maintenant à faire ses comptes, tournée vers le transistor et le blues craquelant de Big Bill Broonzy qui collait aux murs ombreux du minuscule restaurant déserté en cet après-midi de fortes pluies. Gloria n'était pas sûre qu'elle aurait apprécié.

Marcus avait suivi son regard. « Elle t'aime bien, dit-il. Tu sais, elle a vingt-huit ans, elle ne s'est pas mariée, n'a pas d'enfant, parce qu'elle a cette hargne à… (Il secoua la tête, cherchant ses mots.) Elle se bat tous les jours pour être une Noire indépendante, ça la rend un peu dure, parfois.

— Je l'aime beaucoup. J'aimerais être aussi forte qu'elle.

— Tu l'es. »

En chantonnant, Nola leur apporta leur dessert, qu'ils commencèrent à déguster en silence, Ma Chérie creusant des sentiers dans la montagne de crème glacée avec sa cuillère, la retournant dans sa bouche comme une gamine, pour que l'arôme de la vanille glisse sur sa langue, doucement.

Ces instants taiseux ne la gênaient pas. Elle ne ressentait pas avec Marcus la nécessité de meubler la conversation, comme elle avait dû le faire toutes ces années à Coral Gables.

« Sais-tu que le président Kennedy viendra à Tampa à la mi-novembre ? »

Marcus leva les yeux sur elle, avec un soudain enthousiasme. Et elle pensa à Benjamin, à son discours enflammé sur Kennedy et le Vietnam, à la certitude qu'il avait que jamais plus une guerre ne prendrait les jeunes hommes d'Amérique.

« Voici justement un espoir. Hein, Nola ? interpella Marcus.

— Quoi ? répondit sa sœur, de la cuisine.

— Le président Kennedy. La déségrégation », renchérit Marcus, lorsqu'elle fut près d'eux, main sur la hanche et torchon sur l'épaule. On aurait dit qu'il voulait qu'elle parle à sa place, parce qu'il était troublé pour un nombre infini de raisons.

« Oui, fit Nola. On ira le voir. La Floride, c'est un endroit dangereux pour le Président. Il en a beaucoup fait pour nous. Il a permis au premier étudiant noir d'intégrer l'université du Mississippi l'année dernière.

— Il a fallu que l'étudiant soit encadré par la force publique pour pénétrer sur le campus, confirma Marcus.

— C'est à se demander pourquoi nous restons dans le Sud…

— Parce qu'il ne faut pas se retrancher dans le Nord, rétorqua Marcus. Sinon, cela veut dire que la guerre de Sécession n'est pas finie. »

Seigneur, se dit Ma Chérie. Quelle indécence elle avait eue à pleurer sur son sort, ses bijoux, son hacienda. Elle découvrait seulement comment se construire, alors que Marcus et Nola n'en auraient jamais terminé.

« Tu viendras avec nous ? demanda Marcus.

— Bien sûr, répondit Ma Chérie. Bien sûr que je viendrai. »

Elle irait voir le président Kennedy passer à Tampa, pour Marcus, pour Nola, pour leur père disparu – et pour Benjamin, même trois secondes au bord d'une route, dans la foule. Et sûrement qu'il faudrait qu'elle s'intéresse à la politique, alors qu'elle n'avait jamais rien compris à cette course au pouvoir à laquelle les femmes n'étaient pas invitées.

Ce soir-là, un paysage inconnu, bleu, où tanguaient doucement des bateaux devant des maisons de pêcheurs, fut la dernière image qu'elle aperçut avant de s'endormir.

31

Les jours dégoulinaient sous les pluies d'automne qui avaient fini de nettoyer les résidus de la maison parfaite de Benjamin. À la place, un carré parfait, où repoussait parfaitement la laîche – comme des bandes de police auraient tracé le contour d'un cadavre.

Les bûcherons de la scierie Freeman avaient creusé le sol, en extrayant les fondations à coups de pioche. Ils n'étaient pas obligés de faire cela, mais c'était pour eux une façon d'enterrer avec respect leur patron même pas mort.

Ils avaient compris, ces gars de Chooga Pines, que ce jeune type avenant, moderne, avait dû composer avec un rôle qui n'aurait jamais dû être le sien, et davantage de deuils qu'on pouvait en supporter – ceux de la guerre, du père rongé par un cancer, de la mère morte en couches que tout le monde avait oubliée. La culpabilité, l'absence de frère, de sœur, qui l'obligeaient à forcer sa nature pour mériter sa place.

La maison parfaite de Benjamin Freeman était plus haute que large. Il avait construit des étages, dans une fiévreuse ascension – comme la veuve Winchester.

Il ne fallut pas longtemps pour que le terrain attenant à la scierie fût déblayé, remblayé, ratissé jusqu'à la moindre racine de mauvaise graminée, avant qu'on y plante un jardin d'hibiscus qui, de toute façon, y aurait poussé tout seul.

Contrairement aux hommes, la mangrove était inaltérable.

32

C'était un tournis, comme quand, enfant, on lève la tête au ciel pour voir les feux d'artifice du 4 Juillet, se cognant aux autres en riant. « Pardon », s'exclamaient les gens. Il y avait cette communion, cette ivresse.

Mais des lazzis, aussi, de groupes tenus à l'écart, tant bien que mal, par la police de Tampa.

On n'était pas loin de Lakeland, le fief local du Ku Klux Klan.

Ma Chérie, elle, humait le spectacle et l'odeur lourde des pots d'échappement du convoi présidentiel, bousculée entre Marcus et Nola. Une main s'agitant à l'arrière d'une Lincoln noire, le large sourire de John Fitzgerald Kennedy, et on oubliait le métal tubulaire de la barrière de sécurité qui vous pliait le ventre sous la pression du peuple.

Il y avait donc de l'espoir, se disait Gloria, se voyant intégrée dans un groupe afro-américain – des amis de Marcus et de Nola qu'elle avait croisés dans les rues d'Ybor City. Ceux qui avaient jadis levé sur elle un œil méfiant mais qui la prenaient ici par le bras, la protégeaient là d'un drapeau s'agitant trop près.

Kennedy avait atterri à la base militaire de MacDill, et pour la première fois un président en exercice prenait un bain de foule. Ses agents de sécurité, costume sombre impeccable, lunettes noires, étaient au bout de ce que leur mission exigeait : et si, dans cet État des plus ségrégationnistes, on tirait sur le Commandant en Chef ?

Ce n'était pas possible. Jamais cela n'arriverait.

Kennedy n'avait pas encore déclaré sa candidature à sa réélection, un an plus tard. Il avait annoncé sa venue à Tampa comme « non politique ». Mais personne n'était dupe. Et il était loin de faire l'unanimité.

Sauf au restaurant de Nola Schenker, le soir, où un groupe d'admirateurs fêtait la courageuse considération dont le Président avait fait preuve en descendant jusqu'à eux.

On but de la bière, on mangea des gaufres au poulet, aux crevettes et au poisson-chat, dont Nola chargeait les plateaux qu'elle faisait danser au milieu des tables.

Ma Chérie l'aidait, grillant le poisson sur la petite cuisinière, sortant le poulet du four. « Tu vois que tu sais faire », fit Nola à un moment, avec un clin d'œil. Gloria en ressentit un bonheur simple, qui chassa de ses pensées Benjamin et tout ce qu'il avait raté d'aujourd'hui.

Et puis, quand tout le monde fut parti, elle contempla la pièce vide où flottait encore mollement l'écho des exclamations des convives, goûtant la perfection incompréhensible d'un instant. Bien plus précieux que ces soirées dans son patio bouffi de fleurs, à Coral Gables, dans les bras traîtres de Gerry Grayson.

« Je rentre chez moi, dit Nola. Tu diras à Marcus de fermer ? »

Gloria hocha la tête. À ce moment, elle n'aurait su définir ce qui passait dans le regard de Nola, qui se cala une seconde dans le sien. Une absolution ?

Le silence bourdonnant à ses oreilles, elle tourna les boutons de la radio, se sentant chez elle comme elle ne l'avait jamais été.

Et puis, dans le courant d'air à la traîne de Nola, Marcus revint, sourire aux lèvres. Il venait de quitter ses amis sur le trottoir d'Ybor City, dans la promesse d'un avenir meilleur.

Du transistor un doux refrain s'échappa – et, mon Dieu, il n'aurait pas pu être plus ponctuel.

Quand la nuit est venue
Et que la terre est sombre
Et que la lune est la seule lumière que nous voyons
Non, je n'aurai pas peur
Tant que tu restes
Tu restes contre moi

Ben E. King, ce gamin chanteur de gospel en Caroline du Nord, qui, comme le disait Marcus, grâce à son talent avait transcendé son histoire, chantait à l'oreille de Gloria Mercy Hope Merriman – *Je ne pleurerai pas / Non je ne verserai pas une larme / Tant que tu restes / Tu restes contre moi*.

Quand Marcus la prit dans ses bras, une main sur sa nuque, l'autre sur sa taille, et que le tournis de la journée les enroba de nouveau, il y eut une logique qui lui épargna la réflexion, et elle s'abandonna contre le torse de son ami, un pied maladroit après l'autre.

Oh, reste, reste contre moi, reste contre moi
Si le ciel que nous contemplons
Devait dégringoler et tomber
Ou si les montagnes devaient s'écrouler dans la mer
Je ne pleurerai pas, je ne pleurerai pas
Non, je ne verserai pas une larme
Tant que tu restes
Tu restes contre moi

Gloria obéit à la chanson, collant son front dans le cou de Marcus, respirant son odeur apaisante. Elle voguait entre le bois de la mangrove, la vanille des gaufres et le sel de Key West. Ma Chérie n'aurait su dire, elle avait connu si peu d'hommes – Jackson s'aspergeait d'un parfum français trop fort et G.G., lui, vous expédiait une lavande franche comme une garantie de propreté.

Marcus serra ses doigts dans ses cheveux courts.

À chaque fois que tu es malheureuse
Pourquoi ne resterais-tu pas contre moi
Oh, reste contre moi

Et Ma Chérie se pressait contre lui, défiant les lois ancestrales, défiant l'Amérique, défiant les connasses de la Cité Radieuse, les *rednecks* dans le bus – se défiant elle-même, la somme de tout cela.

Il baissa la tête, sa joue caressant la sienne, leurs peaux l'une contre l'autre dans une indicible douceur. Elle sentit son chapeau tomber, effleurant dans un léger courant d'air la main qu'elle avait posée sur sa nuque. Sa bouche qui se rapprochait de la sienne, hésitante, pour finir par s'ajuster, à la commissure l'une de l'autre. Sans aller plus loin.

Reste contre moi, oh, reste contre moi

Et la main de Marcus glissait sur son dos dans un frisson, la pression de ses doigts accélérant les battements de son cœur, par surprise. Un corps ne pouvait pas survivre à cela, pensa Ma Chérie quand, dans un étourdissement, elle s'entendit dire : « Marcus, emmène-moi chez toi. »

C'était un petit appartement d'Ybor City, juste à côté du restaurant de Nola. Gloria Mercy Hope Merriman n'en vit rien, pas plus qu'elle n'en avait vu du court trajet, enlacée à Marcus, sous la pluie dont il les abritait sous sa veste tenue à deux mains au-dessus de leurs têtes.

Mais quand elle le quitta, dans une aube fraîche, elle sut qu'elle ne voudrait plus jamais toucher une autre peau que la sienne, partager d'autres baisers que les siens, appeler un autre prénom.

33

Le père fumait sa cigarette du matin, assis dans une brume tiédissante. On aurait dit qu'il l'attendait.

« Papa », fit simplement Gloria, arrivant au bout du chemin, devant la maison comme tracée sur un tableau impressionniste, par petites touches brunes et grises sous un reste de pluie.

Elle avait sur elle l'empreinte des doigts de Marcus, son souffle dans son oreille. Ce matin, en partant, elle avait embrassé son torse brun et il avait relevé son menton : « Je ne sais pas ce qui est bien, avait-il murmuré. Mais je sais que je t'aime. »

Cela se voyait-il comme les yeux au milieu de sa figure à elle, cet amour-là ? se demanda-t-elle en serrant contre sa poitrine les pans de son gilet. Son sac à main Dior, un des derniers vestiges de son passé, lui battait le flanc comme un rappel de sa condition, futile, protégée, blanche.

« Brett t'a vue hier, fit Jack Merriman, jetant son mégot.

— Brett ? Brett qui ? »

Gloria passa la main dans ses cheveux, essuya le reste de maquillage autour de ses yeux, essayant de gagner du temps. Elle se foutait bien du nom de famille du Brett en question – seule l'inquiétait l'expression du père, fermée, rude.

« Brett Davis. Un bûcheron de la scierie. Tu le connais.

— Ah. Brett Davis. Oui. (Elle passa d'un pied sur l'autre.)

— Il était allé voir passer le président Kennedy. Ne me demande pas pourquoi ce fichu *redneck* est soudain devenu démocrate, ça doit être la curiosité. Bref, il t'a vue.

— Oui, j'y étais. (De nouveau, un pied puis l'autre.)

— Tu étais avec des Noirs. Et l'un d'eux te tenait par la taille. »

Ma Chérie se sentit redevenir gamine, prise en faute comme quand elle laissait malencontreusement voir sa culotte à Benjamin en grimpant sur les racines-échasses des palétuviers rouges.

Et puis elle pensa à Marcus, sa joue caressant la sienne, cette façon lente et respectueuse qu'il avait eue de faire glisser son pantalon sur ses cuisses, d'ôter son chemisier, ses yeux semblant toujours chercher une autorisation dans les siens.

Elle pensa à la paix qui l'avait saisie lorsqu'il l'avait bercée dans ses bras, leurs corps nus hésitant, longtemps – et la plénitude, ensuite, lui en elle. C'était si différent des étreintes acrobatiques de G.G., qui, disait-il, voulait la voir sous tous les angles.

Marcus. Cette absolue tendresse.

« Et alors ? » lança-t-elle, le menton frémissant.

Jack Merriman la considéra un instant sans laisser transparaître d'émotion particulière, ses lourdes mains ballant sur ses genoux. Et, alors que sa fille allait baisser le regard, il le fit avant elle, fouillant dans sa poche pour en extirper son paquet de cigarettes, en allumer une autre – ce qu'il ne faisait pas les autres matins.

« Et alors, il faut juste que tu saches que ce sera difficile. »

Surprise, Ma Chérie se tordit la cheville, se rattrapant de justesse à la table en bois sur laquelle aucune grande famille n'avait partagé le barbecue du dimanche.

Quoi ? Jack Merriman, le solide bûcheron venu d'Arkansas, ne lui faisait pas sa leçon de Blanc républicain ? Son père tendait la main vers elle, et elle se souvenait de ses bras la saisissant, un petit matin de printemps. Il lui avait sauvé la vie. Qu'allait-il en faire, maintenant ?

« Papa, murmura-t-elle, repoussant le poignet sur son bras. Tu ne sais même pas…

— Gloria Mercy Hope Merriman, la coupa-t-il. Tu vas m'écouter. Tu ne m'as jamais écouté. Tu as vécu ta vie en oubliant la nôtre. Que crois-tu ? Que nous n'avons pas existé avant toi ? Bon sang… (Il leva les yeux au ciel, fulminant.) Lorsque j'ai rencontré ta mère, elle était femme de chambre dans un motel et elle n'osait même pas me regarder en face. À cette époque, je faisais la route entre Atlanta et Fort Lauderdale, des troncs d'arbres sur la remorque du camion. On bâtissait des abris pour les forestiers, dans le parc national des Everglades. »

Il tira sur sa cigarette, Ma Chérie s'assit à l'autre bout du banc, timidement. Jamais son père ne lui avait parlé si longuement. Et ce n'était que le début.

« Les Everglades sont un territoire séminole, mais Rose n'y était pas la bienvenue. Ta mère était née hors mariage. Son père était le propriétaire d'un de ces casinos qui employaient les Indiens. Il venait du Texas. (Une autre bouffée, un regard lointain.) Rose n'était chez elle nulle part : indienne chez les Blancs, blanche chez les Indiens. Bref. »

Il y eut un silence que Gloria n'osa rompre. Elle n'avait jamais rien su de tout cela, ses parents étaient si tranquilles, si installés.

Au fond, elle savait où Jack Merriman voulait en venir, mais ignorait comment il y parviendrait. « Bref, répéta-t-il. Il s'est passé ce qu'il s'est passé, entre elle et moi. Ce qu'il se passe peut-être pour toi.

— Papa…

— Ç'a été très difficile. À Tampa, les épiciers la regardaient de travers, comme une voleuse. Quand elle allait acheter de l'aspirine, le pharmacien la servait en plaisantant sur les remèdes vaudous ou je ne sais pas quoi qu'elle aurait été capable de fabriquer elle-même. C'est pourquoi on s'est enfoncés dans la mangrove, à Chooga Pines. À l'époque, il n'y avait qu'une douzaine de maisons autour de la scierie, et des bûcherons bien trop occupés à gagner leur croûte pour faire attention à une jeune femme plus basanée qu'eux. » Il eut un petit rire, ramenant son regard sur sa fille : « Et puis j'étais le plus costaud. Dans un village, tu peux facilement être le plus costaud. »

Il se détourna de nouveau, plantant son regard vif sur la ligne filandreuse de nuages qui menaçaient de se rompre à tout instant. Jack Merriman n'avait pas parlé d'amour, le bûcheron venu d'Arkansas était bien trop fier.

Mais c'était bien de cela qu'il s'agissait.

Gloria Mercy Hope Merriman serra ses mains entre ses genoux, frissonnante. « Mais toi, soupira le père. Mais toi, ma fille, je ne sais pas si tu es la plus costaude du village. Tu comprends ? Et je ne veux plus que tu souffres du regard qu'on pose sur toi. Où que tu ailles. »

Il l'observait, à présent, une extraordinaire clarté dans les yeux, les sourcils haussés sur un front large. Sœur Bigleuse y vit passer tout ce qui fait la paternité – la pudeur, l'inquiétude. « Je ne souffrirai pas, dit-elle. Je te le promets. » Elle avait envie de pleurer.

Jack Merriman hocha la tête et se leva, prêt à partir.

« Jack ? »

Rose se tenait sur le pas de la porte, enveloppée dans un châle fait de petits carrés de tissus multicolores cousus minutieusement entre eux – l'allégorie d'une vie.

Depuis combien de temps était-elle là ?

« Jack, tu oublies ta sacoche. Je t'apporterai ton déjeuner. » Elle tendit à son mari un sac en cuir usé qu'on avait toujours connu dans cette maison, regarda sa fille : « À moins que tu ne veuilles le faire, Gloria ? Apporter le déjeuner à ton père à la scierie ?

— Oui. Oui, Maman.

— Bien, fit Rose. À midi. »

Le père et la mère se retournèrent chacun de leur côté, laissant leur fille chamboulée, le visage de ses trente ans peu à peu gagné par de bienfaisantes larmes d'enfance.

Elle arriva en retard au saloon, et essuya un soupir réprobateur de Suzie qui retournait des pancakes quatre par quatre dans une poêle fumante.

« Pardon, souffla Ma Chérie en enfilant prestement son tablier.

— Ils ont bientôt terminé, de toute façon, fit Suzie avec un geste du menton vers un dernier groupe attablé. Va donc leur servir du café tiède, qu'ils déguerpissent le plus vite possible, j'en ai ma claque.

— Excuse-moi », réitéra Sœur Bigleuse, prise en faute.

Quelle heure était-il ? Elle attrapa la cafetière à moitié vide, jeta un œil sur la pendule.

Nom de Dieu, presque neuf heures. Elle aurait dû être là à sept heures.

Il lui avait fallu ce recul pour prendre une douche dans la salle de bains de sa chambre de gamine, l'eau glissant sur elle comme avaient glissé les mains de Marcus. Son *amant*.

Le front lourd sous le jet puissant qui massait sa nuque fine, elle avait tourné plusieurs fois le robinet d'eau chaude, quitte à se faire engueuler par Rose qui ce soir lui reprocherait d'avoir vidé le chauffe-eau. Elle avait besoin de regarder ses jambes, son ventre sous la cascade, comme elle ne les avait pas regardés depuis longtemps, et d'y retrouver du plaisir.

Marcus, son *amant noir*. Qu'avait-elle cru ? avait-elle souri ensuite devant le miroir, caressant ses seins à l'huile de coco. Que son corps changerait subitement à ce contact que les lois du Sud établissaient comme contre nature ?

Cela avait été si simple, au contraire.

Il lui avait fallu ce recul pour s'habiller alors qu'elle n'en avait aucune envie, voulant simplement se glisser sous ses draps, retenir la nuit, encore un peu.

« C'était bien, au moins ? demanda Suzie alors que les derniers bûcherons franchissaient la porte.

— Quoi ? » Torchon à la main, Gloria fut saisie dans ses pensées. Le feu lui monta aux joues. De quoi voulait-elle…

« Kennedy. C'était chouette ? fit Suzie, les yeux au ciel.

— Ah, souffla Ma Chérie. Oui, c'était… impressionnant. Il y avait un monde fou. »

Brett Davis avait-il parlé ?

Suzie sembla hésiter, s'essuyant les mains, puis poussant vers elle un journal grand ouvert sur le comptoir. « Tiens, dit-elle, il y a là-dedans quelque chose qui devrait t'intéresser. » Le *Miami Herald* arrivé ce matin par sa livraison bihebdomadaire.

Méfiante, Gloria parcourut les photos du président Kennedy à sa descente d'avion. Serrant des mains. Souriant de son grand sourire blanc d'Américain. La foule. Seigneur, se dit-elle, tremblant un peu. Et si on y voyait Marcus la tenant par la taille ? À quel scandale exposerait-elle encore ses parents, qui s'étaient montrés plus proches d'elle qu'ils ne l'avaient jamais été ?

« Plus loin », lui dit Suzie.

Ma Chérie avança, l'encre lui tachant les doigts, l'esprit en fuite.

Et là, en pleine page, un gros titre, des encarts, des clichés de toutes tailles : *Défilé de vedettes au procès de l'escroc de Miami*.

Gerry Grayson, le roi de Coral Gables, grimpait l'escalier du tribunal dans un costume flottant, les yeux éteints, fantastiques paradoxes aux cheveux que les flashs éclairaient d'un blanc brillant. Il s'en dégageait quelque chose d'ésotérique, comme d'un gourou.

À ses côtés, Lily Grayson, nerveuse et minuscule, avait les yeux creux de quelqu'un que l'on fait tenir debout pour sauver les meubles.

Ma Chérie n'arrivait pas à se détacher du visage maigre de G.G., vidé de toute substance.

« C'est lui, n'est-ce pas ? demanda Suzie, par-dessus son épaule.

— Oui.

— Punaise, il avait l'air pas mal.

— Il l'était. »

Ensemble, elles lurent les articles dans un silence découpé par les pales des ventilateurs qui diffusaient l'odeur des saucisses et des pancakes dans tout le saloon. On y parlait de millions de dollars, de vingt années de détournements, de vedettes de cinéma comme Zsa Zsa Gabor ou Joan Crawford, de play-boys comme Porfirio Rubirosa, et même d'un prince russe, Vladimir Kirillovitch, descendant des Romanov. Tous escroqués.

Et, au niveau du dessous, des cohortes embijoutées de Sharon Wilcox, de Janice Delaney, de maris argentés et de pépiantes copines.

« Merde », fit Suzie en remontant ses lunettes, pointant quelques lignes d'un ongle vermillon.

> Plusieurs ont témoigné de l'existence d'une maîtresse de M. Grayson, qui a de longues années vécu de ses largesses, semble-t-il en toute innocence. Miss X a quitté la ville pour une destination inconnue, aucune charge n'ayant été retenue contre elle, sinon celle, d'un point de vue moral, de sa naïveté.

Mais, dans cette affaire extraordinaire, la justice a malheureusement assez à faire pour se mêler de morale…

« Connard, siffla Suzie. Je te jure, ma poule, Miami ça brille peut-être de partout, mais tu es bien mieux à Chooga Pines.

— Honnêtement, je ne sais pas, Suzie, murmura Ma Chérie. J'aimais Miami. (Son regard vogua au-dessus de la route qu'elle avait empruntée quelques mois auparavant.) J'aimais l'Art déco de Collins Avenue, à South Beach… L'océan, surtout, qui frappe le ponton de South Pointe Pier. Tu es là, au milieu de l'eau, c'est tellement… (Elle réfléchit.)… libérateur… Et puis Coconut Grove, on dirait une carte postale du paradis. Les rues tranquilles de Coral Gables, toute cette verdure derrière laquelle on se cache. Le *Biltmore Hotel*, la villa Vizcaya, où on se montre. (Elle soupira.) Tu diras que ce sont des trucs de riches. Mais moi, je crois surtout qu'où qu'on soit… le malheur, c'est de ne pas être avec la bonne personne. »

Suzie ne répondit pas, s'abîmant de nouveau dans la lecture de l'article. L'idée traversa Gloria que cette curieuse… amie ? n'attendait déjà plus grand-chose de l'amour. Et elle se sentit mi-stupide, mi-coupable du bonheur tranquille qui l'avait étreinte la nuit précédente.

Au reportage, il ne manquait que la conclusion. Ma Chérie la lut avec une appréhension qui la surprit elle-même : Gerry Grayson, le grand moghol de la Cité Radieuse, avait été condamné à cent soixante-quinze ans de prison – en fonction de ce système judiciaire qui cumulait les peines au lieu de les confondre.

Cent soixante-quinze ans de prison.

C'était presque risible, se dit-elle, une main devant la bouche. G.G., ses costards, ses chaussures italiennes, ses réveils langoureux, ne seraient plus que poussière mêlée à la terre sèche du cimetière de la prison d'État de Raiford lorsqu'un lointain héritier ruiné aurait peut-être l'idée de l'en sortir dans une petite boîte, pour le répandre dans la baie de Biscayne, après un courrier signifiant la fin de sa peine.

« Mmh, fit Suzie. Crois-tu que tu pourras de nouveau faire confiance à un homme ? »

Sœur Bigleuse abandonna G.G. à son sort, levant les yeux sur la tortionnaire de son enfance qui, au fond, avait tant besoin qu'on l'aime, qu'on la considère.

« Oui, répondit-elle. Oui, Suzie, je crois. »

34

Cette semaine n'aurait pas de jeudi, puisqu'elle avait eu un lundi – celui du président Kennedy. Suzie avait été très ferme là-dessus : « Pas deux jours de congé, Ma Chérie, sinon moi, je ne m'en sors pas. »

De toute façon, Gloria n'aurait su qu'en faire. Serait-elle descendue de la Buick à Ybor City comme si rien ne s'était passé ? Marcus l'aurait-il simplement embrassée sur la joue, comme d'habitude, ou l'aurait-il prise dans ses bras ? « Je sais que je t'aime », lui avait-il dit. Cela signifiait-il qu'elle était maintenant sa petite amie, ou était-ce une façon d'exprimer le regret de cette vie qu'ils n'auraient jamais ensemble – pas dans cette société-là ?

Curieusement, elle ne ressentait aucune urgence à le savoir. Marcus était là, c'était une certitude. Elle entrevoyait le cadeau qu'il lui avait fait du véritable amour comme un péril qui valait d'être affronté. Pas comme l'écueil grotesque sur lequel l'avait précipitée G.G.

Alors Gloria n'aurait peut-être pas assez de cette dizaine de jours qui la séparaient du prochain rendez-vous pour se poser toutes les questions du monde, se préparer à affronter l'avenir, quel qu'il soit, en méditant ce que lui avait dit celui qui n'était pas encore son amant, le lundi : « Le racisme, c'est un instinct grégaire. Une histoire de troupeau, vois-tu. Les gens n'aiment pas ce qu'ils ne comprennent pas. Et ils le font tous ensemble. Mais bientôt, de plus en plus sortiront du troupeau. Tu verras, blondinette. »

Serait-elle capable de le faire ?

Ce jeudi 21 novembre 1963, les trois membres de la famille Merriman se retrouvèrent à table, discutant de tout et de rien avec une aisance nouvelle, comme si depuis ce lundi un poids s'était dissous. On n'avait plus abordé le sujet de la fille qui rentre au petit matin, ni l'histoire des parents.

Alors on discutait de pas grand-chose, de la journée au saloon, de la nouvelle organisation de la scierie ironiquement soviétique – *le même salaire pour chacun, tous des patrons*.

Un dernier soir ordinaire.

35

Le vendredi, Suzie Belkin ne servait que du poisson. Elle avait cette considération toute commerciale pour les bûcherons de Chooga Pines qui, majoritairement chrétiens, honoraient Jésus-Christ en mangeant maigre – mais en buvant beaucoup.

Alors, un peu avant deux heures de l'après-midi, et juste avant la reprise à la scierie, Gloria tordait le nez au-dessus de l'évier, grattant le dessous de ses ongles pour en extirper les derniers agglomérats de friture, tandis que sa patronne rinçait les verres en bougonnant sur les remugles qui imprégnaient son col.

Ensuite, Ma Chérie préparait ses *Key lime pies* pour le soir. La rigueur de la pâtisserie disciplinait ses pensées.

« Tu mets trop de sucre dans ta meringue, fit Suzie, de mauvaise humeur.

— Non, c'est pile ce qu'il faut.

— Bon. »

Et Suzie jeta son torchon sur le bar, tirant sa bouteille de bourbon de son placard personnel. « Quoi ? » aboya-t-elle sur Brett Davis, le dernier retardataire qui venait au comptoir.

Gloria se détourna, gênée, s'abîmant dans les tourbillons qu'elle traçait avec la poche à douille. Brett Davis était un ami de son père, peut-être le seul. Il était en tout cas celui qui avait rapporté à Jack Merriman le rapprochement de sa fille avec un homme noir, dans les rues de Tampa, lors de la visite présidentielle.

En revanche, on ne pouvait pas reprocher à ce type grand et large comme une armoire d'être une commère de village. Il semblait qu'en dehors de Jack Merriman personne à Chooga Pines ne connût les égarements interraciaux de la veuve apocryphe de Benjamin Freeman.

« Le Président, fit Brett, tendant un doigt vers la radio que personne n'écoutait.

— Quoi ?

— Le président Kennedy. La radio dit qu'on lui a tiré dessus. »

Et on tourna le bouton, Suzie laissant glisser son verre dans l'évier, Gloria coupant l'eau pour mieux entendre, le bûcheron géant planté là alors que ses collègues que la nouvelle n'avait pas encore atteints l'attendaient en riant sur le trottoir.

Et puis d'un coup, une absence de tempo, les minutes se mélangeant en un bourdonnement lointain, l'impression d'être dans du coton.

Prise dans un film intime où défilaient les images de Benjamin au saloon, de Marcus, de Nola, dans les rues de Tampa, Ma Chérie sortit comme elle était, les doigts gras et le tablier sur les hanches, descendit la grande rue et poussa la porte de chez ses parents.

Rose était à sa machine à coudre, ses lunettes sur le nez.

Voilà ce dont elle se souviendrait plus tard quand on lui poserait la traditionnelle question : *Où étiez-vous ce jour-là ?*

Ma mère était devant sa machine à coudre, elle a levé les yeux sur moi, a remonté ses lunettes. Elle portait une de ses robes à fleurs qu'elle coud elle-même. Dans les tons parme et vert.

Fébrile, Gloria alluma la télévision, cette boîte noire qui semblait contenir le monde entier. « Que fais-tu ? » s'étonna sa mère.

À l'image apparut Walter Cronkite, le présentateur vedette de l'Amérique, en chemise et cravate – mais sans sa veste.

« Gloria ? Mais que se passe-t-il, au nom du Ciel ?

— Maman, chut… »

« De Dallas, au Texas, la nouvelle apparemment officielle : Le président Kennedy est mort à treize heures CST, quatorze heures, heure de la côte Est… il y a approximativement trente-huit minutes. »

Et Cronkite s'interrompit brièvement, ôtant ses lunettes, s'éclaircissant la voix dans une vive émotion.

« Quoi ? s'exclama Rose. Seigneur… »

Elle porta les mains à son visage, s'affaissant sur sa chaise. « Maman, dis-moi que ce n'est pas vrai », pria Gloria.

Il flottait dans l'air un fumet de soupe de légumes qui s'imprimerait à tout jamais dans leur esprit à toutes les deux.

« Le vice-président Johnson a quitté l'hôpital de Dallas, mais l'on ne sait pas pour quelle destination. On peut penser qu'il va assumer sa charge prochainement et devenir le trente-sixième président des États-Unis. »

« Seigneur, Seigneur », psalmodiait Rose Merriman.

Mue par un élan irrépressible, Ma Chérie grimpa dans sa chambre, glissant ses mains sur la rampe, pleinement consciente que sa vie s'accélérait.

C'était *vrai*, se dit-elle en ouvrant son placard.

Cela arrivait *vraiment*.

Quel était ce pays où l'on abattait l'espoir comme au tir au pigeon ? Elle fouilla dans sa malle Hermès, bousculant les quelques trésors en tissu Pucci ou Chanel qui y restaient.

En sortit le sac à main caché tout au fond.

Le prit contre elle, dévalant l'escalier, passant devant Rose et Walter Cronkite abîmés dans un tête-à-tête sidéré.

Puis, après trois quarts d'heure de route où la Buick avait battu tous ses records de vitesse, les grésillements de l'autoradio envahissant l'habitacle, elle entra dans le restaurant de Nola, son tablier toujours sur elle.

« Viens, dit-elle, arrachant Marcus à un groupe accroché au transistor. Viens, allons acheter un bateau. »

36

Quelques mois auparavant, dans le taxi qui l'emmenait voir G.G. à la prison d'État, Ma Chérie avait ôté son bracelet.

À mon troisième G pour toujours.

Sans trop savoir ce qu'elle faisait, elle avait déchiré du bout de son ongle manucuré la doublure soyeuse de son sac Kelly, y avait enfoui le bracelet. « Ce truc-là vaut huit mille dollars, Ma Chérie. »

Le soir, elle avait recousu la doublure à petits points réguliers, comme le lui avait appris sa mère, avant de prendre le car pour Chooga Pines.

Ce n'était même pas une poire pour la soif. Alors qu'elle vendait ses robes pour pouvoir se payer le coiffeur, alors que le bracelet aurait pu lui offrir la location d'un appartement, Gloria avait toujours refusé de le considérer comme une monnaie d'échange.

Il était simplement la preuve que ces dix dernières années avaient existé.

Épilogue

Key West, 25 juin 1967

Gloria rit et attrapa sa mère par le bras. Rose Merriman, fragile terrienne, n'avait pas l'habitude des sols mouvants. Pas l'habitude des turbulences aériennes, non plus : pour la première fois de sa vie, deux jours avant, elle avait pris l'avion. « Décidément, que me fais-tu faire ? » bougonna-t-elle en se retenant au bastingage.

L'eau ce jour-là était joyeuse, faisant danser le bateau aux notes jazzy de *I Never Loved a Man the Way I Love You* d'Aretha Franklin. Dans la chanson, le type en question n'était pas un saint, c'était quelqu'un qu'il aurait fallu quitter, et Marcus rit du choix musical de sa femme qui, pieds nus dans sa courte robe de mariée en macramé qu'elle avait tissée elle-même, ne lâchait pas sa main.

Dix jours auparavant, la Cour suprême des États-Unis avait jugé anticonstitutionnelles les lois contre le métissage.

Il avait fallu pour cela l'obstination d'un couple de Virginie qui, avec son nom, ses actions en justice, avait donné un double sens à la nouvelle loi : *Loving contre l'État de Virginie* – « Amour contre l'État de Virginie ».

Richard et Mildred Loving – c'était leur vrai nom – étaient allés jusqu'au bout. Lui blanc, elle noire, ils s'étaient mariés dans le district voisin de Columbia en 1958, avant d'être arrêtés chez eux en Virginie, sur une dénonciation anonyme.

On les avait condamnés à un an de prison, peine que l'on voudrait bien effacer à condition qu'ils quittent l'État, leur maison, leur vie.

Les Loving étaient des gens modestes. Mais ils ne lâchèrent rien, dans les longues années aveugles qui suivirent.

Comme Rosa Parks, et tous les autres avant eux qui, à force de petits pas…

« Tu crois qu'un jour un Noir sera président des États-Unis ? » avait lancé Gloria à Marcus, la semaine précédente, alors qu'ils rédigeaient leurs vœux de mariage, ivres de bonheur et de ce rhum arrangé qu'on achetait dans la vieille ville. « Peut-être, avait-il répondu. Mais il y aura encore du chemin à faire. En attendant, faisons le nôtre, blondinette. »

Grâce aux Loving, Gloria Mercy Hope Schenker portait une simple alliance en argent de l'homme qu'elle aimait, qui l'aimait – cet amour-là si tranquille qui avait infusé à sa vie un sentiment bien plus précieux qu'une rivière de diamants : la confiance.

Sur le bateau, la cérémonie avait été brève. Le pasteur, un petit homme chauve et rond comme une queue de pelle, n'avait pas l'habitude. Un Noir, une Blanche, vous comprenez, cela valait bien quelques bières pour s'y préparer.

Nola l'avait raccompagné sitôt la bible refermée, l'aidant à descendre l'échelle, et il avait eu l'air soulagé, sa bible glissant sur sa poitrine.

Depuis presque quatre ans qu'ils vivaient ici, Marcus et Gloria essuyaient davantage le grain de la mer des Caraïbes que les regards de leurs voisins. Sur le petit monde flottant du port, on ne portait de jugement sur personne. Il était ici question de liberté. On ne vivait pas à l'extrémité de l'archipel par hasard. Comme Ernest Hemingway, qui y avait habité une de ces maisons colorées, noyées de verdure, où musardait encore une centaine de chats polydactyles – une anomalie congénitale. Le Prix Nobel avait écrit là plusieurs romans, s'y était inspiré pour *Le Vieil Homme et la mer*.

La mer, Marcus y était tous les jours, ramenant de la pêche le mahi-mahi que Gloria cuisinait dans la petite échoppe aux planches saturées de couleurs, de couches de peinture passées et repassées après les ouragans, qu'elle avait ouverte sur Mallory Square, où les touristes se pressaient pour assister au plus beau coucher de soleil du monde.

Un soir, elle y avait aperçu un homme portant un chapeau sur ses cheveux longs, jouant de la guitare, une coupelle remplie de pièces à ses pieds. *Benjamin ?* Le temps qu'elle ferme sa porte et se précipite, il avait disparu.

Un mirage.

Un mirage ?

« Belle-sœur, tu fais la meilleure *Key lime pie* de Floride », dit Nola. Elle descendait deux ou trois fois par an en bateau, avec Ari, et rectifiait avec Gloria les trois ou quatre plats de son échoppe. Trop de citron sur le poisson, cela noyait le goût. Pas assez de piment sur les crevettes, il fallait davantage oser.

Souvent, Gloria téléphonait aussi à Suzie Belkin pour améliorer une recette, noter la quantité de sucre, de farine, et elle se faisait engueuler – « Punaise, Sœur Bigleuse, on ne peut vraiment pas dire que tu as le compas dans l'œil ! »

Alors, un compliment et Gloria se rengorgeait.

Ce soir-là, ils s'assirent sur les bancs en bois de Mallory Square, bien loin des pins de la scierie Freeman.

Marcus et Nola, les Afro-Américains, Rose la Séminole, Ari le Grec.

L'année précédente, Jack Merriman avait fait son dernier voyage sur le siège passager de la Buick, vaincu par un cancer dont il avait, chaque nuit interrompue, choisi d'ignorer l'existence.

Ils étaient là, ceux qui restaient, si loin de la Cité Radieuse.

Et en posant sa tête blonde de moineau ébouriffé sur l'épaule de son mari, en croisant son regard rêveur, flottant dans un bus entre Miami et Tampa, Gloria Schenker bénit Gerry Grayson et ses magouilles, sans qui elle n'aurait jamais vu le soleil se coucher au bout de l'Amérique.

Et les matins se réveiller auprès de Marcus, qui rigolait d'un restant de sommeil et la prenait contre lui, précieuse, unique.

Là où personne – personne ne la surnommait plus Ma Chérie.

À l'origine

Je voyais passer le bus chaque jour.

Mais pour moi, c'était comme ça.

Nous n'avions d'autre choix que d'accepter ce qui était notre quotidien – un très cruel quotidien.

Le bus fut un des premiers éléments par lesquels je réalisai qu'il y avait un monde pour les Noirs, et un monde pour les Blancs.

Rosa Parks

Cet ouvrage a été composé et mis en page
par PCA, 44400 Rezé

Imprimé en France par CPI
en mars 2020
N° d'impression : 3037840

S29565/01